法醫實錄

The a... is not over yet

餘波未了

兩個臉龐，同個人生？
法醫從業者的半寫實懸疑小說

戴西 著

他就這麼直直地盯著我的眼睛，
原話是——請告訴章桐，
我們之間的遊戲還沒有真正結束。
然後，然後他就把刀轉向了自己的脖子，
就這麼當著我的面，
是的，當著我的面，
笑著，用刀割破了喉嚨……

目錄

楔子 ……………………………………… 005

第一章　自殺 …………………………… 006

第二章　領屍體 ………………………… 043

第三章　誤會 …………………………… 054

第四章　殉職 …………………………… 088

第五章　自首 …………………………… 117

第六章　兄妹 …………………………… 142

第七章　找到屍體 ……………………… 161

第八章　解開密碼 ……………………… 182

第九章　自我了斷 ……………………… 206

第十章　同學 …………………………… 230

第十一章　間接殺人 …………………… 256

尾聲（大結局）………………………… 277

目 錄

楔子

　　我的恐懼開始於一片安靜的血紅。

　　噩夢幾乎充斥了我所有的記憶，它伴隨著我小心翼翼地度過餘生裡每一天的時光，並且似乎永遠都不會結束。

　　我滑了一跤，重重地撞在了地上，血紅便不只是沾在了我的手上、身上、臉上和頭髮上，它也同時流進了我的嘴裡，那是一股甜得發膩的味道，嚥下去後，濃濃的鐵鏽味便成了我這輩子最難忘記的感覺。

　　是的，我的每一次呼吸都能隱約察覺到它的存在。

　　這是多麼糟糕的一種體會啊。我必須牢牢地記住。

第一章　自殺

第一章　自殺

　　李曉偉輕輕一笑，眼神深邃，「從知道這個人存在的那一刻起，我就從未放棄過對他的分析，我所需要的只是時間以確定他的犯罪模式。我就打個比方吧，如果說你們法醫是解剖屍體尋找真相的話，那麼我們心理醫生就是解剖人的思維，異曲同工而已。」

◆ 1

　　計程車無聲地穿行在凌晨的街頭。

　　似乎沒有人會去真正在意一個城市凌晨四點多的模樣。這是一天中，黑夜與白天交接的時刻，放眼望去，整個城市的街頭空無一人，安靜之中竟然帶著一種如同鬼魅般的不真實。昏黃的路燈依舊把縱橫交錯的馬路照得透亮，而天空中卻已經隱約出現了一絲淡淡的魚肚白。

　　警局刑科所主檢法醫章桐對凌晨四點過後的城市空氣有著一種近乎貪婪的迷戀。如果遇到凌晨出警，在進入現場前，她都會習慣性地仰天深深吸上幾口，然後感嘆自己活著真好。因為她知道，將要出現在自己面前的到底是什麼。

　　今天之前，她從未來過大劇院，以前是沒有機會，上一次明明有了機會，卻因為工作的緣故，而不得不錯過了。所以，這一次，當自己終於能

夠在凌晨時分站在典型巴洛克建築風格的大劇院門口時，章桐不禁輕輕嘆了口氣。

　　刑警大隊偵查員張一凡是童小川隊長身邊的小跟班之一，也是他最得力的助手，年紀雖輕，身上卻有著超越同齡人的一種冷靜與果斷。他早就看見了章桐所乘坐的計程車遠遠地停在了警戒線外，所以等她下車後，便匆匆走近，來不及打招呼，就神色嚴峻地提醒道：「章主任，妳終於來了，這次，恐怕真的是和妳有關了。」

　　章桐聽了，不解地看著他。

　　張一凡伸手指了指自己身後不到 20 公尺遠的位置，白色的走廊燈光下，一長排靠牆的綠色皮質等候椅上正坐著兩個情緒激動的年輕女人，其中一個在不斷地啜泣，所穿的衣服上隱約可以看到一些不規則的深色痕跡，她身邊站著一名女警，時不時地低頭說著什麼。

　　「那兩個，左邊穿灰色風衣的，就是報警人吳嵐……」

　　「吳嵐？」突然聽到這個名字，章桐心中不免一動，「不就是童隊的女朋友嗎？」

　　雖然對女人莫名的直覺和記憶略微感到有些詫異，張一凡還是點點頭：「正是她，她打電話報警的，右邊那個穿紫紅色外套、情緒無法控制的，叫方梅，是大劇院的公關部工作人員，女警是派出所臨時叫過來的，以防萬一。對了，章主任，我們童隊去哪了，妳知道嗎？」

　　章桐順手接過顧瑜遞給自己的工具箱，嘴上扯了個小謊：「哦，我知道這事，他身體不舒服，去了醫院，估計是吃壞了肚子，李曉偉醫生正陪著呢，休息一下就能回來。說說屍體的事吧。」

　　三個人走進了大劇院寬闊的大廳，腳步聲和說話聲在大理石的走廊上

第一章　自殺

不斷迴響。

「這建築還真不錯。」章桐忍不住感慨。

「是啊，可是死了人就麻煩大了。估計明天就成報紙的頭版頭條了。」顧瑜小聲嘀咕。

張一凡邊走邊說道：「死者叫柯志恩，是大劇院特聘的調音師，在業內很有名。案發時，他在大劇院內自己的工作間裡連夜加班對剛完工的曲子進行調音處理，準備供下個月的大劇院週年活動使用，和他一起在調音室裡的是那位方梅小姐，據說兩人還是戀人關係。而吳嵐，是市日報社的主任編輯，她和方梅是朋友，這一次，是應邀前來進行特殊採訪的，可能是準備來個『頭條』吧。」

章桐愣住了：「等等，吳嵐不是做法制報導的嗎，什麼時候開始弄娛樂專刊了？」

張一凡更意外了，不禁嘿嘿一笑，脫口而出道：「章主任，看來，妳還是挺了解她的嘛。」

章桐自知失言，便老老實實說道：「是李醫生告訴我的，他和你們童隊經常在一起吃飯。」

「她應該是升官了吧，前面那起報導不是得了什麼新聞獎嗎，我今天看報紙上面寫的。」說到這裡，張一凡不由得仰天長嘆，「不過，話說回來，章主任，看來我也該去找個心理醫生交朋友了，近水樓臺嘛，做我們這一行的，有時候覺得心裡委屈，尤其是看到……」

他沒說出「死人」兩個字，但是章桐完全清楚他的心思：「想開點，小張，人的一輩子就是這樣，好好活著比什麼都好。」

兩人轉過長長的樓梯彎道，穿過工作人員區，便來到了最後的一排房

間,這裡很安靜,安靜得讓人感覺有點窒息。章桐聞到了一股熟悉的味道穿梭在皮革味道之間。站在其中一間的門口,張一凡停下了腳步,伸手指了指,說道:「根據報案人吳嵐的陳述,剛開始的時候,一切似乎都很平靜,她因為路上塞車,來得晚,所以到的時候,她並沒有能夠進調音室,只是在外面,也就是我們現在所站的這個區域裡待著,看著裡面的一舉一動。誰想到,調音師柯志恩突然發了瘋一般丟下耳機,一把就抓住身邊站著的方梅,嘴裡喃喃自語著什麼,面目猙獰。外面的吳嵐看到後就立刻打電話報了警,可等我們趕到時,裡面的慘劇已經發生了。」

章桐看了看調音室中靠著牆坐在地上的屍體,尤其是屍體後面那幾乎被血染紅了的整面牆,詫異地說道:「死者怎麼會是綁架者?難道說受害者反抗了?」

「我想,應該是吧,因為我們來的時候,受害者已經在報案人的幫助下逃出了調音室,兩人就在樓下的大廳門口等我們,就是妳剛才看到的位置。」張一凡說道。

看著滿地的碎玻璃碴子,章桐皺了皺眉:「是特警進來過了嗎?」

張一凡搖搖頭:「不,他們只到樓下,確定已經解除威脅了,便撤走了,後面是我和兩個兄弟上來看了下,不過沒有進去,這傢伙一看就是死透了的。」他伸手指了指門邊站著的一位中年警察,招呼道,「辛苦了,王哥。」中年警察聳聳肩,表示無所謂。

「歐陽他們呢?」章桐所說的「歐陽」,是市警局刑科所的痕檢工程師歐陽力,一個臨近退休的快樂的小老頭。

張一凡嘿嘿笑道:「車拋錨,老頭在電話中氣得夠嗆,忙著教訓他的徒弟小九呢,不過,應該馬上就會到了。畢竟是凌晨,開車不小心,難免就

第一章　自殺

會出個意外什麼的。」

「對了，都這麼晚了，大劇院裡難道就沒有保全嗎？」目光在房間裡轉了一圈，章桐總覺得眼前哪裡不太對勁，卻又一時之間找不出來。

張一凡苦笑道：「當然有，不過就一個六十歲的老保全值班而已，有點耳背。我剛才也因為這個而問了特地趕來的大劇院經理，據說是因為大劇院的防盜設施比較好，就乾脆安排了臨近退休員工來發揮點餘熱，同時給點值班補貼意思意思，其實說穿了就是不想再另外花錢僱人。不過嘛，仔細想想，一般的小偷也不會光顧這裡，除了那幾個扛不動的大喇叭，還真沒什麼值得偷的。」

一旁的顧瑜聽了，卻忍不住咕噥了句：「是沒什麼偷的，卻偏偏死人了。」

章桐趕緊擺了擺手，示意顧瑜別亂說話：「那我們就先進去看看，有什麼問題，我再找你也不遲。」她剛要彎腰從打開的工具箱裡摸出鞋套穿上，卻感覺張一凡並沒有馬上要走的意思，並且還欲言又止，便問道：「小張，還有什麼事嗎？」

張一凡深吸了口氣，臉上恢復了先前的凝重神色：「章主任，我剛才見到妳的時候就說過，這件事，可能真的是衝著妳來的，我這話可不是什麼憑空猜想。一方面，報案人說，那個調音師柯志恩在臨死前，和受害者的短短幾句交談中，曾經數次提到過妳的名字；而另一方面，」說到這裡，他伸手指了指調音師的工作臺，目光中充滿了擔憂，「妳聽！」

四周瞬間安靜了下來，終於，章桐聽到了那險些被完全掩蓋的聲音，是從那副被調音師隨意棄置在一旁的 SONY-MDR-Z1000 專業耳機中流淌出來的⋯⋯

如果不是刻意去聽，還真的聽不到。

此刻，隔音效果極佳的房間裡散發著濃烈的血腥味，屍體倚靠在牆角，皮膚灰白，頭耷拉著，已經完全沒有了生命的跡象，身邊桌歪椅斜一片狼藉，那副專業耳機的黑色聽筒中響起了優美的古典鋼琴曲，聲音雖然小，但是章桐的身體猛地一震，頓時僵硬無比。

她迅速轉頭朝那位門邊站著的王警官看去，沒錯，他的耳朵上戴著一個藍牙耳機，接通著身上的警用步話機，隨時都能夠聽到警方電臺的通訊指令，這才暗暗鬆了口氣。

「小張，你馬上通知資安的工程師鄭文龍，叫他盡快過來！」章桐果斷地吩咐道，「然後去周圍幫我和小顧找兩團棉花，能堵住耳朵的，越快越好，其餘人，趕緊散開，只要守住樓道口就行了，歐陽工程師過來的時候，提醒他也堵上耳朵！」

張一凡當然記得當初沈秋月案件中那首曲子的威力，他二話不說立刻扭頭就走，同時撤走了守在門邊的王警官。很快，他匆匆跑了回來，遞給了章桐一團醫用棉花：「從樓下的急救箱裡拿的。」

章桐點點頭：「從現在開始，除了鄭文龍工程師，誰都不能過來，明白嗎？」

「好的。」張一凡憂心忡忡地看了眼章桐和顧瑜後，便轉身快步下樓去了，邊走邊用步話機通知自己的同事。

* * *

房間裡就只剩下章桐和助手顧瑜，雖然說法醫出警時遇到意外也是經常的事，但這麼一個特殊的場景，卻還是第一次。棉花雖然無法完全隔離外界的聲音，但是卻可以很好地降低本就音量不高的耳機裡所傳出的音樂聲響。

第一章　自殺

　　而案發現場中法醫的工作原則就是，除了屍體，別的，什麼都不能碰。

　　用棉花堵著耳朵，穿著鞋套的雙腳輕輕踩在滿是碎玻璃的地面上，章桐和顧瑜小心翼翼地走進了房間，她盡量使自己的腳步放緩，繞開一些有顯著特徵的證物，最終在屍體所在的牆邊停了下來。

　　嚴格意義上來講，整套房間被分為裡中外三層，透過環狀最外層巨大的玻璃隔門可以將另外兩個小隔間一覽無遺。案發現場在中間一層，為主調音室，面積也是最大，有 30 平方公尺左右，占去 3 平方公尺左右的主工作臺和內隔音間之間用特製的玻璃隔開，而內隔音間和中層間相比，擺設極為簡陋，除了錄音設備所需要的一些喇叭和話筒之外，貼著牆角就只放了一張木質的靠背椅，顯然是供人休息的。

　　章桐蹲下身子，盡量靠近死者，伸手撩起蓋在死者臉上沾滿血汙的頭髮，露出來的是一張灰白色的臉，雙眼呆呆地注視著前方，目光空洞無物，而致命傷顯然就在死者脖子上，那是一整道環狀切口，肌肉外翻，頸動脈和頸靜脈被完全割斷，食管和氣管一併斷裂，被撕裂的傷口處呈現出不規則的鋸齒狀，顯然形成傷口所用到的凶器並不是規則的刃口。章桐的目光落在死者身旁的地板上，很快，便看到了一把沾滿血汙的戶外專用刀具，這種刀具刀刃的邊緣雖然呈現出鋸齒狀，不需要經常磨，但是卻可以對人體造成比直刃刀具更大的傷害。她示意在做現場登記的顧瑜用證物袋把血泊中的刀具裝起來，然後分別拿起死者的左右手，查看十指和手掌的磨損情況。

　　很快，她又重新拿起死者的右手手掌，示意顧瑜對手掌虎口部位拍攝近距離特寫。剛放下，身後便傳來了雜亂的腳步聲，夾雜著鄭文龍響亮的

嗓音：「章主任，章主任，妳在嗎？」

章桐回頭看了眼顧瑜，做了個出去的手勢，兩人便照原路退出了房間。來到走廊上，摘下手套，取出堵耳朵的棉花後，這才長長地出了口氣：「阿龍，你來了就好了，那個音樂還在放，你進去小心。」

鄭文龍指了指自己的右邊耳朵，那裡戴了個藍牙耳機，大聲說道：「我有準備。」說著，便接過顧瑜遞給自己的鞋套和手套，穿戴上後，這才走進房間。

站在一旁的張一凡耳朵上也弄了個藍牙耳機和步話機，他遠遠地看了眼屋內的案發現場，小聲嘀咕道：「章主任，死者什麼樣的情況？」

「初步判斷，是自殺。」章桐無奈地說道。

「自殺？」張一凡有些意外，「難道是畏罪自殺？那也沒必要把現場搞得這麼血腥吧？」

「致命傷在他的頸部，半個腦袋幾乎都掉下來了，至於說身後牆上的血跡，那是因為頸部動脈血高壓噴濺的緣故。」她從顧瑜的手裡接過裝有鋸齒狀刀具的證物袋，遞給張一凡，「這是在他的右手邊地板上發現的，與頸部傷痕基本相符，我回去後還會做個傷口的詳細比對。還有，我仔細查看過死者的雙手，以排除死者用手習慣的差異，結果證實，死者確實是使用自己的右手拿刀割斷了自己的喉嚨，因為在他的右手手掌虎口部位，我發現了與這把鋸齒形刀具的刀柄裝飾浮雕相類似的圖案。」

鋒利是很鋒利，但是看著手中證物袋裡不到 6 公分長的刀刃，又回頭看看房間裡牆角地板上的屍體，張一凡還是有些不太敢相信這就是凶器。

章桐伸出左手指了指自己的右手，做出握住刀柄的形狀：「當我們單手握住刀柄，並用它來切割某樣物體的時候，手部的肌肉運動是不需要經

第一章　自殺

過大腦思考的，它是一種自然的反應加上肌肉記憶，自身就會在手部豐富的運動神經的支配下進入到緊張的痙攣狀態中去。而完成所需要的工作後，手部在下垂的過程中，痙攣狀態解除，記憶終止，刀柄自然就滑落到手邊。所以，一般自殺的人，死後都會呈現出這種典型的肌肉鬆弛狀態。」

「只是，就用這刀……那得，那得需要多大的勇氣啊。」張一凡輕輕掂了掂手中的鋸齒刀，皺眉自言自語，「有什麼想不開的，何苦呢？」

這時，背著電腦包的鄭文龍已經完成了自己的手頭工作，他關閉了調音室主工作臺上的儀器設備，踮著腳走出了房間，來到走廊上後，順手抹了一把額頭的汗，嘀咕道：「這傢伙太狠了。」

章桐沒吭聲。

「你們可以進去了，現在裡面安全了，我把音訊資料都採集下來了，這就回去分析，剩下的，祝你們好運！」鄭文龍點點頭，一溜小跑下了樓。

章桐對張一凡說道：「小張，我們這就把屍體運下去，你叫樓下的兄弟們清理出個通道來，現在外面應該圍滿了媒體的人。」

張一凡沮喪地點點頭：「沒錯，幾乎所有的媒體都來了，也不知道這消息到底是怎麼走漏出去的。」

顧瑜瞥了屋內屍體一眼，忍不住咕噥道：「吳嵐的職業是做什麼的，你又不是不知道。」

2

　　市警局，早上七點剛過。

　　宿醉剛醒的童小川終於扛不住了，他一進警局的大樓，就直接向底樓的法醫處跑去。雖然自己以前也有過晚上喝酒的經歷，但卻從沒有像這一次感覺頭痛得如此厲害。就如同腦子裡憑空多了一臺在拚命震動的馬達，任何略微大聲的響動對他來講，不亞於是一場規模不小的地震。

　　顧瑜迎面撞上了狼狽不堪的童小川，吃驚地說道：「童隊，你怎麼這個樣子？發生什麼事了？」

　　「有止痛片不？快，快，我頭痛得厲害。」童小川尷尬地小聲說道。

　　「主任有，但是……你確定你沒出什麼事？」顧瑜不放心地看著他，隨即伸出一根手指，在童小川的面前晃了晃，「看你能不能把視線集中在我的手指上？」

　　「你這是幹嘛？」

　　「我看看你是不是腦梗前兆。」顧瑜咕噥道，「總得排除下，小心才能使得萬年船。」

　　「瞎扯！」童小川左右看了看，見走廊裡沒人，這才壓低嗓門說道，「昨天晚上我和李曉偉那傢伙在路邊攤喝酒，喝多了……」

　　「沒出息，喝酒都能把自己喝趴下……好吧好吧，」顧瑜聳聳肩，轉身走向法醫辦公室，推開門，童小川剛想跟進去，卻被她反手推了出來，「主任在休息，你別進來，在門外等著吧。」

　　童小川這才猛地意識到章桐一晚上都沒睡，應該是實在太累了，所以才會想到在辦公室裡趴一會兒。很快，門又打開了，顧瑜往童小川手裡塞

第一章　自殺

了一粒止痛藥，小聲說道：「熱水服下，很快就好。」想了想，又縮了回去，再次伸出手來時，手裡多了個粢飯糰，「早上從現場回來時，在食堂多拿了一個。主任剛才說了，你空腹不能吃止痛藥。」

童小川呆了呆，剛想說什麼，話到嘴邊的時候，門卻已經關上了，頓了頓，他便只能長嘆一聲，轉頭離開了。

＊　＊　＊

回到辦公室，剛在自己的隔間坐下，張一凡便從門邊探出腦袋，招呼道：「童隊，你可回來了，陳局要我們趕緊處理危機公關呢。」

童小川一聲不吭地拿起桌上的水杯，也不管裡面的水是什麼時候的，把止痛藥往嘴裡一丟，仰脖就一口氣連藥帶水灌了下去，接著便把尚有餘溫的飯糰塞進口袋裡：「走，上陳局辦公室去。」

副局長陳豪對於童小川狼狽的樣子也沒多問，只是咕噥了句：「昨晚喝酒了吧？」

「是的，陳局，我陪李醫生喝了一次。」頭痛果然已經好了許多，再加上昨晚休息得不錯，童小川便恢復了平時的精神，「剛才小張把案子簡單跟我彙報了，陳局，吳嵐那邊，我能搞定。」

陳豪看了看他，顯得有些猶豫不決。

「陳局，真的沒事，你相信我，我和她雖然婚事吹了，但還是朋友關係，放心吧，我會好好溝通的，不會惹是生非。」童小川硬著頭皮說道。

陳豪點點頭：「那好吧。柯志恩的死，不管是不是自殺，或者還是什麼意外，尚需法醫和痕跡那邊做出最終結論，但這件事在我們市影響不小，局裡長官的意思是想查清楚消息到底是怎麼被捅出去的，還有就是，

為了後續結案的順利和對死者家屬的尊重，如果真的確定是吳嵐小姐把消息透露給媒體的話，希望你能夠就此警告她，不要再繼續下去了。」顧及童小川和吳嵐曾經的關係，陳豪還是給他留了一點面子，言下之意希望這件事就此為止，能夠透過內部解決更好。

「那是當然，陳局。」童小川答道。

「她現在正在第一醫院急診科觀察，和她在一起的是柯志恩的女朋友方梅，也就是本案中的被劫持者，所以，你和她也好好談談，看看案發時到底發生了什麼。」陳豪低頭看了一眼自己辦公桌上攤開的筆記本，接著說道，「還有資安的鄭文龍工程師那裡，結果出來後，你也要及時跟進。如果真的證實是那首曲子又出現的話，那就不是那麼簡單的事了。」

童小川心中一緊，隨即用力點頭。

＊　＊　＊

走出陳局辦公室，回到隊裡安排一下交接工作後，童小川便打發走了張一凡，逼著他在自己辦公室隔間裡睡一會兒，自己叫上了才參加工作沒多久的年輕警官李海，兩人匆匆向停車場走去。

「海子，你開車，去第一醫院急診科。我昨晚喝多了，手有些抖，怕開快了出事。」童小川一邊說著，一邊鑽進副駕駛的位置。

海子感到很意外：「童隊，很少見你會喝醉啊，在我們隊裡，你的酒量可是挺不錯的。」

童小川沒有吭聲，只是呆呆地看著窗外街道兩旁的景色，若有所思。

此刻，正值上班的高峰，塞車長龍足足排了有兩公里以上的路，以往這樣的情況之下，脾氣暴躁的童小川必然會坐在駕駛室裡對著前面的車屁

第一章　自殺

股大罵一通，海子也早已經習慣了這一幕。但此刻的他看上去卻似乎有些心事重重。

「童隊，你，你沒事吧？」海子忍不住關切地問道。

「我沒事，好著呢。」換了個姿勢，童小川又接著看窗外，那裡正好是一棵已經落光了葉子的法國梧桐樹，寒風中顯得有些淒涼，他暗自小聲咒罵道，「該死的，又到冬天了。」

說話間，前面的塞車大軍終於挪動了起來，由慢至快，警車好不容易開過了擁堵區，順坡下了環城高架，最後拐進了第一醫院門前的岔道口，不顧保全的攔阻，童小川叮囑海子直接把車開進急診科所在的大院。

「這個時候光找個停車位就得花上大半天的時間，再說了，誰沒事來急診科瞎蹓躂啊。」下車後，童小川嘴裡嘀嘀咕咕地走進了急診科通道。跟在身後的海子突然明白了童小川此刻為什麼顯得這麼反常，因為他馬上要去見的人，是吳嵐。

童小川對吳嵐的感情是有底線的，那條底線便是自己的職業。所以，每次他和吳嵐之間吵得你死我活的時候，幾乎都是為了自己的職業，也就是所謂的「公事」。但是拋開「公事」不講，童小川卻又對自己該如何和吳嵐相處這個問題感到手足無措。難道真的如李曉偉昨晚對自己所說的那樣──自己和吳嵐是兩條永遠都不會真正重合的平行線？

童小川和海子身上都穿著深藍色的警服，胸前掛著工作證，所以，值班的護理師抬頭一看見他們，並沒有阻攔，只是朝走廊盡頭指了指：「32床和33床。」

兩人道了聲謝，便順著走廊朝病房走去了。迎面卻冷不防和一個戴著棒球帽的男人撞了個滿懷。這次來醫院，童小川本來就是勉強出來的，這

下更是被撞得頭有些發暈，剛要開口責問，李海不容分說趕緊拖著他走了。而那個男人也沒有生氣，只是若有所思地停下腳步，嘴角輕輕上揚，臉上卻面無表情，看著兩人的背影消失在自己剛走出的大病房門口，這才轉身快步離去。

＊　＊　＊

急診科的病房分為兩類，一類是 ICU 重症監護，另一類則是屬於需要留院觀察的，病情相比之下不那麼嚴重。32 和 33 床所在的病房是個大通鋪，房間裡總共有 6 張病床，每張病床之間都用粉紅色的帷幔隔開。此刻，一位女警正坐在 32 和 33 床之間的看護椅子上，見來了人，便趕緊站了起來，童小川示意她陪著方梅，自己則和海子一起來到吳嵐的病床前。

吳嵐沒想到童小川會帶人突然出現在自己面前，所以有點猝不及防，沒有來得及把自己還在編輯的平板塞到枕頭下，被童小川逮了個正著，不免有些尷尬。

童小川皺眉，神情嚴肅地伸手拿過平板，上面正是凌晨案件的一篇還未完成的新聞通報。說到文筆，童小川還是挺佩服吳嵐的，文筆犀利且用詞簡練到位，再配上那恰到好處的一手現場相片，不得不說這將是一篇足夠吸引人的第一手案件追蹤報導。

「怎麼？這是我的工作，違法了嗎？」吳嵐高傲地昂著頭。

童小川一聲不吭地讀完了每一個字後，點點頭，又查看了文件部分，確認吳嵐已經把所有在現場拍下的相片資料上傳到這部平板上後，便把它遞給了身後站著的海子：「收起來，暫扣為本案相關證物，回去開個收據給她，抬頭寫市日報社總編輯室。」

「你……你怎麼可以這樣？」吳嵐怔住了，她還從未見過童小川如此果

第一章　自殺

斷決絕地對待自己,「這可是我的工作!」

「這也是我的工作!謝謝妳為我們警方提供了大量第一手案發現場的相片,這也是身為公民的妳應盡的義務和職責。不過,吳小姐,請妳放心,我們警方會負責保證妳的平板電腦完好無損,在案件完結後,也會通知妳憑收據前來警局相關部門取回證物,並且會在三個工作日之內把證物交還與妳。」童小川就像在背一篇早就熟稔於心的演講稿,語速飛快卻不帶任何感情。

「你好虛偽!」吳嵐愣了半晌,回過神來不禁咬牙切齒地瞪著童小川。

童小川想了想,平靜地說道:「最後,我正式通知妳,吳小姐,如果在案子最終結果出來之前,妳再發出任何未經證實的相關報導的話,我會建議死者家屬對妳進行單方面的法律上的名譽正式求償。」

吳嵐聽了,不禁語塞,臉漲得通紅。因為這件事上她確實不占理。

見此情景,一旁的海子有些尷尬,剛想開口緩和一下氣氛,卻被童小川用犀利的目光制止了,便只能灰溜溜地跟著他來到隔壁方梅的床邊。

女警趕緊讓出了位置,童小川便在床前的椅子上坐了下來。方梅的狀態看上去要比精神抖擻的吳嵐差了很多,她雙手纏著繃帶,脖子上有淤青,嘴角也腫了,斜靠在枕頭上,一臉的疲倦。

「妳好,方小姐,我是市局刑偵的童小川隊長,負責柯志恩的案子,有些情況想和妳了解一下。」童小川說道。

方梅點點頭。

「方小姐,我很理解妳此刻的心情,我會盡量減少問話時間,謝謝妳的理解。」童小川認真地看著方梅毫無血色的臉,輕聲說道,「請問,柯志恩和妳是什麼關係?」

「我們準備在今年聖誕節結婚。」方梅的目光有些黯淡,「下個月週年活動後,我們本打算去巴黎……」

「他,和妳之間,有沒有過什麼言語上的衝突?我是指平時。」童小川耐心地問道。

「沒有,他對我都很好,每次都忍讓我,」說到這裡,方梅抬頭看向天花板,似乎是在竭力不讓自己眼中的淚水流出來,「你不會明白的,會做音樂的男人,個性都很溫柔體貼。」

童小川暗暗嘆了口氣,接著問:「方小姐,我知道現在提起昨晚的事,對妳或許不太好,但是,我們警方想盡快給柯志恩的家人一個正式的答覆,畢竟他們的親人以這麼一種讓人無法理解的方式離開了人世,作為警方,我們必須排除掉一些不必要的因素。所以,請見諒。」

方梅聽了,又一次點頭,嘴角擠出了一絲笑容:「沒事的,有什麼儘管問便是。」

「請妳盡量詳細地說說事情的整個發生經過。」童小川在膝蓋上攤開了自己的筆記本。

方梅略微思索後,緩緩說道:「因為下個月大劇院就要進行一年一度的週年演出活動,志恩不只是負責整個活動的專屬背景音樂的創作和調音工作,同時,這也是他蟄伏整整一年後,第一次推出他個人的代表作品,在業內是影響非常大的,媒體報導方面不能有半點含糊。我認識吳主編有很長一段時間了,對她的個人業務能力和豐富的媒體人脈資源是非常有信心的,所以,在臨出片的前一晚,也就是昨晚,大約九點的時候,我就電話通知了吳主編前來大劇院,準備在志恩工作全部結束後,對他進行一個私人專訪。這樣,等大劇院開始對外宣傳這個活動時,我們的專訪錄影也

第一章　自殺

就可以在媒體平臺同步播出了。」

童小川不解地問道：「是臨時通知吳小姐的嗎？」

「是的，也可以這麼說。因為志恩的工作，並不是完全固定時間的，而昨天直到晚上八點多的時候，我才聽志恩說作曲方面他完工了，只需要再做最後一步的電音混合處理就可以了。我就在那個時候通知了吳主編，在徵求過她的意見後，便約定了半小時後到大劇院二樓調音工作室見面。」

「那……隨後發生了什麼？」

方梅微微皺眉，似乎是在努力回憶，接著，她便輕輕嘆了口氣：「本來，一切都還好，還很正常，志恩工作真的很努力。可是，他突然，突然對我說 —— 不對啊，這音樂怎麼突然變了。」

童小川緊張了起來：「接著呢？」

「他就把耳機摘下來，遞給我，說 —— 妳聽聽，曲子怎麼突然變了，怎麼會有古典音樂？我聽了一會兒，確實是。」

「那妳還記得是什麼曲子嗎？」

方梅回答：「是首鋼琴曲，有點像蕭邦的風格，只是我聽得太短，研究的也不多，不像志恩那樣專門做音樂的，後來，我就把耳機還給了他，他就接著工作了。」

「那時候，吳嵐來了嗎？」童小川問。

「我沒注意，因為志恩工作的時候，除了我在他身邊，別人都會被請出去，並且調音工作室的門都是關上的，玻璃也是隔音的，所以即使吳主編來了，她也不得不在外間等待，這些我都在電話中告訴她了。」方梅小聲說道，目光中有些迷茫。

「那他又是如何對妳襲擊的呢？」

「事情是突然之間發生的，他有些煩躁不安，我想，可能是因為創作的過程中遇到了瓶頸吧，應該很快就會過去的。我坐在他身邊用手機編輯明天要發出的文章，就在那個時候，他突然粗暴地摘下了耳機，重重地把它丟在主工作臺上，然後嘴裡喃喃自語。我正感到奇怪，因為主工作臺對於志恩來講，是至關重要的設備，除了他自己，任何人想要碰一下，都是不可能的事。這時候，還沒等我做出反應，志恩突然朝我撲了過來。」說到這裡，方梅不由得閉上雙眼，「我忘不了他臉上陰森可怕的表情，我本能地躲閃，躲閃……可是最終，他仍然把我控制住了，因為，因為我看到了他右手上拿著的那把小刀，我只能放棄抵抗。」

童小川心中一動，隨即掏出手機，翻到那把鋸齒刀的相片後，出示給她看，方梅點頭：「志恩平時喜歡戶外登山活動，這把刀是年初我們一起去瑞士旅遊的時候買的，他非常喜歡，一直隨身帶著。真沒想到……」

童小川輕輕嘆了口氣：「方小姐，請節哀。能再跟我說說接下來發生的事嗎，尤其是他提到過的人的名字？」童小川小心翼翼地給她做了言語上的暗示。

方梅不解地看著他：「志恩雖然對我做出了反常的舉動，但這些我都能理解，因為在這之前，志恩整整工作了兩天兩夜都沒有休息，人精神緊張了，就必定會有反常之舉。可是我真的不明白他最後所說的那句話。」

「什麼？」

方梅的聲音微微顫抖：「他就這麼直直地盯著我的眼睛，原話是——請告訴章桐，我們之間的遊戲還沒有真正結束。然後，然後他就把刀轉向了自己的脖子，就這麼當著我的面，是的，當著我的面，笑著，用刀割破

第一章　自殺

了自己的喉嚨……」

看著情緒逐漸激動的方梅，童小川知道自己不適合再繼續問下去了，便和海子告辭，走出病房。在走廊裡，他停下了腳步，衝著仍然在病房內的女警招了招手，等她出來後，便一起來到走廊僻靜處，問道：「妳在現場見到方梅時，第一印象是什麼？」

女警想了想，答道：「整個人糟透了，她從現場出來的時候，滿臉滿身都是血汙，我不得不用紙巾幫她擦洗了半天……」

童小川一皺眉：「擦之前拍照了沒有？」

女警搖了搖頭。

「你是蠢還是瞎？我跟你們說過多少次，案發現場的證物不單單指那些不會開口的東西，活人，也包括在內，尤其是這種綁架案中的受害者，她身上的每一件東西，都是重要的物證，包括她那張臉，妳明白嗎？」童小川冷冷地說道。

女警被訓斥得臉一陣紅一陣白。

「那些紙巾現在在哪？」

「還在，應該還在大劇院門口的垃圾桶裡。」

童小川揮揮手讓她走了。

身邊的海子見狀，忍不住小聲嘀咕道：「童隊，你也太狠了吧，她或許並沒有意識到案件的重要性吧。」

童小川看了他一眼：「如果嫌我罵得太凶，她就別當警察。」說著，他一邊快步走出醫院，一邊掏出手機撥通了歐陽工程師的電話：「歐陽，你們還在大劇院嗎？」

電話那頭傳來了一陣嘈雜的金屬電流乾擾聲，不知道是誰無意中觸動了大劇院中的喇叭，童小川迅速把聽筒遠離了自己的耳朵，自從昨晚的宿醉後，他的腦子裡便再也不想聽到這些刺耳的噪音了。

很快，歐陽工程師略顯沙啞的嗓音從電話聽筒中傳了出來，顯然他開了擴音，所以不得不用吼的腔調：「是童隊啊，找我有什麼事嗎？」

「你現在還在不在大劇院？」童小川勉強湊近了話筒一點。

「當然在。」老頭兒果斷地說道，「我和小九同學沒那麼快收工。」

童小川在警車邊停下了腳步，他看了一眼海子，示意他接著開車，然後便鑽進了副駕駛室：「想請你幫個忙啊，就是大劇院門口的那兩隻大垃圾桶，環衛部門的人應該還沒有那麼快去收拾吧？」

「這個嘛，倒是沒有，不過即使他們環衛所的人過來，警戒線內的東西，也不會讓他們碰的。你問這兩個垃圾桶幹嘛？」歐陽工程師問道。

「裡面的垃圾，通通帶回局裡去，交給章主任，告訴她，找帶有血漬的紙巾，比對死者柯志恩的血跡樣本，同時提醒她受害者當時所處的位置與死者是面對面，距離非常近。」童小川語速飛快地說道。

「沒問題。」歐陽工程師答道，很快結束通話了電話。

警車開出了急診科大院，這時候因為過了早高峰，路面上的車流也通暢了許多。海子一邊開著車，一邊偷瞧著身邊的童小川：「童隊，你在想什麼呢？」

「方梅。」

「她怎麼了？」

童小川並沒有馬上回答這個問題，只是伸手在口袋裡摸了老半天，結

第一章　自殺

　　果卻只掏出個空了的菸盒，愣了一會兒，回過神來後便哭喪著臉把它朝儀表板上一丟，接著就斜靠在椅背上，看著車窗外似乎永遠都沒有盡頭的綠化帶，想了想，小聲嘀咕道：「你難道就不覺得她太冷靜了嗎？」

　　海子點頭：「這倒是，童隊，要不是親眼見過那現場相片，我還真難以相信一個年輕女人會這麼鎮定，眼睜睜地看著自己的戀人就在自己觸手可及的地方這麼活生生地抹了脖子，血糊了一臉，這過去還不到12小時的時間，所說的話居然就沒有一個帶停頓的地方，哪怕連個小語病都找不出來。仔細想想，確實也太可怕了。」

　　童小川沒有說話，此時的他心事重重。

　　等紅燈的時候，臨近一輛藍哥上傳來了天氣預報的聲音：「……午後起陣風7到8級，傍晚前後我市區域性地區有小範圍降雪……」

　　天空陰沉沉的，一絲風都沒有，空氣似乎停止了流動，卻冷得徹骨。

◆ 3

　　市警局刑科所實驗室，章桐推門走了出來，順手摘下口罩，任其掛在胸前，邊走邊看著手中剛列印出的兩份檢驗報告。

　　紙巾上的血漬DNA樣本與死者的樣本比對結果是相吻合的，也就是說，直接證實了死者用刀在自己脖子上留下那道長12.8公分的環狀切口時，方梅確實就處在她所說的位置上。而且那柄鋸齒形小刀上雖然沾滿了死者的血汙，但是刀柄上卻只有死者一個人的指紋，表明最後緊握那把刀的人，就是死者自己。這麼看來的話，柯志恩的死亡是自殺無疑了。

可是章桐心裡卻總感覺到有些莫名的不安,直到她走下樓梯,轉過走廊,一眼就看見站在法醫辦公室門口的李曉偉時,腦子裡這才閃過了一個念頭。

她幾步上前,來到李曉偉身邊,不等他開口,直截了當地問道:「告訴我,什麼樣的狀況下,人才會有勇氣用一把這麼長的刀當著自己戀人的面割開自己的喉嚨?」

說著,章桐比劃了個切割喉嚨的動作,並且強調傷口很長很深。李曉偉吃驚地看著她:「你確定他當時的腦子是清醒的?」

章桐從工作服的另一個口袋裡摸出了那張毒物檢驗報告,遞給李曉偉,一臉的無奈:「至少我們沒有從他的生物檢材樣本中檢驗出任何毒物或者麻醉劑的殘留。」

李曉偉來回把報告讀了兩遍,這才把它還給章桐,沉吟片刻後,說道:「那妳老實告訴我,上次在妳家中,我襲擊妳的時候,我的精神狀態是什麼樣的?」

章桐雙手插在工作服裡,認真地看著李曉偉,一字一頓地說道:「你只想殺了我。」

「可是妳也知道我絕對不會那麼做的。」李曉偉急了。

「但是你就是那麼做了,你幾乎真的要了我的命,不過,就差了那麼一丁點罷了。」章桐看著李曉偉的目光就彷彿要直接看透他的內心世界,右手抬高,食指和拇指在空中比了比。

見此情景,李曉偉心裡未免有些發虛,他趕緊把目光移開,尷尬地嘿嘿笑道:「妳知道我當時是被人催眠了的⋯⋯」

「但你就是這麼做了,這是事實,如果不是我家的狗救了我的話,你

第一章　自殺

　　或許就真的得逞了，後悔都來不及。」章桐果斷地說道，她順手推開辦公室的門走了進去。

　　李曉偉頓時慌了手腳，趕緊跟了進去：「可是，妳聽我解釋，我真的不是故意要那麼做的，妳可千萬不能誤會我啊。」

　　章桐在椅子上坐了下來，長長地出了口氣，搖搖頭，道：「哎呀我的李大神棍，這可是你問我的，我當然就說實話了，你也不用急得跟什麼似的。再說了，事情都過去那麼久了，我真要計較的話，你就不是坐在這裡這麼簡單了。」她伸手朝自己面前的椅子指了指，示意李曉偉坐下，這才接著說道，「不過，話說回來，我還真的懷疑死者柯志恩可能就是當初你的翻版，不一樣的地方只在於這次他殺了的，是他自己。」

　　「在案發現場的時候，我曾經聽到過那段曲子，所以，我就把資安組的鄭文龍工程師叫去了，不管怎麼說，一切都以他那邊的音訊資料分析結果為準吧。」

　　李曉偉聽了，點點頭。

　　「你今天來找我有什麼事嗎？」章桐問。

　　「哦，給妳鑰匙。還有丹尼，走之前我幫牠換了新鮮的狗糧和水，應該是可以撐到妳回家了。」李曉偉從牛仔褲口袋裡摸出一把綁著個心形掛件的鑰匙，放在了章桐面前的辦公桌上，「掛件很漂亮，是自己手工做的吧？」

　　章桐的目光中閃過一絲陰影：「是我父親送給我的，已經有些年頭了。」

　　多少聽說過章桐父親的事，李曉偉剛想追問，可是又覺得這樣太不禮貌，便把到了嘴邊的話給生生吞了回去。站起身來剛要告辭，門外走廊上

響起了一陣凌亂的腳步聲，很快，門口便出現了鄭文龍門板一樣的健碩身形：「謝天謝地，兩位醫生都在啊，這太好了！」他邊說邊衝進房間，直接來到顧瑜空著的位置上坐了下來，滑開手中從不離身的平板頁面，隨即把平板遞給章桐，「章主任，妳們看，這是什麼？」

「我只知道這是一幅音訊圖，卻看不出有任何異樣的地方。」章桐搖搖頭，咕噥道。

「沒錯，這的的確確是一幅音訊圖，但卻不是一幅普通的音訊圖，因為它經過了特殊的音訊格式轉換，而且這種轉換方式是經過精心計算的，」說到這裡，他擺了擺蒲扇一樣的大手，「但是它卻有個疏漏的地方。」

李曉偉聽了，頓時來了興趣：「我看過很多有關密碼的小說，難道說這傢伙在這段音訊裡留下了什麼記號？」

話音未落，鄭文龍臉上的笑容卻僵住了，他若有所思地看了李曉偉一眼，聲音中充滿了沮喪：「李醫生，沒那麼簡單的，如果只是照你所說的那樣的話，那就是桌上擺個蘋果等著你拿的難度了。這段音訊，來自大劇院的案發現場主工作臺，我都聽過了，總時長4分53秒，6個章節，雖然和原曲相比，也是屬於降A大調迴旋曲式，但是從第三章節開始，卻比原曲整整多了一個章節，原曲是蕭邦的第九章節第二鋼琴協奏曲，總時長是4分02秒，也就是說，多了將近一分鐘的演奏時間。如果不是內行的人的話，是很難聽出其中的細微區別的。只要會彈鋼琴的人，幾乎都練過這個曲子，但是因為曲譜的差異，所以時長很容易被混淆。做下這段曲子的傢伙，卻是個明白人，他不只智商高得離譜，對音樂方面，也是頗有造詣。我覺得他是在用這種特殊的舉動告訴我們警方，要想和他玩的話，你得是高智商才行。」

第一章　自殺

　　章桐沒吭聲，她早就已經習慣了鄭文龍打開話匣子後的滔滔不絕，所以，她只是伸手指了指自己面前的平板，示意他別扯太遠，繼續說下去。

　　「我是特地提取了這段加工過的音訊給你們看的，不過你們別擔心，我事先都小心處理過了，所以確定裡面沒有任何催眠成分存在。」鄭文龍伸手抓過桌上的拍紙簿，用嘴咬下筆帽，然後在紙上飛快地寫下了一串數字和字母，寫完後，把它交給李曉偉，「這就是這段音訊中所隱藏的資料，經過 C++11 語言轉換後得出來的，這傢伙可是個程式設計高手。章主任，妳熟悉這個嗎？」

　　章桐拿在手裡翻來覆去看了幾遍，最終還是茫然地搖搖頭：「我從未見過。」

　　鄭文龍失望地長嘆一聲，拿過寫著數字和字母的紙，突然，他用手狠狠一拍腦門：「我怎麼忘了這個。」說著，他趕緊重新抓過拍紙簿，埋頭寫了起來。等鄭文龍再次把紙推到章桐和李曉偉的面前時，上面的內容已經完全變了，有了明顯的年、月、日。

　　「1986 年 7 月 8 日。」章桐一臉狐疑地看著鄭文龍，注視著對方近乎期盼的目光，果斷地搖搖頭，「我不知道這有什麼意義。」

　　鄭文龍聽了，頓時像洩了氣的皮球一般往桌上一趴，滿臉的沮喪。

　　李曉偉皺眉想了想，問道：「鄭工，他為什麼費盡心機要告訴我們這個日子？」

　　鄭文龍雙手一攤，心有不甘地說道：「我剛說過，這傢伙就是一個擔心自己腦細胞多得沒地方用的人，進出『暗網』似乎比我們進出網咖還要容易，這幾天裡我一有空就在網路上追蹤他的痕跡，要知道網路可不比我們人腦啊，他怎麼就可以這麼輕鬆地掩蓋自己的行蹤呢？」

「為什麼要拿人腦和網路比？人腦的結構是這世界上最複雜的東西了。」章桐不客氣地反駁道，「人腦不可以被完全複製，而網路是人腦創造出來的。」

　　李曉偉忍不住笑了，他趕緊打圓場：「我想，鄭工的意思是，人會死，但是網路不會，人可以掩飾自己的去向直至徹底消失，但是網路，哪怕是程式設計高手，都會多多少少在網路中留下一點自己的痕跡的。」

　　鄭文龍連連點頭，長嘆一聲：「沒錯。所以呢，章主任，妳永遠都不會知道網路裡到底存在著什麼東西。而讓人感到悲哀的是，我們已經離不開網路了。」說著，他伸手指了指自己的平板，「跟兩位醫生說句實話吧，其實我們做資安的，平時生活中最怕的就是使用網路了，走到哪無論做什麼，都會擔心自己的消息被洩漏，電子錢包裡的錢一個晚上全沒了也不是什麼新鮮事。我們一個兄弟剛才還在說呢，這種職業性的『神經質』叫『資安職業病』。」

　　李曉偉心中一動：「就像這首曲子……」

　　鄭文龍站起身：「是的，下次如果再有人聽到的話，或許在旁人耳中是差不多的一首曲子，但是在我看來卻絕對不是，因為他會再次改變章節程式設計程式碼，理由很簡單，所利用的對象不同了。我想，那也就意味著又有一個人要倒楣了。至於說這首曲子，我個人趨向於是傳達那個日期的可能性比較大，不過，誰知道呢。或許我們聽著正常的，別人耳朵裡就成了催命符了，畢竟我還沒他那麼聰明。」

　　鄭文龍地走出了辦公室，走廊上逐漸遠去的腳步聲和先前比起來明顯變得拖沓了。

　　李曉偉依舊靠著章桐的辦公桌站著，皺眉沉思，半晌，才沉聲說道：

第一章　自殺

「鄭工剛才說的也對：第一，他不會就此罷手，因為這不符合他的個性；第二，利用網路殺人對他來說，少了一種負罪感，相反，充滿了刺激，從而多了一種征服感。我想，他下一次不一定會再用到曲子，或許還會用到別的方法，但有一點是可以肯定的，那就是利用網路，因為這是他所特有的犯罪模式，是他專屬的『簽名』。你想想，能在瞬間奪走遠在千里甚至於萬里之外的特定某個人的生命，這只有在小說裡才會出現的情節，卻在現實中得到了完美實現，對於凶手來講，這將是多麼有成就感的一件事。」

章桐的臉色變了：「要知道這對無辜的人來說，可不亞於是一場滅頂之災。」

李曉偉點頭，認真地看著章桐：「所以，這個人，年齡不會太大；性別方面，我趨向於男性；喜歡網路遊戲，或許這也是他唯一的消遣方式；獨自一人生活，熟悉網路，程式設計高手，有獨自居住的空間並且不受打擾，有一套配置一流的電腦設備，工作自由，不是上班族，平時以駭客為生。」

話音未落，耳畔意外地響起了一陣掌聲，童小川笑瞇瞇地靠在門口：「分析得不錯，李醫生，但是，這樣的範圍幾乎囊括了我們國家所有的年輕男性網民，你叫我們警方上哪去找？」

李曉偉卻不以為然：「別心急，我還沒說完。這傢伙看不起周圍所有人，所以，他在旁人眼中，甚至於自己的親朋好友中，都是一個『怪胎』，因為他從不輕易流露自己的內心世界，也極度討厭別人窺探他真實的生活。」

「一般來說，如此執著於網路的人，不外乎兩種。其一，對周圍人極

度不滿，在生活中屬於弱勢族群，我這裡所指的弱勢，可以指個人資產，也可以指社會地位，被周圍圈子中的人壓制，或者說得不到別人關注，因此，在網路上肆意宣洩心中的不滿，刻意把自己修飾成那種厲害的人物，從而得到周圍人的崇拜。也就是說，生活中得不到的，在網路裡用精神上的意淫來滿足自己，這種人有個外號叫『鍵盤俠』。我們眼前的這位涉案嫌疑人並不屬於這一種，因為在網路上，他還是表現得比較低調的。說到其二嘛，就是純粹地利用網路來達到自己的某種特定目的。這種人的社會地位和前面的『鍵盤俠』或許差不多，但是他所在乎的方向卻並不一樣，對於『鍵盤俠』來說，一點點網路上的小成就，比如說多幾個粉絲之類，就能讓他滿足地在人前炫耀一輩子。但是本案中的這位，他並不需要所謂的認同感，反而是以對方的痛苦來當作自己的成就感。為了達到自己的目的，所有的無辜生命對於他來說，都只不過是一場遊戲中的 buff 而已，存在的意義就只是幫助他完成這次挑戰。所以，這首曲子，甚至於包括以後所有將會出現的方式，都是只屬於他個人的一種挑戰難度和樂趣。而這一切無論怎麼發展，都離不開一個最終目的，」說到這裡，李曉偉看著章桐的目光中不禁流露出了一絲擔憂，「我完全相信他是不會輕易放棄的，要知道為了這一天，他可是等待和籌劃了很久很久。這種性格偏執的人，活著就是為了挑戰一個個在旁人眼中根本就無法實現的目標，毫不誇張地說，這就是他活著的意義。而且，也只有打垮你，才能讓他走向下一個目標。」

　　李曉偉此刻臉上嚴肅的神情讓章桐莫名地感到一些不安。

　　「我不明白你為什麼至今才得出這些結論？」章桐輕聲說道。

　　「沒有足夠的線索，我就沒辦法做出最接近真相的推斷。」李曉偉輕輕一笑，眼神深邃，「從知道這個人存在的那一刻起，我就從未放棄過對他的分析，我所需要的只是時間以確定他的犯罪模式。我就打個比方吧，如

第一章　自殺

果說你們法醫是解剖屍體尋找真相的話，那麼我們心理醫生就是解剖人的思維，異曲同工而已。」

◆ 4

　　走出法醫辦公室，李曉偉感到有些意外，因為童小川始終都一聲不吭地尾隨著自己，他乾脆停下腳步，轉身看著對方：「童隊，我可不需要什麼保鏢，你說吧，找我有什麼事嗎？我看你剛才在章醫生那邊耐著性子聽我說了大半天的話，卻偏偏沒說你來這裡的真正目的。」

　　「李醫生，我確實想問你件事，一個女人在受到極度驚嚇過後，又極度悲傷，我是指她的未婚夫在她面前自殺了，幾小時後她的思維卻仍然很清晰，回答問題的時候也前後邏輯清楚，沒有一句廢話，你覺得這可能嗎？」童小川問。

　　兩人邊說邊朝樓梯走去，上樓，來到一樓大廳。

　　李曉偉想了想，反問道：「童隊，那你所說的這個人，她的具體職業是什麼？」

　　「公關部的。」

　　「那就完全有可能，因為這種大型機構公關部的工作人員，首要工作就是處理各種危機事件，所以，他們被刻意訓練成能夠冷靜果斷地面對一切突然意外，我們心理學上對此有個特殊名詞，叫『古典制約』。簡單來說，就是反覆完成某項動作後，神經系統上就有了固定記憶，形成一種存在於脊柱或者下腦中樞裡的感覺和運動神經之間的直接連線，它們之間的

傳輸是不需要經過大腦思考和判斷的，因為已經做過了多次，被大腦當成了一種本能現象，這種條件反射的範圍不僅限於具體行動，還包括語言和思維方式。」說到這裡，李曉偉雙眉上揚，「所以呢，你剛才所說的那位女士，不排除是本職工作的條件反射，讓她客觀地記住了她所看到的東西，並且牢牢地記在了腦子裡。也就是說，事後她在和你講述這件事情的時候，她本人的大腦很有可能並不認為是在講發生在她自己身上的事，你明白嗎？她所做的，只是一種陳述性工作而已，就像機器人。」

童小川聽了，呆呆地看著他，半天才點頭，「謝啦。」卻又忍不住小聲嘀咕，「真夠囉唆的。」

「這叫科學解釋，不詳細了不行，我也不能亂編，你說是不是？」李曉偉嘿嘿一笑，「但是也不排除她是一個高明的演員，總之，各種可能都有，後面我們就慢慢走著瞧吧。」說著，他順手拍了拍童小川的肩膀，離開了警局。

海子在身後柱子旁探頭道：「老大，做什麼呢，哭喪著臉？」

「沒什麼，就是感覺這書呆子今天有點神經質。」童小川尷尬地笑笑，「走，回辦公室去吧。」

「童隊啊，你可真夠老實的，到現在你還沒看出來嗎？」海子邊走邊仰天長嘆一聲，「看門的老王頭都說了，這李醫生每次來，回去的時候幾乎都是興沖沖的，有好幾次還一溜小跑呢。」

「我們這是警局，可不是什麼電影院，他有什麼好興沖沖的？不就是個顧問，又不拿薪資。」童小川不解。

海子用手指指自己的腦袋：「童隊，我的意思是你該好好用這想想，他每次來都會去看誰？」

第一章　自殺

「法醫處？」童小川想都不想，脫口而出。

「瞎扯，童隊，沒人會願意天天跑來看死人，還笑嘻嘻地走的。」海子哀怨地看了他一眼。

「那你……難道你說的是……章主任？」

海子連連點頭，笑道：「你總算開竅了。老王頭都看到過好幾次兩人在食堂裡吃飯，李醫生偷偷瞧我們章主任，那眼神跟平時都是不一樣的，可溫柔著呢。老王頭說啊，就跟他家小子瞅著他老婆偷著樂同一個感覺，差不了！所以呢……」

「所以什麼？」童小川緊張地追問道。

「這不明擺著嗎？李醫生愛上章主任了。」海子笑得很開心。

童小川卻感覺心裡有點空落落的，臉上勉強擠出了一絲笑容。

這時，大樓外起風了，刺骨的北風瞬間從敞開的窗戶灌滿了二樓整條走廊，吹得懸掛著的一眾科室牌左右搖晃，時不時地發出扭曲金屬鏈的聲音。童小川本能地回頭看向窗外，天空中灰濛濛的，遠處天邊一片烏雲正逐漸覆蓋而來，突然想起在回來的路上等紅燈時所聽到的那段藍哥上傳來的天氣預報，童小川不由得重重打了個噴嚏。

雪，下早了，而下雪前的寒冷程度是不亞於化雪的。

＊　＊　＊

傍晚六點，華燈初上，街頭已經飄起了雪花，雪越下越大，街上行人的肩膀和頭髮上很快就落滿了白色的積雪。這是今冬以來所下的第一場大雪。

忙碌了一整天的市警局大樓裡也安靜了許多，四樓資安組值班室中只

留下了一盞燈。同事們都下班了，鄭文龍今晚值班，他坐在電腦桌邊，看著滿螢幕的資料，不斷敲擊著鍵盤，清脆的鍵盤聲在整個房間裡迴盪，他臉上的神情是如此執著與專注。

這幾天來，嘗試過無數次追蹤，不斷變換的 IP 資料也被如數記錄了下來，親自編寫的嗅探程式被安插進了自己所能想到的每個網路空間，這是一場不能輸的戰爭。

網名「美少女戰士」的「潛行者」已經很久都沒有傳郵件了，雖然心中有些小小的失落，但是鄭文龍卻養成了每天都會查看自己私人加密信箱的習慣。他不知道該如何來評價「潛行者」存在的對與錯，不過有一點是可以確定的，那就是和別的「潛行者」相比，這個從未謀面的「美少女戰士」是一個很有正義感的人。網路上和現實中一樣，也有必須遵守的規則，「潛行者」是介乎於駭客與白帽子之間的人，他們來自世界各地，職責是維護「暗網」和正常網路之間的平衡執行，但是這個「潛行者」卻透露出了明顯的正義取向。鄭文龍也知道，要想抓住那個「瘋子」，就必須依靠「潛行者」。這是一個自己無法否認的事實。

儘管「美少女戰士」在網路上似乎已經消失得無影無蹤。

下午的時候，同事給他發來一篇最新的有關人工智慧的探討文章，說不久的將來，或許人的大腦思維方式和記憶就可以完全被移植進網路世界裡，那樣的話，即使人的生命在現實生活中消失了，在網路上依舊可以以一個虛擬的狀態存在。看完後，他本想一笑了之，可是腦海中卻突然閃過了「潛行者」的影子，心中瞬間變得沉甸甸的。這個時候，鄭文龍才突然意識到，自己已經開始擔心「潛行者」的人身安全了。

窗外，風不停地吹著，雪越下越大，不斷拍打著資安值班室的窗戶，

第一章　自殺

漸漸地在窗框上累積了厚厚的一層白雪。隨著夜幕逐漸籠罩整個城市，氣溫下降，過了今晚，明天的街頭應該就會有薄冰了。

鄭文龍徹底打消了明天早上下班後再回家休息的念頭，他從後面的倉庫裡拖出了那張狹小的行軍床，放在自己的辦公桌旁，然後鋪上被褥。忽然想起值班室的熱水瓶壞了，這麼冷的天，沒熱水喝可不行，便抓起手機，開門向樓下走去，警衛室有幾個大熱水瓶，隨便借用一個是沒有問題的。

夜晚的警局大樓裡人不多，顯得格外空曠，每一層樓就那麼一兩盞燈亮著，都是晚上不回家的值班警官。匆匆來到一樓大廳，推開玻璃門的時候，因為身上穿著單薄的作訓服，沒有想到大樓外是這麼冷，鄭文龍不禁凍得直哆嗦。

剛想伸手推開警衛室的門，眼前一花，似乎有什麼東西在牆角。鄭文龍不由得停下腳步，這才看清楚站在雪地裡的是一個年輕女孩，穿著大紅色的薄羽絨外套，斜挎著一個黑色電腦包，頭上戴著一頂白色的護耳帽。女孩不停地原地踏步跺腳，雙手哈氣取暖，應該是等了有一段時間了。

「妳找誰？」鄭文龍隨口問道，同時伸手推開了警衛室的大門，暖氣撲面而來，「進來吧，外面冷。」

女孩沒有遲疑，趕緊跟了進去，滿口道謝。

警衛室裡沒有人。這時候，鄭文龍才感覺到對方雖然能夠講中文，但是並不非常流利，這才認真打量眼前這個身穿紅色外套的年輕女孩典型的亞裔面孔，詫異地問道：「你不是本國人？」

年輕女孩點點頭，大方地伸出右手：「你好，打擾了，叫我阿妮塔吧，我是泰國人，昨天才來到這裡的。」

鄭文龍更吃驚了：「泰國人？現在出入境管理處的都已經下班了啊，明早八點才上班，更何況我們市也沒有泰國駐華領事館，最近的也要在200公里開外的城市……請問我現在能幫妳什麼忙嗎？」

女孩嫣然一笑，搖搖頭。

鄭文龍的臉頓時紅了，他趕緊把頭轉了過去，怕對方沒有聽懂自己所說的話，便放緩語氣重複一遍道：「請問我能幫妳什麼忙嗎？What can I do for you?」

阿妮塔還是搖搖頭，笑著說：「警官先生，不用刻意說英文，我能聽懂中文，只是我說得不太好而已。我今天來是為了這個事。」說著，她便從斜挎在自己身上的電腦包裡摸出一本厚厚的裝幀精美的泰文小說，伸手遞給了鄭文龍，「警官先生，讓你費心了，我要找這本書的作者，我是她的外國粉絲，超級粉絲。」為了表示自己心中的敬意，阿妮塔刻意加重了最後四個字。

鄭文龍一臉詫異地接過女孩手中的書，瞥了眼封面，頓時恍然大悟，他早就聽說過刑科所的章桐在寫書，「妳要找的人，恐怕是我們刑科所的章主任，經驗豐富的基層法醫，雖然我不懂泰語，但我可以肯定就是她寫的。」

阿妮塔聽了，連連用力點頭，興奮地說道：「就是她！沒錯！我要找她，找她給我簽名。」

鄭文龍可是見識過所謂的「粉絲力量」的，他不禁苦笑道：「對不起，阿妮塔，現在警局都下班了，妳真要找章主任的話，那就請明天來吧。或者說把這本小說留在這裡，明天晚一點來拿也可以，我一定請她幫妳簽個名，滿足妳的願望，也不會讓妳白跑一趟，妳說呢？」

第一章　自殺

　　阿妮塔猶豫了一會兒後，隨即點頭道：「好吧，不過，請一定好好保管這本書，我非常喜歡的。如果能和她見一面，那是我最大的願望。對了，警官先生，請問你是……」

　　「哦，我還沒自我介紹，」鄭文龍有些尷尬，「我姓鄭，鄭文龍，是網路安全大隊的，這是我的工作證件。」說著，他便把胸口掛著的出入工作牌拿給對方看。

　　阿妮塔看著鄭文龍若有所思，片刻過後，她微微一笑，禮貌地點頭道：「謝謝你，鄭警官，我放心了，不過我明天不一定會過來，因為我要參加一個活動，但是我一定會來拿書的，所以，請多費心。」說著，女孩雙手合十致意，然後便推門走了出去。

　　站在門口，看著白色雪地中女孩逐漸遠去的紅色背影，鄭文龍竟然有些呆了。

　　「看什麼呢，傻小子？」身後傳來了門衛老王頭的聲音。

　　鄭文龍臉紅了，想了想，問道：「老王頭，這個姿勢，是什麼意思？」說著，他依樣畫葫蘆衝著門衛老王雙手合十致意。

　　「誰對你做的？剛才那女孩嗎？」老王頭感到有些意外。

　　鄭文龍點點頭。

　　「她應該是泰國人吧。我兒子夏天的時候給我報了個團去泰國旅遊，那邊的人都這手勢，跟進了佛堂似的，導遊說了，意思是『問好，感謝』之類。」說到這裡，老王頭一臉狐疑地看了看那女孩離去的方向，嘴裡嘀咕道，「這時候，都晚上八點多了，哪裡來的泰國人？」

　　鄭文龍順手把書夾在手臂肘底下，聳聳肩，笑嘻嘻地說道：「估計是搞錯時間了吧，人家才剛到這裡，我叫她明天再去找出入境的人。」

「那你小子這時候在這幹嘛？」老王頭雙手抱著手臂看著他。

「這不資安辦公室裡的暖壺炸了，來要個新的。」鄭文龍尷尬地笑了笑，卻把那本書夾得更緊了。

「不對，你小子今天有點發傻，是不是……」

被人直截了當地戳穿了心事，鄭文龍瞬間臉紅了，他趕緊支支吾吾地在牆角的暖壺堆裡胡亂找了一個，隨即溜出了警衛室。這第一次被女孩這麼溫柔地看著，鄭文龍的心裡頓時感覺到了從未有過的暖意。

＊　＊　＊

接近凌晨的街頭格外安靜，大街小巷空空蕩蕩的看不見人影，昏黃的路燈下，雪花無聲無息漫天飛舞，這是今年冬天的第一場雪。

市中心 24 小時營業的肯德基店後門外，一輛單車歪倒在地，旁邊雪地上一個年輕女人大聲叫喊著：「有人嗎？有人幫幫我嗎？……」

許久，後門的鎖釦發出了清脆的咔嗒聲，緊接著，一位年輕女孩走了出來，因為店裡開著暖氣，所以她身上穿得不多，只是一件薄薄的羊毛衣，凍得有些發抖。

藉著屋頂肯德基廣告牌的燈光，她趕緊來到斜躺在地面上的女人身邊，單膝跪地，關切地問道：「我剛才在上洗手間，出來才聽到妳的呼救，出什麼事了，嚴重嗎？需要我幫妳叫醫生嗎？」

地上的女人艱難地伸手指了指不遠處的位置：「謝謝妳，謝謝妳，我是來這裡拿單車的，我的汽車就在那邊，因為路口太小，我開不進來，能扶我到我的車裡嗎？我的電話在車裡，我可以打電話叫醫生，不過應該沒事，我的腿，估計只是普通的扭傷。」

第一章　自殺

　　肯德基後門外有一片專門停放單車的區域，而女人右手所指的方向，也確實有一輛廂型車停在 20 公尺外的馬路邊上，後門開著。在女人右手邊倒著的，是一輛女式運動型單車。

　　年輕女孩點點頭，伸手扶起女人：「來，我幫妳。」

　　女人感激地說道：「妳是個好女孩，謝謝妳，好人有好報的。」

　　年輕女孩笑了：「不用謝，我先扶妳過去，再回來拿單車也不遲。」說著，年輕女孩攙扶著她緩緩走向不遠處的廂型車。

　　廂型車開走了，徒留下雪地上那一輛歪躺著的女式運動單車。仔細看過去，那單車停放區域裡，有著好幾輛同樣款式的女式運動型單車。

　　寒風呼嘯，雪越下越大，地上的腳印很快便被覆蓋得乾乾淨淨。天快亮了，一個滿臉倦容的夜班員工探頭朝外張望了下，便又匆匆關上了門。

　　外面實在是太冷了。

第二章　領屍體

　　一個凶殘的對手並不可怕，而一個躲在陰影裡的對手卻猶如一條吐著信子的毒蛇，隨時隨地都有可能置你於死地，而你，很不幸，唯一能做的，卻只是在臨死前看清楚對方的臉而已。

✦ 1

　　雪後的早晨，是異常寒冷的。

　　天還沒亮的時候，章桐便被床邊地板上丹尼不斷發出的騷動聲給驚醒了。其實她還挺佩服丹尼的，雖然只是一條狗，並且還不是一條純種狗，卻不僅看得懂牆上的掛鐘，更會在每天一個固定的時間過來叫主人起床。

　　丹尼有著比鬧鐘還可怕的準時意識。尤其是當牠無意中愛上了對面社區的那條漂亮可愛的母哈士奇後，牠便越發珍視早晨那僅有的半個小時陪主人晨跑的機會。因為在剩下的時間裡，牠都只能孤單地蹲在陽臺上，對著對面社區的方向發呆。感情這種東西是說不清道不明的，有時候哪怕只是看一眼，就注定了自己下半輩子的歸屬。據窩窩寵物店的韓老闆推測，丹尼大概是在寄養的時候愛上了那條叫馬鈴薯的母哈士奇。這，難道不就是緣分嗎？

　　章桐無奈地睜開眼睛，窗外昏黃的路燈照射在窗簾上，黑影綽綽，勉

第二章　領屍體

強能夠看清楚房間裡的東西。果真五點還沒到，因為社區的路燈熄滅時間是早上五點整。

既然醒了，那就乾脆起床吧。

章桐把手伸進枕頭底下，準備找一根橡皮筋把自己的頭髮紮起來。

章桐的頭髮說長不長說短不短，不紮起來也確實挺麻煩的。不過但凡是個女人，似乎就都會遇上買了一大堆髮圈，想要用的時候卻一根都找不到的情況。她坐在床上皺眉想了一會兒，這才記起昨晚洗完澡上床睡覺的時候，自己解開頭髮時就是這麼隨手把它朝枕頭底下一丟，方向是不會錯的。但是手指所觸及之處，不只碰到了皮筋，還意外碰到了一個陌生的東西，等拿出來一看，章桐頓時愣住了，這分明是一塊手錶，而且是一塊男士手錶。

遲疑了一會兒後，她突然想起就在前幾天，童小川因為醉酒，沒有地方可去，便和李曉偉兩個人半夜三更從路邊攤出來後，跑一街之隔的自己家來借宿。看著手中的這塊手錶，章桐不禁自言自語道：「這傢伙手錶都忘我家好幾天了，怎麼就不記得問我要呢？」想想這段日子裡天天上班累得回家倒頭就睡，自己哪有心思去打掃啊。

順手擰開床頭燈，一聲長嘆，面對著丹尼期待的目光，章桐只能乖乖地掀開被子，從床上滑了下來，把手錶往床頭櫃上一丟，趿拉著拖鞋去洗手間盥洗。

來到洗手間裡，打開水龍頭，聽著嘩嘩的水聲，抬頭卻無意中看到鏡子中日漸憔悴的自己，白髮已經過早地在頭上清晰可辨，章桐不禁越發鬱悶起來。

這兩天裡雖說並沒有什麼大案發生，僅有的一次命案也是以自殺告終，

但是她的心中卻總是感到一種風雨欲來的不安，1986年7月8日，那一天裡到底發生了什麼？以至於那個傢伙要以一種如此殘忍而又特殊的方法來提醒自己，也可以說，是用一條生命的代價。

李曉偉曾經語重心長地對自己提起過——一個凶殘的對手並不可怕，而一個躲在陰影裡的對手卻猶如一條吐著信子的毒蛇，隨時隨地都有可能置你於死地，而你，很不幸，唯一能做的，卻只是在臨死前看清楚對方的臉而已。

1986年的時候，自己還沒滿十歲，即使有記憶，在那個年代，也是片段性和選擇性的。而凶手又只盯著自己，難道說，這事情竟然是和自己父親章鵬有關？章桐一邊刷著牙，一邊陷入了苦苦的思索。

父親章鵬那時候是一個參加工作不到10年的年輕法醫，雖說手頭也處理了很多案子，但是卻並沒有太多成就感，因為當時的刑偵技術有限，條件極差，沒有專門的解剖室不說，就連案發現場屍體的保護，也有一定的難度。毫不誇張地說，當時的10個命案如果能順利並且及時地勘破6個就已經很不錯了。

難道說，這個數字背後所代表的是一個未決的命案？想到這裡，章桐的心中不由得一凜。父親已經過世多年，她真的不願意再去打開那段屬於父親的記憶，因為無論過了多久，父親的死，在自己的心中，永遠都是一個無法彌補的傷痛。

草草地盥洗完畢，章桐心事重重地回到房間，換上運動服後，便帶上鑰匙和手機，牽著丹尼出了門。

早晨的空氣雖然寒冷，卻異常清冽。風一吹，枝頭的積雪紛紛飄落，儼然又是一場小雪的景象。社區路面上空無一人，章桐站在路邊給自己綁

第二章　領屍體

　　上髮帶，打開運動手環，深吸一口氣後，定定神剛要走下路沿，右手邊停著的那輛車卻讓她吃了一驚。

　　整個車身髒兮兮的，車窗玻璃上除了積雪便滿是灰塵。儘管如此，章桐卻一眼就認出了這輛車，她輕輕嘆了口氣，上前用手套擦了擦窗上的積雪，看清楚車內駕駛座上果真是縮成一團抱著手機呼呼大睡的童小川，便虎著臉拍了拍車窗玻璃。

　　見對方依舊沒醒，乾脆拿起手機撥通了童小川的電話，驟然響起的電話鈴聲嚇了他一跳，手忙腳亂地抓住手機，剛想接聽電話，就看到了車外站著的章桐，愣了一下，便嘿嘿傻笑了起來。

　　「傻笑什麼，開車窗啊！」章桐一邊咕噥著一邊做了個搖下車窗的手勢。車內的童小川總算是看明白了，趕緊按下自動開窗鍵，玻璃窗緩緩落下，章桐便向前趴在車門上，皺眉說道：「我說童大隊長，大清早的，跑我家樓下蹲著幹嘛？」

　　童小川臉紅了，尷尬地說道：「保護妳的安全。」

　　「謝啦，我可沒那麼弱不禁風。再說了，童大隊長，你別忘了我可是法醫，臨床經驗十足的法醫，毫不誇張地說，我能在短短的五分鐘內迅速想出不下10種殺人方式，並且無論哪一種你都不會在短時間內看穿，明白嗎？你應該慶幸我只是一個法醫，而不是殺人狂魔。所以，趕緊開車回家吧，穿那麼少別凍感冒了。」說著，她順手拍了拍車頂，示意他開車，然後自己便牽著丹尼向前慢慢跑去了。

　　晨跑是章桐的習慣，只要不出警，她就必定堅持晨跑，少則3公里，多則5公里，其中的區別除了看心情就是看時間，沒辦法，誰叫自己是法醫呢，看多了死亡，越發珍惜生命也是理所當然的。

跑了大約一公里，章桐這才猛然想起那塊還在自己家床頭櫃上放著的男式手錶。

＊　＊　＊

　　上午開過早會後，主管刑偵的副局長陳豪便打電話把童小川叫去了辦公室，剛進門，他一眼就看到了坐在沙發上的吳嵐，不禁眉頭微微一皺。

　　陳豪點頭示意童小川坐下，然後說道：「吳主編這裡，我就不多介紹了，今天她來的主要目的，就是受還在醫院裡的方小姐和在海外的死者柯志恩父母的委託，前來辦理認領柯志恩屍體的手續。」說著，他伸手拿起桌上的兩份委託書和一份申請書，以及相應的審批資料，一併交給了童小川，「童隊啊，接下來，你就處理一下吧。同時，因為死者在社會上還是有一定知名度的，所以你更要做到低調，以免社會輿論方面發生不必要的意外，明白嗎？」

　　童小川點點頭：「這沒問題，陳局。但是這麼快就把屍體領走，合適嗎？」

　　「不合適？死因難道不是自殺嗎？」陳豪不解地問道。

　　「死因的話，確實是自殺，但是有一些情況還沒有具體落實……」

　　童小川話還沒說完，一旁的吳嵐便揮手打斷了他：「童小川，哦，不，我應該稱呼你童大隊長，你剛才所說的『情況』，應該就是指那首所謂的曲子，對吧？在來這裡之前，我聽過，沒有任何問題，更何況和你們陳局都已經談到現在了，我的神智以及言談舉止是否正常，陳局，你是最有發言權的了。」

　　陳豪聽了，無奈地點點頭：「我可以證實，吳主編從進辦公室到現在，不只是陳述事情的經過條理清楚，講話的方式用詞也是沒有任何邏輯錯誤

第二章　領屍體

的。她確實很正常。」

吳嵐挑釁地看著童小川，語速飛快地說道：「那不就得了，手續完備，合理合法，你憑什麼故意刁難？要知道人家柯先生的父母就這一個兒子，在得知噩耗後，因為過於悲痛，無法親自前來，而方小姐，你也是知道的，她人在醫院裡，還得觀察兩天，所以就全權委託我把屍體送往火葬場，舉行葬禮，讓柯先生早日安息。請問，童大隊長，我剛才所說的哪一條違法了？」

童小川頓時被說得啞口無言，無奈只能點頭答應：「好吧，我這就帶妳去辦。」

走到門口的時候，童小川看似不經意地問道：「你一個人來了，那方小姐呢？你不陪著她？」

「她的親戚來了，一個很靦腆的年輕人，不太愛說話，我可跟他處不來。」吳嵐聳聳肩，顯得很不以為然。

童小川知道吳嵐的直性子，但是心中總是感覺有些異樣，便又追問道：「方小姐的親戚？在哪工作的？我怎麼在檔案中沒看到啊。」

吳嵐瞥了他一眼：「是親戚難道就必須在同一個戶口本上？真是的。不過說到工作，你可別小瞧人家，這年輕人很有本事的，不輸於方梅呢。」

童小川笑了：「看來你和方梅的關係還挺不錯的。」

吳嵐搖了搖頭：「這倒沒有，我們之間也只不過是工作關係罷了。昨天你們來之前，那年輕人剛走，方梅說他在一家很有名的事務所工作，做技術員，薪資還挺高的。這人跟人之間，真的是不能比。」

童小川不吭聲了。

＊　＊　＊

　　市警局底樓法醫辦公室裡，章桐推門走了進來，直接來到辦公桌前坐下，她正要伸手打開電腦，遲疑了一會兒，停留在半空中的右手便換了個方向，轉而向下面第四個抽屜伸去。平時，她很少打開這個抽屜，她很清楚，這裡面所存放的東西，對她來講是至關重要的，因為這個抽屜裡存放著父親的好幾本工作筆記。去年檔案室搬家，老檔案員趙其中出人意料地給章桐搬來了一個陳舊的紙箱，上面用黑記號筆寫著「章鵬」的名字，字跡很陌生，筆畫甚至有些幼稚，應該不是父親寫的。在這之前，章桐看過很多父親的字跡，既是為了工作，同時也為了內心深處那份對父親的深深思念。

　　市警局裡有個不成文的老規矩，無論你工作了多久，哪怕你不在局裡工作了，都必須把你曾經的工作筆記存在檔案室，這當然是出於工作保密的需求。所以檔案室裡有專門一個房間用來存放所有的工作筆記，標上標籤，寫上名字，從地板堆到天花板的箱子按照姓氏分類，被整理得井然有序。

　　章桐的父親已經故去很多年了，如今她也是這個警局的法醫，檔案員老趙不無感慨地說，這或許就是冥冥之中注定的吧。所以，章桐在名義上接收她父親的筆記本無可厚非。

　　父親章鵬是個做事嚴謹的人，雖然說家中也有父親的日常筆記，但是正規的、系統的工作筆記，卻還是不多的。當時，章桐簽了字，拿到工作筆記箱後，並沒有打開逐一閱讀，相反，卻用一把鐵鎖把它給牢牢鎖在了自己辦公桌最下面的抽屜裡。

　　按照常理來說，這種情況下，章桐是非常想讀一讀父親的工作筆記

第二章　領屍體

　　的。可是，一方面，因為自己工作的忙碌，閒暇時間不是很充裕。而另一方面，也是真正的原因所在：章桐始終都邁不過心中的那道檻。父親章鵬徹底改變了自己的人生軌跡，所以，她珍藏著對父親的記憶，卻並不捨得打開，因為只有這樣做，她才能夠在別人眼中繼續保持堅強的形象。尤其是面對李曉偉的時候，章桐總害怕被他看穿自己內心真實的脆弱。

　　此刻，她知道自己不能再猶豫了，把鑰匙插進鎖孔，轉動，聽著耳畔傳來的那清脆的咔嗒聲，她無聲地嘆了口氣，接著便拉開了抽屜。

　　筆記本按照封面的時間被排列得整整齊齊，一年兩本，本子是統一制式的，所以不存在什麼所謂的好不好看之類，封面上父親的字跡龍飛鳳舞中透露出一種倔強的執著。從最初入職時的那一本標記為 1978 年的筆記開始，直至父親離開警局的最後一個案子，全都被工整而又嚴謹地濃縮進了自己眼前的這個抽屜裡。

　　章桐深吸一口氣，定了定神，然後按時間序列，抽出了標記為 1986 年的兩本工作筆記，關上抽屜，擺在辦公桌上。伸手打開檯燈的那一刻，章桐心中竟然感到了莫名的激動，就好像父親此刻正坐在自己對面一樣。

　　如果時光真的能夠倒流的話，那該多好啊。

＊　＊　＊

　　辦公室外的走廊上，顧瑜正抱著一堆列印好的屍檢報告走出列印室，迎面便看到了童小川和他身後緊跟著的吳嵐。

　　「童隊，怎麼有時間來我們法醫處了？」顧瑜開玩笑地說道。

　　「領屍體。妳們章主任在辦公室嗎？」童小川沉聲問道。

　　「當然在，可是⋯⋯」顧瑜似乎有話要說，臨了，稍做猶豫後，卻又打

消了念頭，她騰出一隻手，握住門把手推開了辦公室的門，提高嗓門說道：「章主任，童隊和死者家屬來認領屍體。」

章桐一愣，順手拉開抽屜把筆記本放了回去，起身問道：「誰的屍體？」

童小川和吳嵐走了進來：「打擾了，章主任，陳局吩咐說要把柯志恩的屍體交由吳嵐小姐帶回去，手續都是齊全的。」

章桐和顧瑜雖然沒有見過吳嵐，但是對她的名字還是很熟悉的，不禁愣了一下，緊接著，她略帶遲疑地說道：「怎麼這麼快？我這邊還沒正式結案呢，還得等歐陽工程師那邊一份微量物化驗報告。」

童小川似乎有些疲憊：「不就是自殺嗎，現在我們警方可是管不了了，那就交給她們算了，反正程序方面也沒什麼毛病。再說這事，也是上頭的意思，要盡量做到低調，避免太多媒體方面的麻煩。」

吳嵐沒有說話，卻自始至終都毫不客氣地瞪著章桐，似乎要就此看穿章桐的內心。

死者家屬前來警局認領屍體是很正常的一件事，只要一樣不差地走了程序，章桐也不能阻攔，更何況私底下她也確實認可自殺這個結論。但是想到死者讓人無法解釋的死亡方式，章桐的心中卻又感到一絲不安和內疚──自己沒有證據直接證明是那首曲子殺死了死者。

她權衡了一番後，果斷地伸手抓起辦公桌上的話機，撥通歐陽工程師的電話。

「歐陽工程師，我是章桐，問下那份微量物報告出來了沒有？」章桐一邊說著，一邊抬頭打量了一眼目光咄咄逼人的吳嵐，不免有些暗自同情起了童小川。

在等待歐陽列印報告的間隙，顧瑜便向童小川和吳嵐解釋道：「這份

051

第二章　領屍體

報告是我們每一次屍檢都必須要做的，是標準程序，請吳小姐理解一下，就耽誤幾分鐘時間。」

「妳們快點好不好，殯儀館的車都在外面等著呢，這可是要算錢的，難不成妳們出嗎？這什麼辦事效率！」吳嵐不滿地斥責道。

「妳什麼態度！」童小川忍不住了，沉聲吼了一句，「這裡是警局，不是你們日報社。」

吳嵐有些吃驚，張了張嘴，卻還是乖乖把話嚥了回去。

終於，電話那頭的歐陽工程師拿到了最終的結果，在簡短的交流過後，章桐輕輕掛上了電話，冷冷地看了一眼吳嵐：「我簽字就是，你們別吵了。」

尷尬之餘，童小川臉上不由得一陣紅一陣白。

顧瑜去後面的冷庫搬運屍體，房間裡靜悄悄的，大家都在等待後面冷庫所傳來的滾動輪床的聲音，聲音越來越近。幾分鐘後，顧瑜便推著一架不鏽鋼輪床走了出來，上面放著的，正是前天在大劇院中割喉自殺身亡的柯志恩的屍體，從頭到腳蓋著白布。見此情景，吳嵐本能地向後退了一步。

「怎麼？都不敢碰？」顧瑜的聲音中流露出一絲不滿，剛才這個傲慢的女人看著章桐時那明顯充滿敵意的目光被一旁站著的她看得清清楚楚。

「小顧，妳去忙吧，這邊有我就可以了。」章桐趕緊制止住了她，她非常了解自己這個手下直率的個性。

「好的，主任，有事隨時叫我，我就在隔壁。」顧瑜不客氣地瞥了吳嵐一眼後，便推門出去了。

「我的下屬年輕，說話有點沒禮貌，吳小姐別太在意。」章桐淡淡地說道，同時飛快地在放行單和證明單上簽下了自己的名字和具體時間，然後

把手續如數交還給吳嵐,「我就不送你們出去了,麻煩童隊等下幫著把輪床給我們送回來。」

童小川點點頭,用眼神向章桐表示了歉意,便轉身推動輪床準備向門外走去。才剛走幾步,身後便傳來了章桐的聲音:「等等,童隊。」

「還有什麼事?」童小川轉頭問道。

「我差點忘了,你是不是丟了塊錶?」章桐問。

童小川驚訝地看著她:「沒錯,我確實弄丟了一塊,棕色錶帶,老牌的雙獅,我找了兩天了。」

一聽這話,章桐點點頭:「那就沒錯了。」便把右手工作服口袋裡的那塊男式手錶俐落地往童小川手裡一塞,咕噥了句,「你把它忘我枕頭底下了,我今天早上才發覺,抱歉。不過,下回可別這麼粗心了。看上去還挺貴重的呢。」

＊　＊　＊

夜幕降臨,即使過了看病的時間,市第一醫院的門口依舊人來人往,畢竟這是市中心最熱鬧的地段,顧大偉開著新買的豪車圍著醫院繞了好幾圈,才終於在醫院隔壁的小巷子裡找到一個停車位。

停好車後,他匆匆走出巷子,走進醫院急診科的大門。走過值班臺的時候,顧大偉也沒停下腳步,直接拐進走廊,來到30至35床的大病房門口,他瞥了眼門口的病人姓名牌,便不動聲色地推門走進了病房。

他來到方梅的病床前,順手拉上了病床的隔離幔帳。這時,方梅醒了過來,等她看清楚站在自己面前的是顧大偉的時候,眼睛一亮,嘴角露出了迷人的微笑。

「顧醫生⋯⋯」

第三章　誤會

第三章　誤會

　　中年男人笑了：「這爐子早不壞晚不壞，偏偏今天就壞了，要是爐子好的話，你們這趟可就算是白跑了，屍體早就燒成一堆灰咯。塵歸塵，土歸土，一個人在這世界上就沒什麼留下的了。」

◆ 1

　　難得的午後溫暖的陽光為市第一醫院的門診大樓鍍上了一層靚麗的金色。

　　電腦開著，面前的候診椅上卻空蕩蕩的。

　　李曉偉無聊地在手機上刷著2048數字小遊戲，似乎只有這樣，他才能夠盡快地打發掉這剩下不到一個小時的門診時間。

　　而不至於瞪著電腦螢幕發呆。

　　市第一醫院是著名的醫院，幾乎每個科室患者都是人滿為患，更別提兒科了，就算往上隔了好幾層樓，李曉偉仍然時不時地能聽到不斷飄下來的孩子拚命的哀號聲。但是他所在的心理科除外，用老同學顧大偉的話來形容，那就是蜘蛛都懶得在這裡結網了。

　　其實李曉偉自己私底下想想，也是難以理解，苦守著這貧瘠的一畝三分地，整個科室就剩下自己和一個馬上就要退休的主任，就連唯一的護理

師阿彩也被婦科抽走了，完全可以預見到不久的將來，自己將是碩果僅存的人。

院裡頭的長官也不是沒動念頭要撤掉心理科，眼不見心不煩，但是考慮到心理科一旦關門的話，下次評定可就懸了，便狠狠心保留了下來，甚至於為此還對李曉偉表示說絕對不會虧待他的堅守。

「不就少幾個錢嗎，開心就好！」李曉偉小聲自言自語道。

話音未落，門診室的門竟然奇蹟般地被人推開了，李曉偉吃驚地看著門口站著的人，不禁脫口而出：「童隊，你怎麼來了？」

童小川應聲摘下了口罩。

李曉偉還想再問，目光落在他的右臉上，便硬生生地把都到了嘴邊的話給嚥了下去。

童小川沮喪的臉上新鮮的指甲劃痕伴隨著表皮破裂和輕微紅腫的症狀明擺著就是告訴李曉偉——他被人打了，而且是被一個留了長指甲的女人打了。

李曉偉趕緊伸手指了指自己面前的候診椅，示意他坐下，這才低聲同情地說道：「兄弟，到底出什麼事了？你們現在的犯罪嫌疑人這麼凶猛啊，還用指甲撓警察？去過急診室了嗎？」

「不去。」

「為什麼？」李曉偉更是感到不可思議了。

「丟臉！」

說著，童小川誇張地嘆了口氣，順手從口袋裡摸出菸，打火機打了半天卻還是啞的，便用懇求的目光看著李曉偉：「兄弟，借個火。」

第三章　誤會

「等等，我先去開窗通風。」李曉偉來到窗邊，打開半扇窗，順手又從雜物盤裡拿了一個打火機，回來坐下後，丟給童小川，「我不抽菸，但是同事老陳抽，偷偷摸摸的，所以打火機是少不了的。」

「謝啦，李醫生。」童小川感激地點上菸，深吸一口後，鎮定了好一會兒，臉上的神情才算是舒展開來，聲音也恢復了正常，「正好經過這，辦完事後順便找你聊聊，心裡憋屈，想想我可真夠倒楣的了。」

「倒楣？」李曉偉伸手指了指他臉上的傷口，「誰打的？難不成是吳嵐？」

一語說中痛處，童小川看著李曉偉的目光中充滿了落寞：「就是她，我這次都差點動手打回去了，可想想我是警察，不能犯錯，便咬牙忍了。」

「她為什麼打你？」李曉偉不解地問，「還打得這麼狠。」

童小川愣了一會兒，似乎是在斟酌自己的用詞，可是很快，他嘴角露出一絲苦笑，搖搖頭，無奈地說道：「她罵我臭流氓，生活作風不好。也真虧她想得出來。」

「她憑什麼罵你，這沒道理的。你的為人我再清楚不過的了。」李曉偉皺眉說道，「她這分明就是無理取鬧嘛。」

童小川聽了，也沒說話，就只是舉起了自己的左手，指了指手腕方向：「就為了這塊錶，吳嵐知道這塊錶，是我爺爺留給我的，那天晚上我不是喝醉了嗎，稀裡糊塗地就記得你帶我去了章主任的家，後面的事我自然就什麼都不知道了。」

李曉偉八成猜到了事情起因，便更是同情狼狽不堪的童小川了：「你沒地方睡，我和章醫生便把你挪到了她的床上。至於說這塊手錶，是我順手摘下來的，就放在枕頭邊，因為你那時候在酒精的作用下，渾身血液流動速度增快，但是手腕上的手錶卻箍得很緊，我怕出意外，便，便順

手……兄弟，你不向吳嵐解釋嗎？」

「憑什麼解釋，我又沒錯。」童小川皺眉說道。

李曉偉想了想，又說道：「那跟我說說後來發生的事。」

童小川不住地長吁短嘆：「上午的時候，我陪吳嵐去法醫辦公室認領屍體，臨走的時候，章主任直接就把這塊手錶還我了，說是在她枕頭底下發現的。她說得沒錯，可是她卻沒注意到我身旁的吳嵐，雖然當時沒有爆發出來，出門後，辦完了屍體交接手續，殯儀館的靈車開走了，這大小姐的臉也就耷拉下來了，甩手就狠狠給了我一巴掌，罵我是腳踩兩隻船的臭流氓……」

李曉偉強忍住笑，伸手一揮，打斷了童小川的訴苦：「那你是埋怨章醫生咯？」

童小川搖搖頭，小聲說道：「說句良心話，我倒是沒怪她，這事與她無關。那天晚上她收留我們也本就是出於好心。」

「等等，我有兩個問題，第一，吳嵐怎麼會跟你要屍體？誰的屍體？難不成是大劇院的那個調音師？」李曉偉不解地問道。

「沒錯，就是他。吳嵐手上有齊備的手續資料，包括死者父母和死者女朋友方梅的委託書，沒有任何瑕疵，那時候局裡正發愁到底該如何低調處理這件事，便順水推舟讓她接走了，直接送去殯儀館，等過兩天告別儀式結束後，就把骨灰交給方梅送去國外死者父母身邊。」童小川低聲回答道，「再說了，案子已經證實是自殺，那我們警方再繼續扣留屍體，就說不過去了，人家柯志恩畢竟是公眾人物。雖然說那首曲子很邪門，可我們並沒有直接的證據拿來改變這個案件的性質，你說對不對？」

李曉偉點點頭：「好，那第二，說這話的時候，章醫生不會沒注意到

第三章　誤會

吳嵐的存在吧？」

童小川先是搖搖頭，卻又無奈地點頭，不吭聲了。

見事已至此，李曉偉便長嘆一聲，勸慰道：「童隊啊，別鬱悶了，也別怪章主任，事情都過去了。她這麼做，也不會是別有用心，她這個人雖然智商很高，但是在情商方面，還有為人處世方面，老實說相對就比較薄弱一點，做事也直接一點，不太會和身邊人換位思考。所以我想，她應該是沒有想到事情最終會徹底失控吧，更何況你前幾天不是還抱怨說婚事已經告吹了嗎？」

「我和吳嵐在性格上合不來，」童小川看著李曉偉，喃喃說道，「可是你說過，做人要勇於承擔責任⋯⋯」

「你和她⋯⋯那個了？」李曉偉皺眉。

童小川聽了，趕緊搖頭：「不，不，不，我一根手指頭都沒有碰過她，我很尊重女人的。我的意思是說我要照顧她，因為她的妹妹為我而死。」

「那就是另外一回事了。」李曉偉向後靠在椅背上，意味深長地看著他，說道，「婚事是你自己的終身大事，我不好多說什麼，決定權也只屬於你自己。但是有一點，我給你一句忠告——人活著，永遠都不要把自己當作賭局上的最後砝碼。明白嗎？因為你輸不起。你輸不起自己的幸福，也更輸不起她的幸福。有些選擇做出了，可就再也沒有機會讓你後悔了。」

「童隊，好好想想，你不是一個聖人，你只是一個普普通通的小警察而已，根本就沒有什麼超能力。而你脫掉這身警服，就和我，和周圍的每一個人都沒什麼區別。你沒有資格替別人決定生活方向，同時，你更沒有資格草率地決定自己的一生。要不這樣吧，我問你，你究竟愛不愛吳

嵐?」見童小川有些猶豫，李曉偉問，「別騙我，我要你此刻最真實的感受。」

童小川愣住了，他張了張嘴，卻沒有說出一個字來。

「我想，在你心中，更多的，應該只是對她的責任和愧疚，對吧？那你知道她愛你嗎？」李曉偉毫不客氣地接著問道。

「我，我不知道。」童小川的目光躲閃開了，「對不起，我現在回答不了你這個問題，太深奧了。」

「好吧，那我換個方式再問你一次，連她到底愛不愛你，你都沒辦法肯定的話，將來你即使和她結了婚，你說，你們會幸福嗎？」李曉偉一針見血地說出了童小川的心事，「要照顧一個人，有很多種方式，但你卻在完全不了解她的前提之下，偏偏選擇了最糟糕也是最粗魯的一種。你們兩個的性格迥異，而你每一次對她的包容和忍讓，只會讓下一次的衝突變本加厲。因為吳嵐已經知道，不管怎麼冒犯你，你都是不會還手的，你更不會教訓她。久而久之，我想，你在她生命中的意義，就等同於是一個『救火隊長』。」

「什麼意思？」童小川尷尬地問道。

「幫她解決麻煩的人啦！」李曉偉目光落在童小川的右臉上，於心不忍地說道，「話說回來，什麼叫婚姻？婚姻建立的前提就是兩個人平等對待，古人尚且知道相敬如賓才能相守一生，那你們之間呢？你看看你的臉，如果她真愛你的話，她會狠狠地打下這一巴掌嗎？要知道一個人的臉代表的是這個人的面子與尊嚴，她這麼做就是要打掉你的尊嚴，你還願意繼續包容下去嗎？」

看著童小川目瞪口呆的樣子，最後，李曉偉意味深長地說道：「童隊，

第三章　誤會

我今天就幫你免費諮商了。說實話，我對你的遭遇也已經忍了很久了，同樣身為男人，別讓我看不起你，再忍讓，只會讓你變得更窩囊！所以你真的要問我意見和建議的話，那很簡單——你有權利選擇和一個真正懂得和尊重你的女人結婚。」

童小川的目光有些呆，許久，他站起身，點點頭，隨即便頭也不回地走出了門診室。

＊　＊　＊

房間裡又安靜了下來。

在陽光中愣了好一會兒後，李曉偉這才長長地出了口氣，竟然有一種虛脫的感覺，說實在的，他自己都還從未這麼生氣過。

「老同學，寧拆一座廟不毀一樁婚，你這麼勸人家分手，不有點太那個了嗎？」顧大偉笑瞇瞇的圓臉在門口探了出來。

「你這傢伙聽牆腳啊？」李曉偉皺眉，「心理醫生和病人的談話可是保密的，是隱私。」

顧大偉趕緊走進門診室，雙手一舉，誇張地說道：「我冤枉！我才沒偷聽，剛才那明明就是走到門口時，正好風把你們的談話刮進我耳朵裡的。」

「算了吧，找我什麼事？」確定到下班時間了，李曉偉便開始快速地收拾起自己的辦公桌。把桌面上的東西一股腦兒地全掃進了抽屜，鎖上，這才抬頭，臉上努力擠出一絲笑容。

「沒什麼事，就想請你吃飯。」顧大偉嘿嘿一笑，「老同學嘛，要常聚聚，聯絡一下感情才對。」

「黃鼠狼給雞拜年，別來這套，趕緊換個理由。」李曉偉和顧大偉兩人在醫科大學一起讀研究所的，又是同一個寢室的，所以說起話來就更是顯得隨便了許多。

「好吧好吧，」顧大偉輕輕嘆了口氣，身體朝後一靠，臉上的笑容瞬間消失了，「我擔心你的安全，老同學，所以特地來告訴你。」

李曉偉注意到顧大偉並不像是在開玩笑，也破天荒沒有選擇用電話跟自己說這個事，而是開車在交通高峰期穿過一個城來親自告知，略微遲疑後，便壓低嗓門說道：「你是不是最近工作太忙了，所以有些輕微的焦慮？要不，我們好好談談？」

顧大偉瞪了他一眼：「我雖然沒有你聰明，但好歹我也是個有執照的醫生，是否患上焦慮症我自己清楚得很。我今天來找你，是為了這個。」說著，他拿出手機，快速地滑了幾下螢幕後，點開一張相片，給李曉偉看。

相片中除了白天之外，看不出具體時間，可以分辨出拍攝者是在一輛車裡，而取景的中心，李曉偉是再熟悉不過的了，那正是自己此刻所在的第一醫院一樓門診大廳外的臺階上，相片正中是個匆匆走過的年輕女人。

李曉偉一臉狐疑地抬頭看著顧大偉：「什麼意思？我不認識這個女人。」

「誰叫你看這個女人了，」顧大偉伸手指了指相片的左上角，「放大，你仔細看看，那不是你嗎？」

李曉偉半信半疑地點選放大了螢幕，果真是自己，正在臺階上站著打電話，就連臉上的表情都看得一清二楚，不禁羨慕地說道：「你的手機畫素不錯嘛，放大了還能看得這麼清楚。」

「你要是肯跟我一起工作，一個月就能買10部！」顧大偉得意地說道，見李曉偉臉上有些不樂意，趕緊清了清嗓子，壓低嗓門，「別誤會，我可

第三章　誤會

不是來推銷手機的。老同學，你再看看你身後不遠處的那個柱子旁，那是誰？」

李曉偉乖乖地又放大了一次螢幕，這次可是真的看清了，不禁倒吸了一口冷氣。

都說人的雙眼是能夠折射出自己的內心所想的，如果不看眼神，那相片中，自己身後醫院柱子旁站著的那個年輕女人就沒有什麼特別的地方，她或許是在休息，也或許是在等人，這種情景在一所醫院的門口是屢見不鮮的，誰都不會在意。但是這個女人的目光中，卻充滿了深深的怨恨，嘴角抿著，似乎是在拚命克制住自己即將爆發的情緒。

「老同學，你懂微表情，你別告訴我說你從來都沒見過這個女人。」顧大偉若有所思地看著發呆的李曉偉，「我第一眼看見這個女人的眼神的時候，就嚇了一跳，這樣的眼神，明擺著是對你恨之入骨啊。」

李曉偉抬起頭，有些懷疑：「她會不會是在看我旁邊經過的人？」

「別開玩笑，我來之前，在樓下，就特地去了相片中你所站的角落，想再印證一下，希望是虛驚一場。結果從那女的所站的位置看過去，除了你，就是一堵牆壁，上面連個窗戶都沒有，白花花的，你說，那女的衝著牆壁乾瞪眼做什麼？」顧大偉拿過手機，關了螢幕，啞聲說道，「我們都是心理學系畢業的，你說，一個不認識你的人，會這麼看你嗎？毫不誇張地說，簡直就是想把你給生吞活剝了啊！」

「可是，我根本就不認識她。」李曉偉突然感到了一陣煩躁不安，他猛地站起身，在房間裡來回走動。一方面，他完全可以確定自己根本就不認識這個女人；而另一方面，出於職業的本能，他卻又可以確定，如果不是發自內心的憤怒，沒有誰會流露出這樣的眼神。

「老同學，你別老在我眼前走來走去好不好，讓我看著頭暈。」顧大偉忍不住抱怨道，「你一貫的鎮定自如都去哪了？」

一聽這話，李曉偉不禁長嘆一聲，回到椅子上坐了下來，嘴裡喃喃地說道：「大偉，我也不瞞你，現在我的心裡確實感覺很矛盾，因為如果你所說的是真的，她這麼看著我，絕對是自己內心的真實流露，我不知道我哪裡得罪她了，以至於她會這麼恨我，我連她到底是誰都不知道。你說，這多可怕？」

「為什麼可怕？」話已至此，顧大偉似乎也有點擔心了。

「因為這一次，她是這麼看著我，那下一次，或許，就不是那麼簡單了。」李曉偉一邊說著，一邊強裝鎮定地笑了笑，「對了，大偉，你怎麼會有這樣一張相片？難道說你在跟蹤我？」

「我才沒時間跟你玩躲貓貓呢。」顧大偉小聲嘀咕道，「前段日子，我公司接了個案子，簡單點說吧，委託人，也就是丈夫，有很強的焦慮症傾向，並且嚴重懷疑自己的妻子背著他出軌，自身性格卻又偏執，屬於那種油鹽不進的死硬派，沒辦法，為了以防萬一，又本著對客戶負責的態度，我就派員工先對目標方，也就是委託人的妻子進行了一段時間的跟蹤調查。當然了，這涉及一些法律擦邊球的界定，但我可以保證的是我們的所作所為絕對尊重被調查方的隱私，就連委託人都不會知道，而且結束委託後，這些資料也會被及時銷毀。之所以做這樣的調查，只不過是對後續的治療方案有個基調掌控的選擇罷了。我是今天開早會的時候，無意中注意到了相片中的你，還有這個奇怪的女人……」

李曉偉不吭聲了，臉上的神情變得凝重起來。

「那你下一步打算怎麼辦？」顧大偉不安地問道，「需不需要我把這張

第三章　誤會

相片傳一份給你？我公司裡的設備可以把它處理得更清晰一些。」

李曉偉搖搖頭，苦笑道：「謝謝你，大偉。我看，你就尊重對方的隱私吧，我們也要有職業道德，更何況我已經記住了這張臉。別的對於我來說，沒多大實質性的用處。」

「好吧，那就聽你的。」

話音未落，李曉偉的手機響了起來，他瞥了一眼，微微有些失落，因為電話是童小川的助手李海打來的。

李曉偉順手按下了擴音鍵：「海子，找我有什麼事？」

「李醫生，方便嗎？我就在你們醫院急診科病房 33 床，想請你過來一下，有事找你。」

「沒問題。」李曉偉看了顧大偉一眼，「我馬上就過來。」

＊　＊　＊

李曉偉匆匆走進急診科的病房，海子坐在病床前，當他看到躺在病床上的那個年輕女人時，心中一沉，因為自己幾分鐘前剛剛在顧大偉的手機中見過的就是她，只是這張臉上已經全然沒有了相片中那種眼神。

出於本能，李曉偉有些遲疑，直到海子站起身，朝自己招了招手，他才硬著頭皮走了上去。簡單介紹過後，他知道了這個女人的名字──方梅，而對她所提出的特殊要求也並不感到太意外。

「方小姐，妳確信需要這麼做嗎？」李曉偉若有所思地看著方梅。

方梅的臉上露出了驚恐和痛苦交雜的神情：「是的，我怎麼也沒有辦法忘記志恩臨死時的那一幕，我天天晚上做噩夢，我擔心再這樣下去的話，我會精神失常的⋯⋯」

看著楚楚可憐的女人，如果是以往，他會一口答應下來，畢竟方梅是大劇院案件中的受害者。按照常理，經歷過這種生死風波的人，十之八九都需要進行心理諮商，但是李曉偉怎麼也沒有辦法在腦海中立刻抹去顧大偉手機中的那張相片，他猶豫了，卻又深知自己不能馬上拒絕，沉吟片刻後，便微笑著說道：「方小姐，首先，謝謝妳對我的信任，不過，真的很抱歉，我們科室目前只有我一個人，工作相對比較忙一點，預約的病人也已經排到下個月去了，恐怕暫時空不出時間來。要不，我開個介紹函給九院的張教授，妳去九院看看怎麼樣？那裡的醫療條件和醫生都是很專業的，不輸於我們醫院。」

　　聽了這話，一旁的海子微微感到一些意外，而病床上方梅的神情也充滿了失落：「李醫生，你拒絕幫我看病，是嗎？我聽說過，在業內你的排名可是相當靠前的，而且……」

　　「不能這麼說，方小姐，沒有哪一個醫生會拒絕幫病人看病，但我確實是脫不開身，心理諮商不只是要有充足的準備，更是很占用時間，一次必須兩到三個小時。我怕倉促為之的話，會影響對妳的治療，對別的病人也不公平。」李曉偉誠懇地說道。

　　他確信自己從方梅的眼神中看到了一絲轉瞬即逝的懊惱，便找藉口走出了病房，他只想盡快逃離這個讓他感到不安的女人。

　　在回宿舍的路上，等紅燈的時候，李曉偉剛準備打電話給章桐，又臨時改變了主意，他打了個電話給海子，確定他已經回到警局，就問道：「能告訴我剛才是不是你向方梅建議讓我幫她做心理諮商的嗎？」

　　「她問我認不認識優秀的心理醫生，我當然就想到你了。」海子答道，「所以我就提到了你的名字，她聽了很高興，接下來的事，你已經知道了。」

第三章　誤會

結束通話電話後，李曉偉的心中越發感到不安。以至於紅燈早就過了，他的車還停在斑馬線前，直到後面的車輛紛紛響起憤怒的喇叭聲，這才猛地醒悟過來，一腳油門便把車開上了環城高架。他知道自己得跟章桐好好談談。

✦ 2

夜晚的市警局裡靜悄悄的。

「我相信你所說的每一個字。」不出所料，章桐對於李曉偉剛才語無倫次的一番講述立刻就給出了答案。

「妳……妳都沒問過我什麼問題，就這麼輕易下結論？」李曉偉吃驚地問道。

章桐搖搖頭：「我不用問你任何問題，因為我相信你的直覺。」

李曉偉笑了：「這不科學啊，章大主任，妳一向做任何事都是十分嚴謹的，特別討厭心證，為什麼偏偏今天卻與以往不同了呢？」

「那是因為你還不真正了解我。」說著，章桐站起身，走向咖啡機。

趁著間隙，李曉偉注意到她的辦公桌上正打開著一本工作筆記，筆記上的字跡非常工整，顯然寫下這些筆記的人，與章桐有著同樣的對工作認真負責的態度和做事嚴謹細緻的個性。出於好奇，他伸手翻開了筆記正面，在姓名一欄中赫然寫著「章鵬」二字。

等章桐端著咖啡重新回到桌邊的時候，李曉偉問道：「這是妳父親的工作筆記？」

章桐點點頭：「檔案室送來給我很久了，我昨天才翻出來看，希望能發現些線索。」說著，她做了個請的手勢，然後端起咖啡喝了一口，「其實，我不只是相信你，還有一個原因是我也懷疑方梅。」

　　「為什麼？」李曉偉問。

　　「她沒哭。」章桐淡淡地說道，「而且，來這裡認領屍體的，是吳嵐。工作這麼多年了，我接待過很多來這認領屍體的人，有悲痛欲絕的父母，更有哭得死去活來的戀人。我雖然並不喜歡聽別人的哭聲，但對那種生離死別的痛苦，卻是深有感觸的。」

　　說著，章桐抬頭看著李曉偉的眼睛：「那種眼神，空洞而又絕望。雖然對於我們法醫來講，由於職業的關係，生與死之間的區別不會被分得那麼清楚，但我們也是人，看著別人痛苦，我們的心裡也會受不了。可是方梅，據說還是死者柯志恩的未婚妻，我實在想不通，愛一個人到都快嫁給他的地步了，他死後，明知他在這裡無親無故，為什麼卻連認領屍體都做不到？海子回來後跟我說，其實方梅的傷勢並不是很嚴重，沒有影響到行動能力。」

　　李曉偉聽了，心中一動，剛要開口，章桐卻輕聲說道：「別急，我還沒說完。我承認我這麼想是有很多主觀的成分在裡面，可是，我個人還是接受不了。我記得吳嵐來這裡認領屍體的時候，她的臉上沒有任何同情，完全就像在做一件與自己無關的事情，所以，我還真的替這位命喪他鄉的柯先生感到悲哀。」

　　看著章桐目光中流露出的同情，李曉偉心中一軟，他下意識地伸出右手，想去幫她把鬢邊滑落的幾根頭髮重新夾回耳朵後面，同時柔聲說道：「妳是個感性而又善良的女人，將來無論是誰娶了妳，都會是這個世界上

067

第三章　誤會

最幸福的人。」

　　章桐突然用力抓住了他的右手，緊鎖雙眉，就連臉上的神情也變得嚴肅了起來。

　　「我，對不起，對不起，我不該冒犯妳……」李曉偉緊張了起來，右手就這麼伸著，上也不是下也不是，想往回縮，章桐卻並沒有放手的意思，他頓時尷尬得漲紅了臉。

　　章桐沒有回覆他，也沒生氣，只是把他的右手往左邊帶了帶，接著又往相反的方向重複了剛才的動作，這才鬆開他的手，抬起頭，問道：「你的右手手臂是不是曾經受過傷？」

　　李曉偉一愣，隨即點頭：「是的，還是去年的事，打籃球撞人了，不是很嚴重，休息了兩個月而已。」

　　「那你試試做這個動作，然後告訴我你的感受。」章桐伸出右手，在頸部做了個半環切的動作，想了想，又強調了一次，「記住一定要做到位，還有，告訴我是不是右手抬起來會有點吃力。」

　　在章桐的指點下，李曉偉盡量去做那個詭異的動作，可是到了最後，卻不得不在左手的幫助下，才算是勉強達到了她的要求。

　　「過來，我幫你拍個 X 光片。」章桐臉上的神情顯得越發凝重，「我需要你幫我證實一個推論。」

　　李曉偉沒有理由拒絕，他跟著章桐走出法醫辦公室，來到對面的最後一個房間門口，進門之前，他注意到了在門上有個顯著的放射物標記。

　　打開門，撲面而來的是徹骨的寒意和一股濃烈的樟腦丸的味道。章桐忙著開燈，插上 X 光機電源，接著便用力扯去覆蓋在機器上的白色防塵布。同時對李曉偉說道：「把你身上所有帶金屬的東西通通放到外面走廊

上，這機器有點小脾氣，得順著它的規矩來。然後脫掉鞋子躺上去。」

等章桐把所有的設備都打開後，李曉偉已經平躺在檢查床上，她走到他身邊，幫他把右手盡量和身體部位隔開距離，尤其是需要拍片的部位朝上，最後審視了一番全身，點點頭：「不要動。」便轉身走進後面的操作間。

房門緩緩關上，房間裡的燈頓時熄滅了，頭頂的 X 光拍攝機發出了沉悶的咔咔聲響，李曉偉不得不閉上雙眼。很快，機器縮了回去，燈光又一次打開，擴音喇叭中傳出了章桐的聲音：「你可以下來了，在外面走廊上等我一下。」話音剛落，身後的門自動打開，李曉偉趕忙從檢查床上下來，來到走廊，一股暖意頓時讓他長長地呼了口氣。

把錢包和車鑰匙重新塞回口袋裡後，李曉偉便坐在走廊的長椅上耐心等待著。

「李醫生，這麼晚了，你怎麼在這？」身後傳來鄭文龍的聲音。他來到李曉偉身邊坐了下來，手裡拿著一本外文書，還有就是自己從不離身的那個平板。

「這是什麼書？」李曉偉不解地問。

鄭文龍笑了：「是章主任寫的書，泰國版。」

「你買的？」

鄭文龍搖搖頭，尷尬地笑道：「我可不懂泰語，買了也沒用，這是一個叫阿妮塔的泰國女孩昨天晚上拿了來想找章主任簽名的，結果被我遇到了，本想著今天等主任上班後，再找主任簽個名，好了了她的心願。誰想我一直忙到現在，都快忘了這事了，想想心裡還挺愧疚的，畢竟是答應過別人的事情。」

069

第三章　誤會

「原來是這樣。」李曉偉笑了，他伸手指了指身後緊閉的門，「她在弄 X 光片，很快就出來。」

兩人便有一句沒一句地聊了起來。

十多分鐘後，移動門緩緩打開，章桐快步走了出來，卻直接向對面解剖室走去，手裡拿著兩張 X 光片。見章桐神色不對，李曉偉便對鄭文龍點點頭，兩人也跟著走進了解剖室。

*　*　*

解剖室外間的牆上有個很大的燈箱，平時就供查看 X 光片使用，每個燈箱內並排兩根燈管。章桐快步來到燈箱旁，伸手打開後面的開關，白色的燈光亮起，她便把手中的兩張 X 光片分別貼在兩個並列的燈箱上，皺眉看了半天後，便對身旁站著的李曉偉說道：「左面那張是你剛拍的 X 光片，你和右邊那張比較一下，然後告訴我有沒有什麼地方不一樣，我拍的位置都是差不多的。」

李曉偉看了後，果斷地搖搖頭，伸出右手分別指了指相應的部位，說道：「我覺得兩張片子之間不存在太大的差異，雖然是兩個不同的人，但幾乎都是在右臂橈骨遠端這部分 2 到 3 公分範圍內曾經發生過骨折。」

「是的，」章桐也伸出手指在骨折的位置畫了個圈，冷靜地說道，「手臂橈骨遠端骨折非常常見，常伴有橈腕關節以及下尺橈關節的損壞，平時多發於老年婦女，因為這一類人的骨質疏鬆的機率比較大。而像你們這種青壯年患者，則是以外傷暴力產生的比較多，就像你剛才跟我說的打籃球所產生的人體或者球類的猛力衝撞，它所產生的後果不僅僅會造成運動功能障礙，甚至對神經和肌肉方面都會有一定的損害，引起遲發性伸拇肌腱斷裂、骨折久久無法完全癒合，等等。所以，你的手臂過了這麼久，還會

有一定程度的運動障礙，動作無法完全做到位。」

「那，章主任，這張 X 光片所拍的人，是誰？」一旁的鄭文龍不安地問道。

「柯志恩。」章桐緊鎖雙眉，「因為這個裂痕是陳舊性質的，我當時並沒有想到會是這種特殊的骨折後遺症。」

「這個，也不能全怪妳啊，」李曉偉無奈地看著章桐，「要知道這種運動性質損傷發生的機率太普遍了，我相信所有打過球的人，尤其是青壯年男人，只要有運動經歷的，幾乎多少都會有這種方面的損傷，只是平時不怎麼會注意到罷了。」

「你說的沒錯，對你來說是很普通，但這樣一來，整個案件的性質就徹底改變了。」章桐轉身，掏出工作服口袋裡的手機，「我必須馬上通知童隊，柯志恩是被謀殺的，希望還來得及攔住他的屍體被火化。」

看著章桐的背影，腦海裡又出現了方梅那古怪的眼神，李曉偉感到陣陣的不安。

鄭文龍不解地問道：「李醫生，為什麼有這樣的骨折，就能證明死者是被謀殺的呢？」

李曉偉想了想，皺眉說道：「我看過屍檢報告，死者是自己割破頸動脈和頸靜脈而死的，看上去是自殺，但是一個受了這樣傷的人，是沒有辦法獨立完成這個特殊的致命動作的。因為做這個動作的時候，不只是需要手臂伸得足夠長，更要有足夠的力量，」說著，他抬起了自己的右手，苦笑道，「自從去年受傷後，我就再也沒有打過籃球了，雖然看上去行動上並沒有什麼太大的影響，但是做不了重活，更別提把自己的脖子割出 12.8 公分長、7 到 8 公分寬的大口子了。鄭工，那把凶器你又不是沒見過。不

第三章　誤會

使出足夠大的力氣，根本就無法造成那樣的後果，更何況同時還挾持著一個人。所以章主任才會得出結論，死者是被人謀殺的。」

＊　＊　＊

入夜，太湖大道上，來往車輛逐漸稀疏，一輛警車拉著刺耳的警笛聲，飛速穿過交流道，向郊外丁家橋附近的火葬場開去。

童小川親自開車，一腳把油門直接踩到底，看著汽車儀表板上幾乎都快被撐破的數字，身旁副駕駛座上的海子感覺自己的心被硬生生提到了嗓子眼，他還是頭一次看到童小川這麼開車。海子緊張地伸手抓住座椅上方的保險槓，整個人不得不牢牢地靠在座椅後背上，儘管身上綁著安全帶，卻還是生怕自己在大轉彎的時候被從車窗甩出去。

可是有一點海子必須承認，童小川的車技還是挺不錯的，畢竟是做過禁毒的人。

終於，車子飛快地衝進了火葬場的大門，門口的值班保全被眼前這一幕給驚得目瞪口呆。漆黑的山坳中，警車一個甩尾，穩穩地在辦公樓前的廣場上停了下來。

「童隊，你來過這裡？」海子順口問道。

「以前在禁毒大隊的時候，來過幾次。」

面對聞訊趕出來的火葬場值班人員，童小川沉下臉：「我是市警局刑警隊的，你們負責人呢？我需要找一具屍體，今天早上剛送過來。」

值班的工作人員趕緊把他帶進辦公室，在問過名字和大致登記資料後，他查看了一下電腦，抬頭說道：「你來晚了，人已經被送進處理間了，我們這裡有家屬簽字和同意書，死亡證明……」

「瞎胡鬧！」童小川火了，拉開門就衝了出去，海子緊緊地跟在身後。工作人員猝不及防，趕緊跑出來大聲提醒道：「3號門，別搞錯了。」

童小川三兩階一步地跳下樓梯，遠遠地看見那沖天的煙囪裡有火光，他更急了，衝進3號門，直接來到後面的火化室。空蕩蕩的大廳裡並列三個鍋爐門都關著，一個身穿火葬場員工工作服的中年男人正在慢悠悠地清掃骨灰車，因為頭上戴著耳機，所以根本就沒有聽到童小川和海子的腳步聲。

童小川幾步上前，不容分說，伸手一把就扯下了他頭上的耳機，海子則亮出了工作證，皺眉說道：「市警局刑警隊的，今天早上送來的屍體呢？男性，名字叫柯志恩，是不是火化了？」

中年男人呆住了，愣了半天，才伸手指了指自己身後，咕噥了句：「在那。」

童小川急了：「火化了？誰叫你火化的？這是命案，出了事你們負責？」

中年男人趕緊搖頭：「沒火化，今天兩臺爐子都壞了，就中間這一臺還能運作，都來不及燒，爐子剛修好，所以很多都不得不留到明天了。你別急啊，屍體就在後面冷庫裡放著呢。」

童小川這才長長地出了口氣，懸著的心總算放下了，嘀咕道：「可擔心死我了。」

海子趕緊伸手從童隊手裡把耳機拿了過來，然後笑瞇瞇地又重新給中年男人在脖子上掛好，這才笑著說：「抱歉了，大叔，那帶我們去領屍體吧，我們要馬上把屍體送回市警局。」

中年男子一怔，轉身就向冷庫走去：「真是怪事，那就跟我來吧，我需要你們簽字。」

第三章　誤會

　　童小川跟在後面，沒走幾步，突然想到了什麼，不禁皺眉道：「等等，師傅，我記得這個屍體應該是明天才火化吧，怎麼這麼急著就要燒？」

　　中年男人一邊掏出鑰匙開門，一邊不滿地抱怨：「我也是這麼說的，按照常理，人都死了，也不用急了，你說對不對？哪天燒也就是差個幾十塊錢而已，風風光光地給弄個告別儀式，讓親友們來告個別，好好了結心事該多好，要知道這往裡一推，再出來時，可就什麼都沒了。可是你猜怎麼著，那女的，非得要馬上燒，說什麼是家屬授權的，還手續什麼都有，錢都交了加急處理的，你說我能怎麼辦？不過緊要關頭這爐子罷工了，事也就耽誤下來了。」

　　用力推開冷庫的門後，中年男人退後一步：「我不進去了，裡頭太冷，我有風溼多年了，一冷就腿痛。你們進去吧，就在右手邊那個 8 號櫃子，輪床就在門邊，就是搬動屍體費力一點，出來後你們簽個字就行了。」

　　童小川便對海子說道：「我進去，你在門邊等。」海子點點頭，很快，幾聲金屬撞擊聲過後，輪床的軲轆聲便響了起來，童小川推著輪床轉出了冷庫，床上是一具用黃色裹屍袋裝著的屍體，被凍得硬邦邦的。

　　簽完字後，中年男人幫著把屍體推出了處理間，看著門外的天空，突然自言自語地說道：「你們說這事是不是老天爺在幫你們？」

　　海子不解地問道：「大叔，你為什麼會這麼說？」

　　中年男人笑了：「這爐子早不壞晚不壞，偏偏今天就壞了，要是爐子好的話，你們這趟可就算是白跑了，屍體早就燒成一堆灰咯。塵歸塵，土歸土，一個人在這世界上就沒什麼留下的了。」

　　聽到這話，童小川不禁愣住了，他點點頭，啞聲說道：「謝謝你，師傅，剛才……真是對不起了。」

中年男人大方地擺擺手，微微一笑：「這有什麼大不了的，別放在心上，你們的心情我理解的。再說了，生死都看慣了，我現在也很難生氣咯，放心吧，我不會去投訴的，你們這麼為死者盡力，我都替他感到高興。」他伸手指了指黃色裹屍袋，接著意味深長地說道，「年輕人，這傢伙雖然死了，但是也值得要個公道，這樣走的時候才能帶著尊嚴呢！等案子了了，我再安心送他上路也不遲。」

* * *

開車回市區的路上，海子突然開口打破了車裡死一般的寂靜：「童隊，你說，這個世界上到底有沒有鬼？」

童小川憋了半天，好不容易才從嗓子眼中硬生生地擠出了兩個字：「瞎扯！」

窗外，刺耳的警笛聲迴盪在漆黑的夜空中，久久沒有散去。

* * *

市第一醫院的急症觀察病房內，5張床都空了，房間裡顯得格外安靜。顧大偉把門帶上後，靜靜地坐在方梅的床邊，昏黃的燈光照在他的臉上，手裡拿著一本書看得入了迷。方梅則若有所思地看著他的臉，半天，悄聲說道：「你不用再陪我了，顧醫生。我明天就出院了。」

顧大偉聞聲抬頭，溫柔地一笑：「我沒事，妳身邊總要有人陪的。」

「顧醫生，你對我太好了。」方梅緩緩說道，臉上卻全然沒有笑容。

「妳是我的病人，這是我應該做的。」說出這句話的時候，顧大偉的心裡五味雜陳。

半年前，方梅走進自己事務所的時候，他很容易就診斷出了這是一個

第三章　誤會

患有分離性身分辨識障礙的患者，甚至還伴隨著一些明顯的憂鬱症。這半年來，他一直想知道那個分離人格到底是什麼樣的，他很想和那個隱藏在方梅心中的副人格進行一個徹底的交流。但是那個副人格非常狡猾，只要面對顧大偉，它就消失得無影無蹤，無論顧大偉用什麼方法呼喚，它都拒絕出現，而出現在他面前的方梅總顯得那麼單純和溫柔，似乎她完全意識不到自己已經患上了可怕的DID。主人格掩護副人格的現象顧大偉不是沒有見過，但結局多是災難性的，因為它們會互換，並且是永久性的互換。

這半年來，顧大偉的內心是極其矛盾的，他不想告訴李曉偉自己接了一個這麼棘手的案例，因為私底下他不願意對方用同情的目光來看自己，或者說，可憐自己。可是半年過去了，除了自己無可救藥地愛上了方梅外，還有什麼值得高興的呢？尤其是當他無意中看到那張相片的時候，心裡便更不是滋味了。

心理醫生愛上自己病人是一件非常可怕的事情。顧大偉看看病床上的方梅，又看看手中的書，默默地嘆了口氣。

這時候，病房的門被推開了，有人走了進來。看清楚來人後，顧大偉便點點頭：「小呂，你也來看你表姐了。事務所那邊工作都幹完了嗎？」

「放心吧，老闆，都做完了。」小呂一邊說著，一邊找了張凳子坐了下來。他是方梅的遠房表弟，叫呂舒揚，大學畢業後一直找不到合適的工作，顧大偉心軟，便把他留在了自己的事務所做技術員，這裡面多半也是因為對方梅的迷戀。

見方梅睡著了，顧大偉便壓低嗓門小聲說道：「那我先走了，被人看見了不太好。晚上就拜託你照顧了。」

小呂咧嘴一笑：「放心吧，老闆。」

＊　＊　＊

　　市警局門前的路面上靜悄悄的，由遠至近警笛聲突然響起，童小川開著警車出現在街道轉角，衝進警局大院後，便直接把車順著坡道向後面獨立的法醫運送屍體的車輛入口處開去。

　　章桐早就已經做好準備，她打開了捲簾門和所有的照明燈，等童小川倒好車後，便幫忙打開後車廂，搬出屍體，放上輪床。章桐用手拍了拍車頂：「可以開車了。」

　　童小川從車窗裡探出頭：「需要我幫忙嗎？」

　　章桐頭也不回地擺擺手：「結果出來後我會打電話給你，這裡有李醫生幫我就可以了。」

　　童小川有些沮喪，他縮回車內，一邊開車，一邊嘀咕道：「那神棍能幫什麼忙？」

　　一旁的海子忍不住瞥了眼童小川，笑了：「童隊，你可別搞錯了，人家李醫生是醫科大學神經外科的全獎學金研究生，在業內的排名可是頂尖的，神經外科專業則更不用說。除此之外，李醫生還同時擁有 3 個碩士研究生學位，在當心理醫生之前，他就已經是道地道地的學霸級別的全科醫生。你想想看，現在這年頭，能修個全科就已經是恐龍級別的人物了，更別提是醫科大學的全科了。論起資格，李醫生要幫章主任是絕對合格的呢！」

　　「你怎麼知道得那麼清楚？」

　　海子嘿嘿一笑：「當然是聽歐陽那老頭說的，人家痕檢的工程師們都傳遍了，就是不明白這麼高的背景學歷，為什麼就心甘情願地來我們警局白打工不要錢。話說回來，其實答案也明擺著。」

　　童小川不免有些懊惱，嘀咕道：「你就不能少說些拍馬屁的話嗎？」

第三章　誤會

　　李海急了，委屈地說道：「這不是拍馬屁的話，童隊，這可是大實話。」

　　童小川無奈地長嘆一聲：「就因為是大實話，所以才要少說，明白不？」

✦ 3

　　市警局解剖室裡，所有的燈都被打開了，房間裡的溫度也被調到了相應的低溫，在等待解剖床上的屍體恢復常溫的間隙，所有準備工作都做好後，章桐便和李曉偉來到走廊的長椅上坐了下來。

　　章桐一臉歉意地對李曉偉說道：「按理，本來我是應該把小顧叫過來的，但是這幾天她媽媽病了，家裡又沒有別的人可以照顧，我不忍心叫她加班，所以，今晚就只能辛苦你幫我了。」

　　李曉偉搖搖頭，微笑道：「我很榮幸。」他心裡是非常期待這樣一次特殊的機會的。

　　「其實你也不需要碰屍體，要做的，只是幫我拍照就行了，同時幫我記錄相應的部位檢查結果，我會給你一份簡易人體圖譜，跟學校裡的解剖課差不多的操作程序，」章桐扳著手指耐心地解釋道，「我以前也一個人做過整套屍檢，但是這一次，我真的不能再有任何疏忽了。」

　　李曉偉完全明白章桐話語中的意思，因為今晚這麼大動干戈地把屍體從火葬場弄回來，如果是一個普通死者的話，或許還不會有什麼事，但是柯志恩的公眾人物身分，無形之中給章桐帶來了很大的心理壓力。

　　「別擔心，我支持妳，妳相信自己的直覺就可以了，別的不要放在心上。」李曉偉看著章桐的眼睛，認真地說道，「記住，對妳來說，自信最重

要，別的都可以忽略不計。」

「謝謝你。」章桐忽然感覺到自己的喉嚨有些乾澀。她趕緊把頭轉開，看了下走廊上的掛鐘，啞聲說道，「時間差不多了，我們開始吧。」

* * *

複檢屍體其實是一項非常複雜的工作，和初次屍檢相比，不只是要去重複每一個步驟，同時，還要對每一個細節進行不斷推敲，直至沒有任何疑點可以用來推翻。死者生前雖然所從事的是音樂類的工作，但是從身體的各個部位來看，明顯是很注重自己的身體保養的，長跑和有氧運動長期堅持下來的結果在身體上的表現非常顯著。

「真是可惜了。」李曉偉輕輕嘆了口氣。

章桐抬頭看著他：「可惜什麼？」

李曉偉伸手指了指柯志恩的屍體：「世事無常。」

「人總要過這一關的，誰都逃不了，只是時間早晚的區別罷了。」章桐平靜地說道。她拿起鋒利的剪子，沿著死者胸膛上先前所切開過的Y字形切口縫合線逐一剪開，聽著這單調的剪刀頭撞擊所產生的咔嗒聲，李曉偉不禁微微皺眉。

死者胸腔內的各種器官因為在先前做過屍檢，所以已經不在原來的位置上，統一用特殊的塑膠袋包著，上面做了標記。章桐費力地把塑膠袋逐一取出，放在另一邊的工作臺上，打開，接著放在電子秤上過磅，報出重量，記錄，對比……

「器官的相應資料都是在合理範圍之內的，」章桐皺眉說道，「除了X光片所發現的疑點之外，沒有別的證據證實死者患有嚴重的會喪失主觀判斷能力的疾病，而且毒化檢驗報告也是正常的，方梅或許真的是清白

第三章　誤會

的。」

「在催眠狀況下，理論上來說，一個人是有可能做出在平時完全無法做到的事情的，這涉及人體隱藏機能的激發，因為被催眠者的大腦主觀意識受到了外來的人為誤導，接管了身體上的神經記憶，重新下達指令。但這樣的人群也是小範圍機率性的，並不是所有的人都可以這麼做。我聽我導師說過，在亞洲人種中，百分之一的可能性都不會存在，那凶手又怎麼會偏偏這麼巧地選中柯志恩呢？」李曉偉不解地問道，「這簡直就像是一天之內連續中了 10 個體育大樂透那樣的機率。」

「這麼說來，確實是可以排除受到催眠而突破個人自身極限，從而去完成這樣程度的自殺動作的可能性。」章桐抬頭看著李曉偉，「假設這催眠根本就不存在，假設他是被謀殺的，再排除掉被下毒，因為毒物檢驗報告是正常的，死者在臨死前沒有被下毒。那一個體格這麼好的男人，又為什麼會眼睜睜地看著別人拿著自己的手去割自己的喉嚨，而不做任何本能的反抗？要知道，這樣的死，不只是耗時長，也非常痛苦，這不亞於一場冷血的酷刑。」

李曉偉想了想，若有所思地說道：「我們現在所知道的情況，都是方梅告訴我們的，就連古人都曾經說──莫信他人一面之詞。何況是現在。」他掏出手機，撥通了童小川的電話：「童隊，我有個想法。想聽聽你的意見，還有歐陽工程師。」

「來我辦公室吧，包括阿龍，我們所有人都在。」電話那頭的童小川似乎早就已經準備好了一切，就等著李曉偉的這個電話了。

章桐笑了，擺擺手：「去吧，這邊有我就可以了，有什麼需要考核的，隨時跟我聯繫，我正好還有一些檢材比對樣本要仔細看看，以防萬一。」

＊　＊　＊

時間剛過午夜，刑警隊辦公室裡，所有的煙霧報警器都被逐一卸了下來，整齊排列在一邊的桌子上。大家圍在房間另一側的白板前，或席地而坐，或靠牆站著，實在憋不住菸癮犯了的，也能在這個時候放心地偷偷抽上兩口，而不用擔心挨罰。

「兄弟們辛苦了，現在還留在職位上，我代表死者，謝謝大家！」童小川大聲地說道，「現在已經有證據證實，死者柯志恩的死因可疑，不排除謀殺，所以我們必須對這個案子重新再過一遍。歐陽工程師，麻煩你把現場的勘驗情況說一下。」

坐在投影機旁的歐陽點點頭，按下播放開關，同時解釋道：「剛開始的時候，因為認為是自殺，案子便終止了調查，所以這部分現場資料我就沒有拿出來複核，只是按照程式做了存檔處理。這段影像是我們進去的時候拍的，中間沒有中斷過。」

牆上投影機的畫面中，地面上滿是碎玻璃和雜物，房間裡一片凌亂，南牆邊的屍體雖然已經被挪走了，但是他身後的牆上卻被血所染紅，邊緣呈現出典型的噴濺狀。

當鏡頭對準牆面的時候，歐陽工程師按下了暫停鍵：「你們注意看這面牆，看到中間那個特殊區域了沒有？」

張一凡點頭：「歐陽工程師，那應該是坐著的死者，對不對？他的身體和頭面部位擋住了噴濺而上的血跡，所以才會在他身後的緊貼牆面上形成了特殊的空擋？」

「可以這麼解釋，但是，如果結合受害者的證詞的話，就有些不太符合常理了。」說著，他放大了牆面的血跡，「你們再看看這個，和旁邊的噴

第三章　誤會

濺式所滲透的血跡有什麼區別？」

「這裡面怎麼會有擦拭的痕跡？」一旁默不作聲的李曉偉不禁呆住了，「這不應該的啊，螺旋形的擦拭痕跡！」

歐陽工程師不由得撥出了一口氣，嚴肅地說道：「是的，這還是我的助手小九同學發現的，他在存檔紀錄中做了備注，說懷疑現場的血跡造假。誰想到這傻小子卻沒及時通知我，唉，讀書都讀傻了。」

「歐陽工程師，我看你也別太自責了，現在發現還不晚。至少屍體被我們拿回來了，沒有被火化掉。」童小川無奈地說道，「也算是我們中大獎了吧。」

歐陽工程師嘆了口氣，接著說道：「我們懷疑血跡造假的原因有兩個。第一，你們看，根據章主任的屍檢報告顯示，死者身高178公分，那麼他坐下後，連背部在內，靠在牆上不會超過110公分，擦拭狀痕跡接近位置是160公分左右，如果是一個人站直了擦拭的話，那這個人身高不會超過170公分。而頸動脈血的噴濺痕跡因為動脈的搏動，所以血跡的形成是波浪狀分布的，從血液量和噴出的方向來看，死者那時候的頸動脈已經處於嚴重離斷的狀態，也就是說在如此大量失血的狀況下，人已經無法挪動了，再加上大動脈的血流速度是每秒50公分，而靜脈相對慢些，是40公分，所以，綜合推斷，從出現傷口到死去，時間不會超過四分鐘。而他的挪動範圍嘛，從他坐下那一刻開始，就無法再動作，也就更不可能手執抹布，站起身用力擦拭牆上的噴濺血跡。」

「第二個原因，就是這兩處血跡邊緣，你們仔細看一下，」歐陽把鏡頭放大到牆面的一角，「這整堵牆上的血跡，根據死者當時所處的位置，表現出噴濺狀是很正常的，我用紅色標記出來了，但這兩處單獨形成的

血跡，卻是潑灑狀的，而一個人的動脈血是絕對不可能在牆上出現潑灑狀，除非用器皿裝了液體向目標牆面用力潑灑，才會形成這樣的痕跡。為此，我們剛才特地做了實驗。」說著，他點選下一個檔案，地點是痕檢實驗室，差不多的一堵白牆上，歐陽工程師用一個茶杯裝著顏料，然後站在牆邊不到一公尺遠的地方，用力潑灑不同的區域，數次實驗，數次結果記錄，最後，短片結束的時候，相比較現場的牆面血跡，形狀果真一模一樣。我們為什麼要重複實驗，不只是要得出牆上的痕跡形狀好進行對比，更是想就此看出造成這種痕跡時，對方所站的大概位置。在潑出血液的時候，那個人所站的位置距離牆面已經超過了一公尺。」

歐陽工程師在認真解釋的時候，張一凡湊了過來，在童小川的耳邊低語道：「童隊，海子傳來的。」說著，便把手機遞給了他。

童小川的手機在關機充電，所以簡訊就被轉移呼叫到了張一凡的手機上。

幾小時前，從火葬場拉屍體回來後，童小川便安排李海去了第一醫院急診科，方梅還在那裡住院，童小川給他的指示是──以接替派出所女警陪護的名義陪在她身邊，有任何消息，隨時聯繫。

而訊息中的話，卻讓童小川心頭一緊──方梅哥哥來了，執意帶她出院，我以安全名義為由，現開車護送他們回住處，再聯絡。

「方梅哥哥？」童小川皺眉看了一眼自己身邊坐著的李曉偉。後者也感覺到了他的不安和疑慮：「童隊，你說什麼？」

「沒事，我出去下。」童小川啞聲說道，手機另一頭，海子的電話關機，童小川更是感到了不安。他站起身，抓起手機和充電器，湊到張一凡耳邊：「下面你看著點，等下叫阿龍打電話給我，保持聯繫。」

第三章　誤會

「沒問題，需要帶上幾個人嗎？」張一凡飛快地說道。

童小川搖搖頭，便轉身走出了辦公室。

從樓上到樓下的停車庫，一路上，童小川一連撥打了數次李海的手機，卻總是顯示處於關機狀態。

這可是非常危險的訊號，因為正常情況下，警察的手機是絕對不允許關機的。

在車庫牆上找到另外一輛警車的鑰匙，童小川把手機往口袋裡一塞，緊鎖雙眉，臉色陰沉著，抓起車鑰匙匆匆打開車門便鑽了進去，接著俐落地轉動鑰匙，打開車燈，猛打方向盤，把警車開出了車庫，車速直接拉到了80。

那種熟悉而又遙遠的感覺又回來了，童小川一邊開著車，一邊用力扯開了自己警服的風紀扣，心跳得厲害，他感到窒息。

幾年前的夜晚，相同的場景，突發的失聯狀態對於一個正在執行任務的禁毒警察來說，可不是什麼好兆頭。童小川混亂的腦子裡，當時的一幕幕記憶不斷閃現，他雙手緊握方向盤，心亂如麻。李海還很年輕，才剛剛加入警隊，如果他有什麼意外的話，那自己的下半輩子就將永遠無法得到原諒。

刺耳的手機鈴聲在車內驟然響了起來，童小川騰出右手抹了一把眼睛，讓自己清醒一點，然後點開手機，電話是鄭文龍打過來的：「童隊，剛才張一凡跟我說了，需要我幫什麼忙？」

「謝謝阿龍，手機號189*******8，我需要做手機定位，最後一次發出簡訊的時間和通話的時間，小張都有，把定位傳給我，越快越好。」童小川沉聲說道。

「沒問題，童隊，注意安全！兄弟們等你消息。」

電話結束通話了，警車飛速穿過黑夜的街頭，童小川看著車燈下前方空蕩蕩的馬路，心情格外複雜。

✦ 4

市警局法醫解剖室裡，章桐一臉疑惑地看著死者的雙耳耳郭，表面看上去是長了一塊尋常的皮膚癬，但是用放大鏡仔細觀察的話，就能看到皮膚表面有不正常的燒灼痕跡。心中不安的感覺逐漸強烈起來，章桐猶豫了一會兒後，終於下了決心，果斷摘掉手套，然後撥通了鄭文龍的電話：「鄭工，幫我立刻查一下案發當晚，也就是死者柯志恩出事的那個時間段裡，大劇院裡是否出現過不正常的電流現象。」

「這個，可能要查一下供電局的機房資料，我等下有了結果就立刻通知妳。」電話那頭，鄭文龍的聲音顯得有些焦慮不安。

等待的時間是漫長的，章桐皺眉看著手機，心中感到了莫名的焦躁，終於，手機鈴聲響了起來，章桐立刻接起電話：「鄭工，怎麼說？」

鄭文龍的聲音中充滿了疑慮：「章主任，在案發時確實有過短暫的波動，不過也就不到 10 秒鐘的時間，差點都被系統給忽略了。而這 10 秒鐘時間的波動，也是屬於系統的正常範圍值以內的，但是，放到案發那晚就有些讓人無法理解了。」

「為什麼？」

「因為這種狀況只會在夏天居民用電高峰的時候才會出現，供電局的

第三章　誤會

「專門配電電壓為了防止頻繁跳閘，就設定了一個能容許自由調節的時間範圍，也就是說，超出 20 秒的波動，就會出現跳閘，」說到這裡，鄭文龍輕輕吸了口氣，「而現在已經是初冬季節了，也還沒到大範圍使用暖氣的時候，怎麼會出現這種狀況？」

「電壓是多少？」章桐追問道。

「足夠在短時間內把人電暈。」

「天吶，」章桐忍不住一聲驚呼，「歐陽還在不在你們那裡？」

「在。需要他接電話嗎？他正在訓斥他的徒弟。」

「叫歐陽工程師馬上查那副耳機，如果我沒推斷錯的話，現場那副耳機上應該找不到任何和死者柯志恩有關聯的生物組織樣本。」章桐語速飛快地說道。

「妳的意思是……」

「沒錯，」章桐冷冷地說道，「那副耳機被調包了，真正的耳機已經壞了，為了後面的戲份，必須換上一副新的耳機。方梅並不是受害者，她才是真正的凶手！告訴童隊，是方梅殺了柯志恩，並且刻意偽造了現場。」

＊　＊　＊

冬天夜晚的雨又寒冷，又潮溼。

在市郊外 72 國道邊上，一輛警車由遠至近停了下來，車窗外的雨越下越大，四週一片漆黑，鄭文龍傳過來的定位顯示海子的手機最後出現的地方，就是眼前這個位置。童小川打開車燈，把光亮調節到最大，然後拉開車門出去，冒著雨跑到後車箱邊上，打開箱蓋，裡面是每輛警車都必須配置的帶有螢游標誌的警務專用雨衣和應急燈設備。

童小川穿上雨衣，為手機戴上防雨套，電量已經在開車的時候充足了，他現在只能依靠手機和應急燈來尋找李海的下落。

　　此時已經是凌晨，國道上沒有往來的車輛經過，長途司機在這個時候是不被允許上路的。在 GPS 的定位指引下，童小川很快便在國道旁的水溝邊上發現了李海的手機。

　　他的腦子裡一片混亂，手機在，海子卻不見了。儘管在來時，童小川已經做好了最壞的打算，可是眼前這一幕，仍讓他渾身顫抖，強烈的內疚和自責瞬間撲面而來。

　　雨下個不停，他突然想到了什麼，趕緊手忙腳亂地掰開手機後面的塑膠殼，瞬間周圍變得死一般的寂靜──李海的飯卡無聲地落在他的手掌心中。童小川雙膝一軟，跪倒在雨地裡。

　　回到車上後，不顧渾身溼漉漉的，童小川撥通了張一凡的電話，聲音疲憊而又冰冷：「通知大家，所有人停止休假，立刻歸隊，調動隊裡一切警力，尋找失蹤警官李海的下落，綁架嫌疑人是一男一女兩個人。」

　　片刻的無聲透露出電話那頭張一凡心中難以掩飾的震驚：「是，童隊。那你呢，需要後援嗎？」

　　「我去見個人，很快就回來。」說完這句話後，童小川便果斷地結束通話了電話，把手機朝儀表板上一丟，腳下的油門被踩到了底。

　　漆黑的夜色中，他看著似乎永遠都沒有盡頭的路面，目光深邃而又空洞。

第四章　殉職

　　他們處心積慮，難道就只是為了徹底打垮章桐？拋開法醫身分不講，章桐只是個女人，對付一個單薄的女人，用得著這麼興師動眾甚至不惜搭上那麼多人的性命？

✦ 1

　　早晨，章桐剛從更衣室出來，一眼就看到走廊長椅上坐著的鄭文龍，他懷裡抱著一本書和心愛的平板，正倚靠著牆壁打著瞌睡。

　　本來不想打擾他，可是轉念一想，留著自己辦公室不待著，來這裡的話，必定是有事找自己，昨晚發生了那麼多事，都無暇顧及他，章桐心中不禁感到有些過意不去，便伸手輕輕推了推他：「鄭工，找我什麼事？來了怎麼不去辦公室叫我。」

　　鄭文龍趕緊坐了起來，尷尬地笑了笑：「章主任，我是去了，但妳還沒醒，就不好意思打擾了。其實找妳也不是為了我自己，是為了個年輕女生，我昨天，昨天晚上跟妳說過的，不過妳估計是沒注意聽。」說著，他便把手中的小說遞給了章桐，「這是妳的泰國書迷，叫阿妮塔，她委託我請妳簽名，她會來拿的。」

　　「泰國書迷？」章桐感到有些意外，她一邊翻開書，確定是自己所寫，

便接過鄭文龍遞過來的筆，在書的扉頁上簽上了自己的名字，想了想，又寫下了一句感謝的話，畢竟人家這麼大老遠地跑來等自己的簽名。

「我的書是在泰國出版了，今年3月分上市的，可是，我在書中和作者資料中，都沒有提到過我的真名和工作單位，這是我再三向我的泰國編輯要求的，事後證明她也是做到的，那這個女孩怎麼會找到這裡來？」章桐一臉疑惑地看著鄭文龍，「更何況我的泰國編輯也不知道我的真實工作單位，這一切資料都是嚴格保密的。」

鄭文龍聽了，心中不由得一震，神情訝異地看著章桐，結結巴巴地說道：「不可能，她不可能是駭客，她還這麼年輕，不可能的，她是個女孩，女孩不可能是駭客！」

章桐無奈地搖搖頭，苦笑道：「鄭工，知道什麼叫教條主義不？這個世界上本就沒有什麼是不可能的，如此簡單的道理，你還不明白嗎？或者說，因為她是個漂亮的女孩，所以就更讓你覺得不可能？」

鄭文龍一時語塞，趕緊轉了個話題，問道：「李醫生呢？」

「他今天上午學院有課，應該昨晚上開完會就走了。」

「章主任，看來妳還真不知道呢，李醫生對妳，還是挺用心的。」鄭文龍感慨地說道，「要知道如今這年頭，像這樣的男人，已經不多了。」

章桐不解：「我不明白你為什麼會突然這麼說。」

鄭文龍若有所思地看著她，半晌，輕聲說道：「昨天在刑警隊開完會後，回來看見妳趴在辦公桌上睡著了，也知道妳累了，不方便打擾，我就和李醫生在外面走廊上聊了一下。後來，我實在太睏，就回辦公室去了。早上五點多的時候，我又來到這裡，想著說如果妳醒了，就把這書給妳簽個名，畢竟答應了人家的事，讓她失望也不好。那個時候，我看到李醫生

第四章　殉職

就坐在妳身邊的椅子上，妳趴在他腿上睡著了，睡得很熟，他不敢動，就保持著那樣的姿勢，怕吵醒妳，又怕妳凍著，就把自己的外套幫妳蓋上了，盡量讓妳保持著一個舒服的姿勢，要知道在辦公桌上趴一晚上可是很容易落枕的，那滋味可難受了。章主任，我還從沒有看到過一個男人這麼溫柔地看著一個女人。他守護著妳，應該是直到顧瑜來了才走的。」說著，鄭文龍聳聳肩，目光中卻充滿了羨慕，「被人這麼關心的感覺，想想，也真的是很不錯的呢。」

鄭文龍拿著書和平板心滿意足地走了，章桐卻陷入了沉思。昨晚上自己真的是很疲憊，因為一連好幾天都嚴重睡眠不足，所以，在做完所有的工作，把屍體重新推回後面的冷庫，並且打掃完解剖室後，就累得趴在桌上睡著了。她不知道李曉偉是什麼時候來的，更不知道他離開的時間，但是今天早上醒來的時候，卻驚訝於自己為什麼會睡在椅子上，枕著和蓋著的，也都是李曉偉昨晚身上穿的毛衣和外套。

此刻想來，章桐的心中感到一股莫名的暖流。

＊　＊　＊

這時，張一凡打來了電話，電話裡他的聲音顯得很焦急：「章主任，妳能打通我們童隊的電話嗎？」

「他怎麼了？」章桐冷靜地問道。

「昨晚上他說去見個人，後來就再也沒有消息了，我怎麼都聯繫不上他，這一晚上丟了兩個人，這叫我怎麼向兄弟們交代⋯⋯」話音未落，似乎身邊有人跟他說話，「等等，章主任，派出所剛打電話過來，說找到童隊了⋯⋯」

「他沒事吧？」章桐有些不安。

張一凡的聲音變得氣喘吁吁，顯然他在奔跑，上車後，他邊吩咐隊裡的偵查員開車，一邊語速飛快地說道：「他被送去了急救中心，聽說心臟被人刺破了，現在正在動手術，有生命危險。」

「我馬上就去。」章桐眼前一黑，匆匆掛上電話，立刻推門走進辦公室。

＊　＊　＊

（3小時前）

凌晨兩點剛過，城北的凱達花園社區門口，一輛警車停了下來，車燈閃爍不停。值大夜班的保全小趙探頭一看，他認識坐在駕駛座上身穿警服的童小川，雖然對方此刻看上去有些狼狽，渾身溼漉漉的，但是小趙也沒多想，畢竟童小川是當警察的，安全係數不用懷疑，就隨手按下了放行按鈕。安全桿緩緩上升，童小川遠遠地在車裡做了個「感謝」的手勢，隨即便開車直接進了社區。

凱達花園社區的占地面積非常大，總共有三期24棟大樓，在居民住宅中屬於中上等的社區。吳嵐住在第二期18號樓702室的一套複式公寓裡，和父母一起。在兩人之間的關係發生變化之前，童小川只要一有空，就會開車來吳嵐家拜訪，所以他對這裡非常熟悉。

但凌晨兩點過後出現在這裡，卻還是頭一次。

童小川把車開到了18號樓下面，正對著進出樓棟口的位置，猶豫了一會兒後，便伸手在儀表板上拿過手機，撥通了吳嵐的電話。讓他感到有些意外的是已經這麼晚了，她居然很快就接起了電話，只是回覆自己的聲音有些含糊不清，想必是還沒睡醒的緣故。

「吳嵐，是我，童小川。我在樓下，我不上去了，怕打擾老人家休息，

第四章　殉職

妳能下來嗎？我有急事找妳。」童小川語速飛快地說道。

「好的，我這就下來，等我。」吳嵐平靜地說道。

童小川順手解開了被雨水打溼的警服，把它搭在椅背上，等了十多分鐘。在自己最後一絲耐心被消耗殆盡之前，電梯的指示燈終於開始動了起來，很快，電梯門打開，身穿粉紅色睡裙，外面套了一件黑色長款風衣的吳嵐走出電梯，她頭髮披散著，雙手插在口袋裡，朝外四處張望。童小川趕緊打開車燈，雪亮的燈柱果然引起了吳嵐的注意，她毫不遲疑地向警車走來，習慣性地拉開右邊副駕駛座的車門，鑽了進去。

吳嵐一反常態的平靜讓童小川頗感意外，想起白天對她的苛刻態度，不免心中感到一絲內疚：「嵐子，這麼晚打擾妳，真的很抱歉，但是出了一點事，我需要妳的幫助。」

「什麼事？」吳嵐依舊平靜地說道，雙手卻從未離開過風衣口袋，身體也坐得格外筆直，「說來聽聽。」

「有些情況我暫時不方便透露，案件了結後，我保證第一個讓妳知道，作為獨家……」因為了解吳嵐的個性，所以在說正題之前，童小川便習慣性地做了預防。

「直接說就行了。」吳嵐瞥了他一眼，淡淡地說道。

聽了這話，童小川不由得微微皺眉，可是時間已經容不得自己再多想，便直截了當地說道：「那好吧，我就想知道方梅的相關情況，越詳細越好，我知道妳和她關係不錯。」

吳嵐似乎想起了什麼，雙眉上揚，抿著嘴唇沒有說話，但是右手手臂卻因為緊張而微微有些顫抖。

童小川看了看她，心中的疑慮越發難以驅散，略微遲疑後，便又硬著

頭皮強調了一次：「請妳不要再猶豫了，這次是真的出事了，我必須馬上找到方梅，越快越好，除了那部在我們警局做過聯繫登記的手機外，她還有沒有別的什麼手機號碼？妳仔細想想。」

吳嵐緩緩轉頭，看著童小川：「是的，她還有另外兩個手機號碼，稍等，我拿手機給你看。」說著，她一直插在風衣口袋裡的右手終於伸了出來。

因為車廂裡的光線太暗，童小川本能地伸左手打開了駕駛座上方的車燈，同時探身要去儀表板上拿自己的手機。就在那一剎那，他突然感到很奇怪，因為吳嵐此刻似乎並不準備把手機遞給自己，而是上半身向他靠了過來，就像要倒在自己懷裡一般。他下意識地騰出右手想扶住吳嵐的身體，而左手卻被方向盤擋住了。誰想對方迅速一轉身，變成與他面對面，寒光一閃，吳嵐用力向上揮起右手，左手借力壓住童小川的喉嚨，刀柄的背便重重地撞擊在警車的車頂，然後用力捅了下來。

這時候的童小川身上只穿著一件薄薄的襯衣，如果還穿著警服的話，或許刀子還不會那麼順利地插進他的胸膛。又如果，他對吳嵐有那麼一點點最起碼的防備的話。

刀尖刺破皮膚的剎那，周圍的一切都安靜了下來，童小川感到很奇怪，因為明明知道自己被刀捅了，卻一點都感覺不到痛，他不敢相信自己眼前所發生的一切，就像他不敢相信是吳嵐把自己捅了一樣。他呆呆地看著自己的胸口，刀已經被完全插入，只留刀柄在外，這是一把極其鋒利的廚房用主廚刀，長15公分左右，完全可以放進風衣的口袋。難怪剛才吳嵐的右手一直都插在口袋裡不拿出來，他本以為那裡只是一部普通的手機，或者，是開門的鑰匙。

總之，絕對不可能是一把鋒利的尖刀。

第四章　殉職

　　童小川突然想起，和吳嵐一起去購買結婚用品的時候，就專門挑了一套進口的廚房刀具，因為吳嵐喜歡做菜。只是，為什麼？為什麼要對自己下手？童小川不解地看向身邊副駕駛座上的吳嵐，卻見她也不拔刀，只是平靜地推開車門走了出去，緩緩地關上車門，就這麼走進了大樓，直至電梯關閉，她都沒有再回頭看童小川一眼，任由他癱軟在自己的駕駛座椅上，無聲無息。

　　震驚之餘，童小川看了看自己左胸口的刀柄，這時候，疼痛感逐漸蔓延全身，他顫抖著右手向前探身，終於摸到了自己的手機，本想把車開出社區後再打電話求救，但是已經來不及了，身體上任何一次小的挪動，都會有可能讓刀尖所刺穿的血管發生可怕的崩塌。在等待電話接通的時候，童小川的腦海裡突然閃過了一個奇怪的念頭，如果剛才吳嵐是把刀拔了再走的話，那麼現在的自己早就已經死了。

　　血，逐漸染紅了童小川的襯衣，車內雖然開著暖氣，但他卻感到徹骨的寒冷，意識也在漸漸消失。終於，他看到了一個模糊的人影在拚命敲窗，並試圖拉開車門，最後，情急之下便乾脆拿了塊磚揚手用力砸向車窗……

　　童小川笑了，雖然只是嘴角微微地上揚，他責怪自己怎麼這麼不小心，不過，不應該的呀，自己從來都沒有鎖車門的習慣，是不是剛才不小心……

　　是的，自己肯定是太不小心了，總是毛手毛腳。

　　想到這裡，童小川便努力掙扎著，想對砸開車窗的人說聲謝謝，可是他再也沒有力氣了，挪動自己身體的剎那，胸口的劇痛讓他眼前一黑，意識瞬間便消失了。

2

　　李曉偉衝進急診科的時候，章桐已經等候在搶救室的門口，而童小川的助手張一凡則雙眼布滿血絲，默默地站在一旁流著眼淚。

　　「李醫生，我還得馬上趕回去，海子還沒找到⋯⋯」張一凡伸手抹了一把淚水，焦急地說道，「我已經通知陳局了，那邊馬上過來，別的兄弟們現在走不開，童隊就拜託你們了，他在這邊沒有親人。」

　　章桐啞聲說道：「沒事，你去吧，有情況大家隨時聯繫。」

　　張一凡點點頭，留下了一位剛動過胃部手術身體尚未痊癒的隊員做留守工作，交代了必要事項後，最後看了一眼李曉偉，便和另外兩位偵查員一起匆匆離開了急診科。

　　「現在情況怎麼樣？」李曉偉擔憂地看著章桐。

　　「我來的時候聽說了，還是很嚴重的。院裡從接收到現在，已經接連下了兩次病危通知，只是童隊的父母都不在市裡，年紀大了，也無法馬上趕過來。局裡已經派人去他家了，以防，以防萬一⋯⋯」說到這裡的時候，章桐的身體忍不住微微發顫，她不得不靠在身後的牆上，定了定神，接著說道，「裡面現在是麻醉科、心臟外科、重症醫學科好多人在一起進行搶救，剛才進去支援的副院長說，他會盡全力搶救童隊的。你說，這個傻子，一向都是命大的人，我不知道為什麼這次會出這樣的事？」

　　李曉偉抬頭看著急診手術室外牆上懸掛著的實時轉播鏡頭，皺眉說道：「連ECMO都上了，現在正在進行深低溫體外循環直視心房缺損修補，雖然傷勢嚴重，但這是目前最先進的技術了，這個手術成功率非常高，妳不要太擔心，相信童小川這傢伙命硬，他會挺過來的。他不會這麼容易就完蛋！」

第四章　殉職

　　章桐聽了，目光茫然，卻又只能默默地點頭。

　　李曉偉突然問道：「到底是誰做的？這麼狠的手？」

　　一旁默不作聲的刑警隊留守偵查員輕輕嘆了口氣：「李醫生，是我們童隊的女朋友做的，人現在已經被控制在派出所了。」

　　李曉偉吃驚地看著他：「吳嵐？吳嵐怎麼可能做出這種事？」

　　「抓她的時候，她身上還穿著那件染有血跡的睡裙，在她家的椅子上搭著的風衣上面，也查到了好幾處血跡，住宅樓外的監控錄影，包括電梯內的監控錄影都有記錄，她是跑不掉的。」偵查員冷冷地說道，「這女人太狠毒了。」

　　李曉偉聽了，心中不由得一動：「等等，你說抓住她的時候，她身上還穿著帶血的睡裙？」

　　偵查員點點頭，憤怒地看著李曉偉：「救護車就是在吳嵐家樓下的車裡發現童隊的，那時候他已經因為失血過多而陷入重度昏迷了。李醫生，你知道嗎？如果救護車再晚去一會兒的話，童隊就當場死了。那個女人太冷血了，放任他在下面車裡慢慢死去，自己卻像沒事人一樣回去睡覺。這要是個人，能做得出來？」

　　這時候，章桐在一邊輕聲說道：「他說的沒錯，剛才歐陽工程師打電話給我，說童隊的警車，初步調查結果顯示，鎖門鍵上的最後指紋是吳嵐的。車內駕駛座一側發現了很多碎了的車窗玻璃，這和社區當班保全所說的話是完全吻合的。」

　　「他怎麼說？」

　　偵查員咬牙答道：「巡夜的保全是用磚頭砸碎車窗玻璃的，因為他根本就打不開車門。而那時候，童隊的血流了大半個車廂，連把手抬起來的

力氣都沒有了。這不是冷血至極的故意謀殺，又是什麼？」

這時候，李曉偉心中的疑慮卻越發強烈了起來，他略微思索後，便果斷地轉身對章桐說道：「我想見見吳嵐，好好和她談談。」

章桐皺眉看著他，卻沒有說話。

李曉偉又對留守的偵查員強調了一遍：「我必須和她談談，哪怕只是十分鐘。」

「難道說你在懷疑什麼？」

李曉偉點頭，神情嚴肅地說道：「是的，因為她的所作所為完全違背一個殺人犯罪者的常理，我必須要排除她被人催眠這個結論。可是，一旦證實了她是被人催眠的話，那麼真正想殺童隊的人，就還逍遙法外，妳明白我的話嗎？後果會不堪設想。」

這時候，手機鈴聲響了起來，章桐心中一沉，低頭看了一眼螢幕，是張一凡打來的，便輕輕嘆了口氣，接起電話：「哪裡出事？」

電話裡，張一凡的聲音哽咽了，他斷斷續續地說出了一個地名。章桐臉色煞白，她下意識地看了一眼李曉偉，心有不忍地閉上了眼，點點頭，沉聲說道：「你把定位傳給我，我這就去。」

✦ 3

車輛的火已經被撲滅了。

李海年輕的生命被永遠終止於一片拆遷工地上。這片工地占去了老居民區 1/3 的土地。而離這不遠的地方，馬路對面則是一個建立在居民區內

第四章　殉職

的幼稚園。幼稚園門前的馬路上，是一條清晰的車輛向相反方向猛打方向盤的痕跡，幾乎已經到了轉彎的極限，痕跡的盡頭，便是那輛被燒得只剩下一個外殼的車。車輪被燒得只留下個鋼殼，卡在排水溝裡，動也動不了。

已經來回走了好幾遍了，整條馬路上 200 公尺內卻再沒有找到事故車輛煞車的痕跡。

或者說，從一開始就沒有。

報警的是這個幼稚園的老門衛。他不知道車裡坐著的是刑警李海，也不知道事情的起因，但是老人卻再也無法忘記自己剛剛經歷的那驚心動魄的一幕。

老門衛有早起的習慣，因為冬天了，天冷，孩子們上學的時候需要取暖，所以要燒鍋爐燒熱水，最後，他開始用那把大掃帚打掃幼稚園門口的路面，每年冬天，這個帶點坡度的路面總是會讓一些孩子不慎滑倒。一些住在社區的老人們經過時紛紛和他打招呼，畢竟都是多年的老鄰居了。

事情就是在這個時候發生的，他先是聽到刺耳的車輪摩擦路面的聲響，接著便是一個年輕男人近乎淒厲的喊聲：「讓開！快讓開！……」

人們躲閃，尖叫，老門衛看呆了，突然，他的心懸到了嗓子眼，因為這輛已經起了火的車正在向幼稚園的大門全速衝過來。

老門衛急了，此刻在他身後不只是一座空著的幼稚園，還有十多個 24 小時託管的孩子，他並沒有跑，只是本能地張開雙臂，大喊道：「快停車！快停車！這裡還有孩子！……」

車越來越近，老門衛已經可以看清楚車內的一切，但是他沒有後退，仍然徒勞地揮舞著手臂，聲音也變得嘶啞了起來。

就在這個時候，車裡的年輕男人拚盡全力向另一個方向猛扭方向盤，以至於上半身幾乎都傾倒向了另一邊。因為轉向過於用力，發出了一陣刺耳的車輪摩擦地面的聲響。老門衛目瞪口呆地看著這輛起了火的車衝向水溝，緊接著是一陣巨響，與此同時，車輪卡在排水溝裡不動了。

老門衛剛想衝上前去看看車裡的年輕人是否還活著，沒跑幾步，又一聲巨響，濃煙騰空而起，整輛車便被熊熊燃燒的大火給徹底吞沒了。

年輕男人再也沒有能夠活著從車裡走出來。

＊　＊　＊

車內年輕男人的身分很快就被路口的高畫質監控探頭查了出來，死者正是失蹤了整整一個晚上的市警局刑警隊年輕偵查員李海。

而車上除了他以外，沒有再發現第二個人。

身分確定後，在場的所有人都哭了，張一凡更是哭得幾近哽咽。歐陽工程師走上前，來到章桐的身邊蹲下，吸了吸鼻子，長長地嘆了口氣：「唉，作孽哦，這孩子太年輕了，還沒活夠呢，太可惜了。他為什麼不跳車？」

章桐輕輕拉上裹屍袋的拉鍊，回頭看了眼馬路上的痕跡，平靜地說道：「我想，他應該是自己放棄了跳車的機會，如果沒有那個大轉彎的話，這車肯定就直接向幼稚園全速衝過去了。」

「我剛看了那段監控影片，衝進這個岔路後，車輛總共爆燃了兩次，」歐陽站起身，走到車邊，一邊戴起乳膠手套，一邊皺眉說道，「一次，可以理解為是油箱燃燒引起的，範圍並不是很大，而兩次的話，就明顯是有助燃劑了。」

第四章　殉職

「我不明白，車輛在路面上為什麼沒有留下煞車的痕跡？難道說只是因為車輛著火？」章桐不解地問道。

歐陽搖搖頭，瞇縫起了雙眼：「我看沒這麼簡單。」他伸手一指馬路對面幼稚園門口電線桿上的高畫質監控探頭，「那個監控我看了的，他的行車軌跡非常詭異，似乎固定了就是要向幼稚園的大門衝進去，那老門衛都嚇傻了，如果不是這孩子最後緊要關頭拚命轉動方向盤的話，我看這幼稚園就夠嗆了。」

「車速沒變嗎？」章桐幫著顧瑜一起把裹屍袋抬上了輪床。

歐陽搖搖頭，喃喃說道：「始終都沒有變，這不符合常理啊，要知道海子這孩子的駕駛技術可是局裡數一數二的……等等，小張，張一凡，你過來！」歐陽朝著張一凡所站的位置招了招手。等他到近前後，劈頭就問道：「監控中李海所駕駛的車輛，車牌號******，你們有編號嗎？」

張一凡查了一下手機中的系統，點頭：「當然有，是剛配發的最新款。」

歐陽冷靜地問道：「那是不是帶有自動駕駛功能的？」

張一凡呆了呆，隨即用力點頭：「當然，現在新出廠的幾乎都有這個功能。」

歐陽的臉色頓時陰沉了下來，低聲咒罵了一句，轉身就走。

看著歐陽的背影，張一凡嘀咕道：「歐陽工程師怎麼突然這麼生氣？」

一旁的章桐卻已然明白了歐陽的憤怒，她看了眼張一凡，冷冷地說道：「那是因為他知道了李海警官是被害的。」

＊　＊　＊

與此同時，市警局刑警隊詢問室門口，李曉偉等了好一會兒，才終於

聽到走廊上傳來了凌亂的腳步聲。兩個刑警隊偵查員帶著已經被拘留的吳嵐走了進來。

吳嵐身上染血的睡衣已經在派出所的時候被當作證物扣押，她新換了一套白色的運動服，頭髮在腦後紮了個馬尾，沒有化妝，臉色灰白，神情沮喪。

負責刑偵工作的陳豪副局長匆匆走了進來，他衝著李曉偉點點頭：「李醫生，小張已經跟我說了，現在隊裡人手不夠，我和你一起來審吧。」

陳豪是老刑警出身，辦過很多大案，但此刻他的臉上卻也是神情凝重，嚴重的睡眠不足導致雙眼布滿了血絲。

把吳嵐帶進詢問室後，剛坐定，陳豪還沒有來得及開口，吳嵐便情緒激動地雙手抓住不鏽鋼隔離欄杆，身體幾乎站了起來，語速飛快地問道：「小川他怎麼樣了？到底發生了什麼事？我做了什麼？快告訴我！求你們了，快告訴我！」

吳嵐的表現讓在場的人幾乎都大吃一驚，而李曉偉雖然心中早就有了疑慮，但真面對的時候，卻還是有些無法相信。

陳豪想了想，便安撫道：「吳小姐，妳冷靜一點，事情都已經發生了，妳再衝動也解決不了問題，明白嗎？妳現在所能做的，就只有告訴我們真相──昨晚到底發生了什麼？」

吳嵐呆了呆，往日裡的傲慢此刻已經蕩然無存，她嘴唇囁嚅著向後頹然靠在了椅子上，半晌，抬頭問道：「陳局，小川他會不會有生命危險？」

陳局緊鎖雙眉：「目前還不知道。」

一旁坐著的李曉偉突然開口問道：「吳小姐，妳還記得昨晚到底發生了什麼事嗎？」

第四章　殉職

　　吳嵐的目光應聲轉向了李曉偉，皺眉看著他大半天，似乎在苦思冥想著什麼，最終卻只是搖搖頭，輕聲說道：「我已經記不清了。」

　　「那請妳把所能記得的東西，都告訴我，具體時間就是從妳昨天下班後開始。」李曉偉平靜地說道。

　　「昨天？」吳嵐低頭想了想，說道，「昨天和往常一樣，都是下午六點下班，我審校完最後一份第二天要發的樣稿後，便收拾東西離開辦公室回家。」

　　「妳有自己的車，是嗎？」李曉偉問。

　　「是的，但是昨天我沒有開，因為早上去上班的時候，發現車子的電路出現了故障，所以我就找了4S店的人拿去修了，要明天才送回來。我昨天晚上是叫了輛專車回去的。」

　　「回去後，發生了什麼事？」李曉偉接著問。

　　「一切正常，吃過晚飯，爸媽睡得早，我就在房間看了一下電腦，聽了一下音樂，具體是什麼時候睡著的，我就不太清楚了。接下來就是早上天還沒完全亮，被你們派出所的人給抓了，說我，說我殺人了，把小川殺了……」說到最後的時候，吳嵐的聲音微微發顫，而看著李曉偉的目光卻有些發直，就像在做夢一般。

　　「這麼說，吳小姐，妳是真的不知道昨晚上妳到底做了什麼，對嗎？」和李曉偉對視一眼後，陳局接著問道，「真的一點印象都沒有，對嗎？」

　　吳嵐果斷地搖搖頭，情緒有些激動，講話的聲音也變得刺耳了起來：「雖然，雖然我和小川之間是有些不愉快，但畢竟我們倆之間還是有感情的，我又怎麼可能對他下毒手，你們說是不是？你們肯定是搞錯了。還有，還有就是在派出所裡，他們什麼都不跟我說，就說我捅了一個警察，

這怎麼可能，用腦子想想我都不會這麼做啊！」

陳豪輕輕嘆了口氣，便在自己的筆電上點開那段監控影片，放大後，把螢幕轉了個方向，輕聲說道：「那妳看看吧，影片中的這個是不是妳？」

這段監控影片顯示吳嵐走出電梯，鑽進童小川的警車，幾分鐘後出來，平靜地走回電梯，就像什麼事都沒有發生過一般。

因為監控影片是黑白的，所以並不能夠看清楚被鮮血染紅的睡衣前胸，只是看到一片明顯的汙漬。

吳嵐愣住了，臉色一陣紅一陣白，半晌，她點點頭，啞聲說道：「沒錯，是我，但是為什麼我一點印象都沒有，這不可能啊……」

「吳小姐，有個問題，昨晚，妳用什麼設備聽音樂的？」

「音樂？」吳嵐一怔，隨即點頭，「我手機上的音樂播放器。」

李曉偉心中一震，他同陳局耳語幾句後，便推門走出了詢問室。在走廊裡，他撥通了鄭文龍的電話：「鄭工，我是李曉偉，現在在刑警隊詢問室門口。我懷疑吳嵐昨天晚上被人催眠了，所以，需要你幫我查一下她的手機，我擔心被入侵了。她的手機現在應該在痕跡鑑定那裡。」

「這沒問題，我馬上就去。」鄭文龍爽快地一口答應。

不到十分鐘的時間，他便興沖沖地出現在刑警隊詢問室的走廊裡，衝著李曉偉揮了揮手中的物證袋，裡面裝著的正是吳嵐被扣押的手機。

「沒有任何難度，我查過了，李醫生。」鄭文龍指著手機，「中了最普通的 Hack 病毒，太沒技術含量了，不過話說回來，現在沒有誰的手機是保證沒有任何病毒的，就是看具體的嚴重程度了。別人的手機中了病毒就是衝著錢去的，但是這臺手機上的病毒，卻是打開了一個後門，也就是說編寫這個指令碼的人，他為自己開了個後門，而且只有他才有這個門的鑰

第四章　殉職

匙,他隨時隨地可以進去,並且可以完全控制這部手機。」說到這裡,鄭文龍臉上的神情變得嚴肅了起來,「我查了上面的紀錄,迄今為止,這部手機的後門鑰匙被使用過兩次。」

「兩次?」李曉偉隱約感到了不安。

鄭文龍點點頭:「非常巧合,上一次就是大劇院案發那晚,而這一次就是昨晚⋯⋯」

「他做了什麼⋯⋯你查得出來嗎?」李曉偉小心翼翼地問道。

「當然可以,他插進去的是一段音樂。」說著,鄭文龍隔著塑膠袋打開吳嵐的手機,快速按了一串程式碼後,手機頁面上便出現了一個人的自拍像,「這個 Hack 病毒的傳播是透過手機的自帶 NFC 功能,也就是近距離無線通訊技術,病毒雖然足夠強大,但是也有致命的地方,就是在傳送給靶向手機的同時,在對方的手機上也會留下自己手機的資料痕跡,所以,我就順著這條線反追過去,查到了這個號碼,登記機主叫陸曼,這是她手機相簿裡的相片。」

李曉偉不由得呆住了:「你確定她真的叫這個名字?」

鄭文龍顯得很無奈:「我考核過資料,沒錯,就是她,陸曼。手機號已經用了有好幾年了。」

「難怪昨晚開會的時候,刑警隊的人說查不到『方梅』這個人 2000 年前的身分資料。原來她的本名並不是這個名字。」李曉偉喃喃地說道,「好的,鄭工,回頭再謝你!」他轉身直接推門走進了詢問室,對陳局點點頭,然後探身衝著吳嵐直截了當地問道:「跟我說說方梅。」

「方梅?」吳嵐一臉的迷惑,「你為什麼要提到她?」

「妳到底是什麼時候認識方梅的?」李曉偉克制住自己內心強烈的

104

衝動。

　　吳嵐皺眉想了想，喃喃地說道：「初次見面的話，到底是哪一天具體我也記不得了，我只記得那次我從健身房出來的時候，她在星巴克遇到了我，和我談了幾句，然後給了我一張名片。從那以後，我們就經常來往了，不過多半都是因為公事，就像大劇院那晚出事，我也只是為了公事。」

　　「妳的意思是說，是方梅主動接近妳的，對嗎？」李曉偉問。

　　這一點，吳嵐是很肯定的。因為按照她高傲的個性，才不會主動去接近那些與自己沒有利害關係的陌生人。

　　「在和她的幾次交談中，妳有過中途上洗手間的經歷嗎？」李曉偉接著問道。

　　吳嵐點點頭：「那是當然啊，因為每次和她碰面，幾乎都在我健身出來後，我在星巴克裡一般都是要喝很多咖啡的，不然回去後根本就沒有精力再繼續改稿子。」

　　直至此刻，李曉偉已然完全肯定了吳嵐在本案中的性質，她只不過是一枚被陸曼，也就是方梅控制在手中的棋子罷了。而他們真正要打擊的目標是吳嵐背後的童小川，因為只有面對吳嵐的時候，童小川才是沒有任何防備的。

　　針對目標人物的不同，心理暗示可以有很多種手法，而吳嵐之所以會對童小川下手，對方很有可能是設定了一個電話，或者說童小川的聲音直接激發早就埋藏在吳嵐潛意識中的暗示。他們確定大劇院殺人案遲早要真相大白，隨後，童小川必定會去找吳嵐詢問方梅的情況，所以，才下了這麼大的一個賭注。

第四章　殉職

　　而他們的最終目的，自然就是章桐，在這之前，他們會一個個除去章桐身邊的人，包括自己在內。想到這裡，李曉偉腦海中便又一次浮現出了顧大偉給自己看的截圖上方梅的臉，不免微微打了個寒顫。

　　這擺明了就是一起具有極強的報復性和目標性的連環殺人案，凶手為了達到這個最終的目標，不惜付出一切代價。可是，李曉偉又一次感到了迷惑不解，他抬頭看了看坐在面前的吳嵐，看著她臉上所流露出來的深深的惶恐和自責，這個女的是徹底毀了，對凶手來說也沒有了任何利用的價值，但是代價卻是童小川再也無法保護章桐，而章桐身邊最親近的人，也就只剩下自己了。

　　他們處心積慮，難道就只是為了徹底打垮章桐？拋開法醫身分不講，章桐只是個女人，對付一個單薄的女人，用得著這麼興師動眾甚至不惜搭上那麼多人的性命？

　　李曉偉懊惱地發現自己根本就無法用這個荒唐的結論來徹底說服自己。

◆ 4

　　市警局法醫解剖室裡，顧瑜突然把脖子上掛著的相機摘下來往桌上一放，然後頭也不回地衝了出去，沒多久，走廊裡便傳來了她壓抑的哭聲。

　　從現場見到屍體時，顧瑜就一直都表現得出奇地平靜，此刻的爆發卻也是意料之中的事。

　　章桐愣了半晌，輕輕嘆了口氣，手中的解剖刀接著往下插去，這是她

現在唯一能做的事情。她不會去勸顧瑜，就像當年自己的同事都不會來勸自己一樣。

一切都在周而復始，似乎唯一被改變的，就只是時間而已。

歐陽工程師的小徒弟小九剛想跟出去，卻被章桐攔住了。

「工作重要還是她重要？隨她去吧，哭出來總比憋在心裡要好，以後她會慢慢習慣的。」章桐果斷地伸手指了指桌上的相機，「小九，你來拍。」

面前不鏽鋼解剖臺上的屍體，已經全然認不出李海本來的模樣。活著的時候，李海是個一百八十幾公分的大個子，如今，卻只留下了一公尺多一點面目全非的殘缺屍體，狀態就像個嬰兒般蜷縮著。身上殘存了部分衣服的碎片，沒被燒焦的部位屍斑鮮紅，後背布滿了水泡，這些都是李海死於火災的直接證據。

「……屍體的眼部出現了鵝爪狀和睫毛症候，布滿了放射狀的紋理。渾身上下幾乎都看不到一塊超過 10 公分的完整皮膚，高溫的灼燒使得皮膚組織中水分蒸發，乾燥變脆，皮膚凝固收縮，沿著皮紋裂開，形成了很多稜形傷口遍布全身，酷似裂創。體表檢查完畢。」

錄音設備繼續運作著，章桐沙啞的嗓音迴盪在空蕩蕩的房間裡，顯得格外孤單：「內臟部分，呼吸道黏膜有菸灰和炭末的沉著，會咽部、喉頭、氣管和支氣管呈現出典型的黏膜水腫、充血並且有壞死的跡象，有些部位還出現纖維蛋白、壞死黏膜、黏液以及中性粒細胞為主的假膜。肺部，出血性肺水腫伴有肺氣腫，肺血管發現纖維蛋白性微血栓，肺部質量增加，質地變實，橫切面色紅，結論，吻合燒死的推斷。消化道方面，發現炭末和菸灰並伴有應激性潰瘍症狀。」

第四章　殉職

　　她拿起工作臺上裝有剛抽出血液的試管：「血液樣本肉眼可辨別出明顯的粉紅色，明確顯示血液碳氧血紅蛋白含量增加。」

　　最後，她戴上防護面罩，拿起開顱鋸，注意到小九本能地閉上了雙眼，便輕聲說道：「小九，我這邊已經沒事了，下面我自己完成就行了，你可以去走廊上休息一下。」

　　小九感激地走出了解剖室，當房間裡只剩下章桐一個人的時候，她才用刀在屍體頭部自額部眶上緣 2 公分處開始做一鋸線，向西側延伸經耳郭上緣切斷兩側顳肌，向後會合於枕骨粗隆處，接著拿起電動骨鋸，打開開關，剛想放下去，手卻停在半空中，遲遲不敢下落，似乎在猶豫著什麼。半晌，她輕聲說道：「對不起了，海子，你再忍忍，有點痛。」話音剛落，鼻子一酸，眼淚掉了下來，落在護目鏡上。

　　骨鋸聲響起，骨末飛濺，時間很短，最後，關閉骨鋸，用丁字鑿掀開顱蓋：「顱骨呈現出星芒狀改變，可見急性腦水腫和硬膜外熱血腫，吻合燒死的死因推論……」

　　屍檢做完了，可是章桐心中的疑慮卻始終都揮不去，她摘下手套，取出手機撥通了歐陽工程師的電話：「歐陽，問下血液檢測出的 HBCO 飽和度是多少？」

　　「52.1%。」歐陽答道，「剛出來的檢測資料。」

　　「確定無誤嗎？」

　　「做了三遍對比了，沒錯。」歐陽肯定地說道。

　　「這樣的濃度比例的話，死者應該是處在一個密閉空間裡才對，可是現場監控錄影和目擊證人都說了，車行駛時，是開著車窗的，為什麼 HBCO 的濃度卻幾乎到了致死的程度？」章桐不解地問道，「除非，和這

場火災的助燃劑有關，我記得監控影片中李海所開的車很早就已經著火了。」

「是的，圖偵那邊目前所查詢到的相關影像資料中，距離最後的爆炸現場，這輛車至少高速行駛了 3 公里以上，而根據民眾報警紀錄推斷，可見明顯火光的畫面是在爆炸前的八分鐘左右，車速在 60 上下，這樣結合起來，助燃物所處的位置，應該是在車輛後座，並且體積不會小。我剛才問過消防，他們確實在車輛後座檢測出了汽油的燃燒殘留物。」

「這麼看來，車輛起火的原因確實屬於故意縱火。」章桐不由得一聲嘆息。

「死因出來了嗎？」歐陽的聲音聽上去顯得有些於心不忍。

「他是被活活燒死的。」說著，章桐的目光又一次落在了冰冷的不鏽鋼解剖臺上，焦黑的屍體與不鏽鋼在燈光下的慘白形成了鮮明的對比，不忍再看。她只能轉身面對著同樣冰冷的牆壁，啞聲說道，「歐陽，現在我們只能希望他在臨死前沒有太大的痛苦。」

「唉，我看了監控影片，從頭到尾那麼長的路上，任何一個隔離帶都可以讓他擺脫車輛的，真的不至於要與車子同歸於盡啊……這傻小子，太傻了，真的太傻了，我真的想不通啊……」歐陽哽咽著掛上了電話。

歐陽工程師的話深深地觸動了章桐，是啊，為什麼李海會放棄跳車，或者說把車撞樹的念頭，而是寧願待在車裡，難道說他還有什麼別的事，所以，才不願意放棄車？

章桐突然感到心跳得厲害，她趕緊再次撥通了歐陽工程師的電話：「歐陽，對不起，你現在在車庫是嗎？」

「是的，我們幾個在拆解那輛車，雖然被燒得只剩下了一個車架

第四章　殉職

子……這雜種！」老頭忍不住狠狠地咒罵道。

「你先別生氣，我突然想明白了一點，你那邊手頭現在有沒有車輛爆炸前最後幾分鐘的監控影片？」

「當然有，那家幼稚園門口有一個高畫質探頭。」

「把它傳到我手機上，我想，或許海子會給我們留下什麼消息。」章桐喃喃地說道，「我總覺得按照李海的個性，他必定是會做出一點努力的。」

歐陽不解地問道：「章主任，妳為什麼會這麼確信？要知道那種生死攸關的時刻，誰都無法做到真正地去平靜面對。說實在的，就連我自己，都無法打包票。」

章桐輕輕嘆了口氣：「我覺得海子不會，因為在現場的時候，我聽到張一凡在詢問那個老門衛，門衛說他揮手提醒了海子，海子便把車給硬生生地扭轉了方向，徹底避免了慘劇的發生。你說，他都能做到這個，難道會忘了自己的本職工作嗎？我想，只要給他機會，他肯定會做。」

電話那頭一陣沉默，很快就結束通話了。

幾分鐘後，章桐手機上便接收到了歐陽工程師傳過來的影片，她深吸一口氣，然後點開影片，正是最後車輛出現在幼稚園門前的那一段，熊熊燃燒的大火已然逼近海子的身體，他猛打方向盤的剎那，突然做了一個奇怪的動作，就好像要去擦前窗玻璃，縮回手的同時，他的手往嘴裡一塞，車輛轉過去不到 20 公尺便燃燒起火，整輛車被大火迅速吞沒……

章桐的眼淚頓時流了下來，她明白了李海最後那個動作的意義所在，因為警車車頭的導航儀後面裝有一個儲存晶片，類似於飛機上的黑匣子，這塊晶片有 1T 的儲存容量，它能錄下車內和車外所發生的一切。它不同於出警所用的攝錄儀，是單獨儲存，按需提取，後面再錄製的影像會逐步

覆蓋前面的影像，依次更替，一般能儲存 3 天。章桐的法醫勘察車上就有這麼一個特殊裝置，安裝的初衷是為了對出警的監督。

在生命的最後一刻，李海知道自己已經沒有辦法逃生，他只有用自己的身體來盡量保護住晶片，留下最後的證據。

再次拿起解剖刀的時候，章桐終於無法克制自己的情緒，她猛地丟下解剖刀，雙手撐著工作臺，無聲地抽泣了起來。

＊　＊　＊

夕陽西下，街頭開始變得熱鬧起來，車輛川流如梭，下班的行人匆匆在馬路上行走著。

市警局五樓陳局辦公室裡卻顯得安靜極了，房間裡的氣氛壓抑得讓人幾乎喘不過氣來。張一凡靠牆站著，鄭文龍還是抱著他的平板，李曉偉坐在桌邊，大家誰都沒有說話。

李曉偉把那張放大的影片截圖列印件放在辦公桌上，然後換了個角度，輕輕推到陳豪面前，說道：「就是這個人。」

「方梅，或者說是陸曼？」陳豪問，「背景資料調查得怎麼樣？」

「不簡單，」張一凡說道，「戶籍資料中顯示，陸曼有個雙胞胎哥哥叫陸言，他們不是本市人，從小是被人收養的。父母老家離這裡有一百多公里。三歲的時候因為土地徵用，舉家遷徙到這裡。」

「被人收養？他們的父母是不是出事了？」

張一凡點點頭：「當年，陸氏兄妹倆的父親陸成鋼嗜酒成性且脾氣暴戾，親手殺死了自己的妻子胡豔和妻子的情人呂晨，還有妻子娘家人包括岳父岳母在內總共八口人。陸成鋼被判了死刑後，因為兄妹倆尚未成年，

第四章　殉職

便被本市的一位退休老師收養，長大後就一直都在本市生活，沒有再回過老家。」

「陸曼考上了大學後，陸曼的哥哥陸言突然離家出走了，至今都杳無音訊，我們推斷是改了身分。」張一凡說道，「現在陸曼的個人資料已經登錄了，只要她有任何動靜，就能抓住她。只是那個男的，圖偵組找遍了所有的監控資料，到現在還沒有一張可以辨別的清晰正面影像。」

李曉偉問：「那有陸言的戶籍相片嗎？」

張一凡搖搖頭：「沒有最近的，只有一張他小學的相片，還是黑白的，到現在的話，人的樣貌已經改變了很多了。」

陳豪問：「為什麼沒有國中的相片？」

「因為學籍檔案顯示，陸言沒有上國中，小學畢業後就再也不上了，所以一張相片都沒有。」張一凡失望地說道。

鄭文龍突然開口說道：「不排除另外一種可能，那就是他刻意用別的手段抹去了自己的這段歷史。」說著，他點開自己的平板，「個人的電子檔案一般都是從國中開始記錄，如果你熟悉相應規則的話，抹掉也是完全可以做到的。」

「陸言為什麼要刻意抹掉自己存在過的痕跡？」李曉偉不解地問。

鄭文龍笑了笑：「我們有個術語，叫格式化，你再怎麼隱藏身分，都有風險，尤其是現如今DNA技術普及的情況下，即使是換個身分證，都必須錄入自己的指紋和DNA，一旦犯事一對比，就很容易被抓住。但是，如果有人竄改了整個檔案，讓我們警方根本就沒有東西可以參比對照的話，你說，還有什麼風險呢？他可以堂而皇之地在你面前出現，你根本就認不出他來。」

「人像對比？」

鄭文龍搖搖頭：「首先，要有完整的可參比對象，符合一定的比對引數；其次，年齡差距不能太大。而且在具有前面這兩種要素的前提之下，成功率也只有 70% 左右，剩下的，還是需要我們進行人工研判的，機器的執行畢竟只是個機率問題，沒有辦法百分百確定。」說著，他看著桌上的那張影片截圖列印件，話鋒一轉，「不過，因為陸言是陸曼的雙胞胎哥哥，或許可以用陸曼的相片來進行搜尋，因為雙胞胎的面部結構特徵有 5 到 7 個點的相似度，再結合那張小學的黑白相片，或許我們還有一定的機率。」說著，他便伸手拿過列印件，用平板掃描列印件上的面部特徵，然後輸入指令，開始與電智囊團中的人像資料進行對比。無意中鄭文龍看到大家都不約而同地盯著他，不禁苦笑道：「各位，各位，電腦搜尋還是需要一定的時間的，你們別老盯著我看，工作的不是我，是我的電腦。」

「我不明白，他們為什麼要對李海警官動手？」李曉偉突然問道，「他們對童小川隊長下手，我可以找出理由，因為他們已經表明了目標是誰，而童隊是最能保護章醫生的人，但是李海警官相對之下就很難讓人理解了，而且要用那麼一種讓人無法理解的方式。」

「或許是海子知道了一些他們不想讓別人知道的事情吧。」鄭文龍點點頭，「你想，海子的那輛車，我查過，昨晚他被人綁架後，車輛 GPS 定位就消失了。今天出現，很有可能是海子想辦法跑了出來，本以為開著車能夠盡快離開，誰想到對方在他的車上做了手腳。除此之外，我懷疑海子之所以被殺，還有一個重要原因，那就是海子看到了陸曼的哥哥陸言的真面目！」

陳豪吃驚地看著鄭文龍：「你一直都懷疑是陸言做的？」

第四章　殉職

鄭文龍點點頭：「尤其是在吳嵐捅了童隊以後，我就更懷疑是陸言做的了，他不會願意讓人知道自己的真實身分和長相，所以，才會對海子下毒手。你們說，大劇院慘案，是誰協助陸曼下手殺了柯志恩？是誰又布下了那個要坑害吳嵐的局？」

「這個女人的心可真夠狠的。」張一凡皺眉說道。

李曉偉更是擔心起了章桐的安危：「殺柯志恩有兩個目的，第一，傳遞消息給章醫生；第二，則是為吳嵐殺害童小川之舉布局。如此看來，真的是處心積慮啊！」他腦海中回想起章桐案頭的那兩本陳舊的工作筆記，不由得長長地出了口氣：「難道說，真相真的被隱藏在遙遠的過去？和章醫生的父親有關？」

就在這時，走廊上響起了一陣輕輕的腳步聲，隨即門口便出現了章桐的身影，她雙手插在工作服口袋裡，面容憔悴，默默地站著，一聲不吭，似乎在思考著什麼，如血的夕陽把她整個人都包裹在裡面。

「章醫生？」李曉偉知道章桐此刻出現在門口，必定是出了大事。

章桐點點頭，上前幾步，一直插在工作服口袋裡的右手終於抽了出來，手中是一個裝有一塊小小的黑色晶片的塑膠證據袋，她把袋子輕輕放在桌面上，啞聲說道：「這是最後時刻，海子用自己的身體保留下來的證物，我在他的舌頭下面發現的，經歷了兩次爆炸，希望還能有用。他最後的姿勢是蜷縮著的，護著頭，我一直不明白這樣的姿勢到底為何，現在才懂了，希望我們不辜負他最後的苦心，拜託大家了！還有件事，海子確定是被謀殺的，鑑定結論報告等下歐陽工程師做完了，會跟我的屍檢報告一起給你們送來。我只是告訴你們，海子的車被那傢伙動了手腳，設定了專門的自動高速行駛路線，海子根本就沒有辦法把車停下來，而且，車門都

是被鎖死的。所以，海子那時候只有兩個選擇，要麼高速撞車而死，要麼就是被火活活燒死。證據方面，我們已經盡力了，剩下的，就看各位了。」

說完這句話後，她便朝大家輕輕點點頭，轉身走出了辦公室。

＊　＊　＊

顧大偉正惴惴不安的時候，終於接到了方梅的電話。此時已經是晚上八點多了，他匆忙開車來到約定地點——北港碼頭一處廢棄的倉庫，眼前這一幕不禁讓他大吃一驚。

倉庫裡沒有開燈，方梅在窗臺上坐著，臉上滿是淚水。

「妳怎麼在這？妳一個人來的？」顧大偉左右看了看，低矮的倉庫裡除了一些雜物和垃圾以外，空蕩蕩的。

方梅沒有回答，只是抱著雙膝蜷縮在窗臺上，低著頭嘴裡喃喃自語，片刻過後，突然抬頭看向顧大偉的時候，臉上卻是陌生的表情，甚至還帶著些許敵意：「你是誰？你對我到底做了什麼？」

見此情景，顧大偉心中一沉，聯想起白天的時候所看到的新聞，他趕忙上前，單膝跪在地上，抬頭專注地看著方梅：「妳仔細看看，我是顧醫生啊，別怕，聽話，快回來，千萬不要走，快回來……」

方梅卻緩緩向後退縮著，雙手神經質一般緊緊地摳著牆壁，目光中閃過一絲驚恐。

顧大偉也沒再繼續勸慰，他站起身，趕緊掏出手機撥通了方梅表弟小呂的電話，剛接通，便沉聲說道：「你現在快過來，你表姐出事了。我需要你幫忙，我這就把位置傳給你。」

話音未落，方梅突然從窗臺上跳了下來，繞過他身邊向門口跑去。顧

第四章　殉職

　　大偉趕緊朝前撲去，從身後一把抱住了她，湊在她耳邊，緩緩說道：「聽話，聽話，噓——聽話，沒事的，沒事的，照我說的做，深呼吸，慢慢深呼吸，沒事的，聽到了嗎，是我，顧醫生，聽話，快回來……」

　　漸漸地，溫柔的話語聲中方梅閉上了雙眼，整個人癱軟了下去。

　　門外響起了車輛急煞車的聲音，很快，小呂跑了進來，一眼就看到了顧大偉和他懷裡的方梅：「老闆，我表姐她怎麼了？」

　　顧大偉平靜地說道：「她沒事，只是睡著了而已，馬上把她送回去，這幾天就不要讓她出來了，我會找時間去看她的。」說著，便把懷裡的方梅交給了小呂。

第五章　自首

「不記得了，」老人嘆了口氣，「但是能畫出這樣作品的人，我想，在他的心裡應該也不會看到陽光吧。」

✦ 1

上班路上突降大雪，路面交通頓時變得擁擠不堪。而市區最大的地鐵中轉站東臨站裡也比平時多了很多人，等候安檢過閘機乘車的人幾乎都排到了通道口。

李曉偉站在人群中，飢腸轆轆地隨著人流緩慢向前一步步地挪動著。

昨天半夜，氣溫驟降13攝氏度，誰都沒有想到白天的雪會突然下得這麼大，所以早上起來，面對無法發動的車輛和幾乎陷入癱瘓的交通，地鐵自然也就成了大家的出行首選。

而今天，是李曉偉每週一次的全天候心理門診值班時間。

站在隊伍裡，李曉偉心不在焉地滑著手機頁面瀏覽新聞，時不時地抬頭看向隊伍前列，黑壓壓的人群，大家出奇地安靜，似乎是難得的機會能夠好好地玩一玩手機來打發時間。

也不知過了多久，終於來到底層站臺上，一趟趟地鐵到站離站，但是真正輪到自己卻不知道要等到什麼時候，因為每節地鐵車廂都像沙丁魚罐

第五章　自首

頭般被塞得嚴嚴實實的。雖然有地鐵員工在聲嘶力竭地維持秩序，但是明顯超員的人流仍把整個站臺擠得水洩不通。

終於快要輪到自己了，李曉偉收好手機，順勢抬頭看去。他突然心中一動，地鐵軌道對面的牆上那幅巨大的廣告欄裡，貼著一個很奇怪的通告式的廣告，大致內容就是──全天下頂級的電腦高手大賽，不論你來自地球上哪個國家哪個地區，不論你的性別年齡或者種族，都可以來這裡一決雌雄，獎金豐厚且榮譽感十足⋯⋯至於說舉辦這個大賽的公司，在國內幾乎可以說是家喻戶曉，都上了世界500強的名單，所以一點都不用質疑這次比賽的公平與否。

在下一趟地鐵到站的剎那，李曉偉趕緊掏出手機拍下了牆上的這張廣告。上地鐵後，他第一時間便把它傳給了鄭文龍。

「你想叫我去參賽？」鄭文龍笑嘻嘻地回覆。

「不，我記得聽童隊說起過，從沈秋月的案子開始，就自始至終都有一個人在暗中幫你，那麼這個人肯定是程式設計高手。你說，這機會他會甘心錯過？」李曉偉問。

鄭文龍嘆了口氣：「我不知道，不過，我還真的挺希望他來的，如果能見上一面的話，那我就倍感榮幸了。」

「對了，鄭工，那晚上你提到的那本書，章醫生幫你簽名了嗎？」

「當然簽了，第二天早上就簽了，只是章主任感到有些奇怪。」

「奇怪？」

「章主任說，從未把自己的個人資訊透露給讀者，更不用提國外的讀者了，這是她和出版社簽下的保密協議。問題是這樣一來，那個泰國女孩又是怎麼知道她的真實姓名、職務和工作單位的呢？」

「我不知道……那個泰國妹子來拿那本書了嗎？」

　　「沒有，她都沒有留下電話號碼。我只知道她是泰國人，叫阿妮塔……」鄭文龍露出了失落的神情。

　　「那你問過出入境的人嗎？我們市有班機直飛曼谷的，或許他們能給你資料。」李曉偉有些同情這個高個子 IT 男了。

　　「那不合適吧，而且，現在有規定，如果不是案子需求，不能隨便調查個人資訊，只是一本書而已，或許人家忘了也說不定。我看她的樣子，應該是來我們國家旅遊的吧。」鄭文龍笑嘻嘻地說道。

　　談話草草結束後，李曉偉便順手關了手機螢幕，地鐵車廂裡悶得根本就喘不過氣來，他抬頭看著頭頂的車廂通風口出神。直覺告訴自己，鄭文龍口中的這個年輕外國女孩必定不簡單，但是她這個時候出現，到底意味著什麼呢？

　　突然，手機發出一陣震動，李曉偉趕緊騰出手，劃開手機頁面，卻顯示是一個陌生人請求加好友的訊息，他剛想選擇忽略，可是內容提示卻讓他愣住了，上面只有兩個字──陸言。

　　李曉偉的心頓時懸到了嗓子眼，他本能地四處張望著，可是映入眼簾的卻只是一張張疲憊而又陌生的面孔，沒有認識的人，更沒有自己曾經見過的人，哪怕只是一張相片上的臉都沒有。他滿腹狐疑地低頭看向手機螢幕，上面又是一條請求加好友的訊息，只不過換了一句話──別看了，我不在你周圍。

　　瞬間，地鐵車廂變得安靜極了，唯一能聽到的就是自己心跳的聲音，李曉偉沒有再猶豫，他移動拇指按下了同意選項。既然下一個就是自己，那就不必躲避了，直接面對將是自己唯一的選擇。

第五章　自首

「你好，陸言。很高興認識你。」

「李醫生，你應該已經找到答案了吧？」

「很抱歉，目前還沒有。」李曉偉微微有些臉紅。

「時間不多了哦，需不需要我再給你一點提示？」

「你說說。」

陸言卻發來一個捧腹大笑的表情。李曉偉剛想生氣，可是轉念一思索，便耐著性子繼續說道：「能向你請教一個問題嗎？」

略微停頓過後，對方回覆：「當然可以。」

「為什麼要這麼做？」

這一回停頓了更長的時間，當李曉偉以為對方已經徹底放棄的時候，回覆來了：「因為我的時間也已經不多了。」

想到這裡，李曉偉突然心中一震，急切地追問道：「等等，你怎麼確信我們已經找到了這個日子？」

「網路上沒有祕密可言，只要你使用了電腦，我就能隨時知道你的祕密。」

最終，陸言用一個無聲的嘲笑結束了這次交流。李曉偉很清楚即使自己追問下去，這個高傲的人也絕對不會再多說一個字。

他下意識地環顧自己四周，網路無處不在，這就意味著陸言也無處不在，李曉偉心中感到不寒而慄。鄭文龍說過，陸言是個非常謹慎的人，他刻意隱藏了這麼久，絕不會輕易出現在別人面前。那麼，他所說的時間不多了，又會是什麼意思呢？

市警局大院門口，一輛快速駛來的計程車在尖銳的煞車聲中停了下

來，乘客一面的車門被迅速打開，一個年輕女孩慌慌張張地衝了出來，司機愣了一會兒後，也旋即推開門追了上去，邊追邊高聲喊道：「小姐，妳沒給車錢吶，妳這麼做可不厚道，快給錢吶……」

大白天的在警局的大門口公然坐車不給錢可是稀奇事，路人紛紛側目，而警局的門衛老王頭也注意到了，便走出警衛室，上前詢問到底發生了什麼事。

年輕女孩身材矮小，看上去十六七歲的年紀，皮膚黝黑，面容姣好，頭髮蜷曲著，一看就不像是本地人。計程車司機毫不客氣地攔住了年輕女孩的去路，叉著腰抱怨道：「年紀輕輕的，做人可不能這麼缺德，我都帶妳橫穿整整一個城了，一百多的車費，妳說沒錢就沒錢啊！那妳當初上車的時候怎麼不說清楚啊？以為我是做慈善的嗎？」

連番責問讓年輕女孩都快急哭了，拿出的錢包裡也確實只有為數不多的幾張紙幣，遠遠不夠付計程車費的，剩下的兩張紙幣都是外幣。面對計程車司機憤怒的目光，年輕女孩結結巴巴地想辯白，可很明顯聽上去她不太會說中文，僅有的幾個詞也是七零八落，讓人聽了不知所云。

老王頭在一邊看了，於心不忍，便趕緊把計程車司機拽到一邊，低聲說道：「大兄弟，人家上警局也不是沒事來閒逛的，肯定有急事，看她不像是本國人，不就一百多塊錢嗎，來，我給你就是。」說著，好心的老門衛便從口袋裡摸出錢包，抽了兩張一百的，塞到他手裡，「做人得事事存個善心，明白不？這樣才會有好報！」

聽了這話，計程車司機愣住了，他張了張嘴，長嘆一聲，又把紙幣塞回給了老王頭，嘀咕道：「算了，我也不是不講情理的人，大爺，你說得對，這年頭誰沒事來警局玩吶。看她年紀輕輕的，又是外國人，我們也不

第五章　自首

跟人家小女生過不去了，那車費就當我做好事了吧，這錢我不要了，再見！」說著，這樸實的中年漢子便擺擺手，頭也不回地離開了。

年輕女孩呆了呆，眼淚頓時流了下來，老王頭驅散了圍觀的人，這才上前對年輕女孩說道：「妳來警局做什麼？」

「我……我……」年輕女孩張了張嘴，卻一時之間不知道該說什麼才好。

老王頭急了，他盡量放慢語速，一個字一個字地說道：「妳是來報案的嗎？」

應該是「報案」兩個字讓年輕女孩頓時恍然大悟，她拚命點頭，結結巴巴地說道：「我的，我的朋友，我的朋友，失蹤，她，失蹤了，出事了，出，出事了。」與此同時，她從自己隨身帶著的雙肩背包中摸出了一本護照，指著封面，認真地說道：「我是，泰國人。」

聯想起前兩天晚上那一幕，老王頭頓時吃驚不小，點頭道：「快跟我來。」

「去哪裡？」年輕女孩不解地問道。

「我帶你去刑警隊，」走了兩步，卻見女孩還站在原地沒有反應，老頭急得吼了一句，「報案！」

　　　　　　　　　　＊　＊　＊

刑警隊辦公室裡，年輕的外國女孩雖然不太會說中文，但是卻講得一口流利的英語，這難不倒刑警隊裡英語流利的高材生偵查員戴廣峰，所以，很快就弄清楚了這個女孩的來歷，她叫米婭，泰國人，今年剛滿十七歲。她是5天前在本市入境的，和她一起搭乘飛機前來的，也就是這次她急著報失蹤的年輕女孩，同樣是泰國人，名字叫阿妮塔，十九歲，兩人均

就讀於泰國曼谷朱拉隆功大學，且都是該校電腦系的優等生。這次她們前來本市只有一個目的，就是參加「電腦高手大會」，而明天就是大會舉行的日子，昨晚十點是現場報名登記截止時間，可是直至最後一刻，米婭在報名現場也沒有等到阿妮塔，撥打電話更是處於無人接聽的狀態。

一旁坐著的鄭文龍突然怔住了，他一聲不吭地跑回自己辦公室，很快便拿來了那本章桐所寫小說的泰語版，惴惴不安地把它放在米婭面前，目光急切地注視著米婭臉上的表情。

米婭立刻就認出了這本書，她一把抱在胸前，急切地說道：「這書，阿妮塔最喜歡，是的，阿妮塔的書。」

「不好，」鄭文龍緊張地說道，「難怪她都沒來拿這書，她肯定出事了。」

這時候，小戴神情嚴肅地說道：「米婭說，阿妮塔那天下飛機剛到賓館入住登記後，就離開了，目的就是為了這本書。米婭知道她一直都很喜歡這本書，也很崇拜書的作者，所以這次來，阿妮塔第一個念頭就是去找書的作者簽名。」

站在身邊的張一凡皺眉說道：「糟糕，這麼看來，這個叫阿妮塔的女孩已經失蹤 3 天了。」

「我說難怪了，我們國內的讀者都被嚴格保密，她在泰國又怎麼會知道章主任的名字和工作單位，如果她是駭客，那就可以解釋得通了。」鄭文龍瞬間面如死灰。剛才李曉偉在手機上對自己說的話歷歷在目，又回想起那晚阿妮塔知道他是資安工程師後的怪異神情，他頓時明白了，急忙上前追問道，「米婭小姐，能否告訴我，阿妮塔是不是有個網名，叫美少女戰士？」

這回，米婭是聽懂了，面對鄭文龍急切的神情，她點點頭：「是的，

第五章　自首

她是美少女戰士，因為這是她最喜歡的一個動漫二次元人物形象，一個正義的小女生。你認識她嗎？」

鄭文龍身體微微顫抖，他雙手撐住面前的辦公桌，神情嚴肅地低聲說道：「張一凡，阿妮塔凶多吉少，必須馬上找到她。」

張一凡吃驚地看著鄭文龍，他還從未見過這個身材高大的資安工程師神情如此緊張過，想問又礙於米婭在身邊，擔心引起情緒過激，便說道：「放心吧，阿龍，我們一定盡力而為。」

遲疑片刻後，鄭文龍猛地回頭，壓低嗓門，語速飛快地說道：「我真傻，我真的好傻，她那次就明明已經認出我來了⋯⋯小張，你聽我說，阿妮塔就是『暗網』中的『潛行者』，如果沒有她，這個案子，我根本就沒有贏的把握，於公於私⋯⋯都拜託了，兄弟！總之，千萬不能讓她出事！」

他突然轉身對米婭身旁坐著的小戴語氣嚴厲地說道：「這一段，不准你翻譯給她聽！聽到沒有？」

米婭疑惑不解地看著大家，卻又不知道到底發生了什麼，只是這些異國警察臉上凝重的神情讓她心中隱隱有了一種不祥的感覺。

◆ 2

市警局法醫辦公室裡，章桐小心翼翼地幫辦公桌上的一盆多肉根部倒了點水，水不多，就一瓶蓋，卻足夠讓它過上一週的時間了。這盆多肉有個很好聽的名字，叫勞爾，渾身藕荷色，冬天正是它開花的季節。

這盆多肉是前年的時候一個死者家屬留下的，那個小女孩才十二歲，

父親被人殺害，案子破獲後，母親帶她來領父親的遺體，她就抱著這盆多肉。臨走的時候，小女孩執意把它留了下來。

顧瑜知道章桐對花花草草從不感興趣，卻唯獨對這盆多肉情有獨鍾。這兩天更是把它放在辦公桌上顯眼的位置，空下來的時候，就看著它沉思。

「小顧，你知道這盆多肉有個特別的含義嗎？」章桐突然開口說道。

顧瑜搖搖頭：「我不知道。主任，妳什麼時候開始對它有研究了？」

章桐笑了：「我父親在世的時候，就特別喜歡養這種多肉植物。他總是說，多肉好養，不太會死，雖然長得不是那麼豔麗，但是生命頑強。而且，每一種多肉都有一個特有的名字，代表著一個特殊的含義。」

父親這個話題是章桐的禁忌，但是今天卻似乎有些不太一樣，章桐看著這盆多肉，輕聲說道：「它叫勞爾，意思是與親人的告別，並且永遠都不會忘記。我還記得那個女孩，就像當初的我一樣，還不太明白生與死之間真正的界限。」

顧瑜無意中看到了章桐面前辦公桌上那本打開的筆記本，不禁問道：「主任，這是以前的工作筆記吧？」

「是的，我父親的。」章桐淡淡地說道，她轉頭看向顧瑜，目光中竟然閃爍著一絲莫名的激動，「我已經找到那個案子了，一個很特別的案子。」

「妳說的是……」顧瑜隱約感覺到了什麼。

章桐點點頭：「是的，1986 年 7 月 8 日，那一天到底發生了什麼，我終於明白了。」

＊　＊　＊

第五章　自首

中午的時候，李曉偉匆匆走進警局大院，穿過走廊走進食堂，一眼就看見了坐在窗口位置的章桐，他趕緊上前幾步，來到桌邊坐下。章桐伸手便把盤子中的白饅頭遞給了他：「吃點東西吧，我們邊吃邊說。」

李曉偉乖乖地點頭，自己剛從醫院趕過來，也確實有點餓，便咬了一口饅頭，神情專注地看著章桐。

「1986年7月8日，那天，並沒有發生命案，卻有一個展覽，一個特殊的展覽。」章桐認真地說道。

「展覽？」李曉偉皺眉。

「是的，這就是我在案件筆記中怎麼也找不到這一天的原因，因為嚴格意義上來說，這一天，沒有命案，我父親只是在這一天去參觀了一個展覽，小型的私人展覽。他的筆記中記錄了這個展覽的相關見聞。」

「他是無意中看到這個展覽的嗎？」李曉偉問。

章桐搖搖頭：「父親筆記中提到說是接到了一個邀請，又正好是週末，便去看了。」

「那……只是個展覽？」李曉偉感到有些失落，「難道說我們對日期計算錯誤？」

章桐搖搖頭：「不，沒有錯。我給你看幾張翻拍的相片，因為時間過去太久了，那時候的畫素又不太好，所以只能看個大概。」說著，她便從自己隨身帶著的公文袋裡找出幾張7吋相片，遞給李曉偉，「根據我父親的筆記，這幾張都是他當時拍下來的，你看看，是不是有點似曾相識？」

相片中的背景都是在一間屋子內，因為曝光度的緣故，所以相片的亮光掌握得並不是很好，顯得有些昏暗，屋子內沒有椅子和桌子之類的家具，看上去像是一間展覽室，牆上掛著好幾幅手繪人臉畫。粗看上去，這

幾張相片所表現出來的只是一個普通的畫展情景，可是，當李曉偉的目光最終落在那幾張人臉畫上時，不由得屏住了呼吸。他突然拿起相片靠近自己，試圖再看清楚一些，可是這樣做是徒勞的。

「那個年代是沒有數位相機的，你就別費力了。」章桐淡淡地說道，「這已經是最清楚的畫質了。」

「妳不覺得這幾張人臉畫有些古怪嗎？」李曉偉詫異地問道。

「是有些古怪。」章桐把湯碗中的麵條一根根地挑出來，然後在旁邊空著的餐盤上，把麵條逐一整齊地盤在一起，頭也不抬地說道，「還記得我剛才對你說的話嗎？我用到了『似曾相識』4個字。」

終於把麵條和湯全都分開了，章桐這才滿意地放下了筷子，然後靠在椅背上，抬頭看著李曉偉：「這些人臉的表情，我非常熟悉。」

「難道說妳認識畫中的人？」這樣的疑問不是不可能，如果繪畫者的畫工高超，並且畫中的模特兒自己認識的話，那麼一眼看上去感覺似曾相識也是情理之中的事。

章桐卻搖搖頭：「我並不認識畫中的人，我只是認識這畫中的人臉上的表情。因為他們都已經死了。」

見李曉偉依舊是一臉的疑惑，章桐便長嘆一聲，搖搖頭，無奈地說道：「我上班至今所解剖過的屍體不下一千具，隨著時間的流逝，我也許會忘了死者的名字，但是死者臉上的表情，卻像被人用烙鐵給深深地烙印在我的腦子裡似的。」

「死人也有表情？」

章桐長嘆一聲，笑了：「那是當然了，我所說的死亡表情，就是生命消逝瞬間的定格，也可以說是留給這個世界最後的表情。」想了想，她又

第五章　自首

补充道,「嚴格意義上來講,人體死亡的過程不是瞬間發生的,它需要持續一點時間,並且因人而異,在進入死亡過程的時候,人已經不能說話了,就只有表情,什麼時候徹底定格了,那就意味著生命終止了。」說到這裡,章桐臉上的笑容無聲地消失了。

「看來,要想徹底解開這個謎團,就要找到當初那個展覽的更多情況。」李曉偉想了想,皺眉說道,「我去找找我同學顧大偉,他的人脈比較廣,應該能找到一些保存老檔案的人。對了,這個展覽所舉辦的地點,確定是在本市嗎?」

「我父親筆記中並沒有提到出差,那天是輪休,他有個習慣就是在輪休的時候背著相機四處采風,拍了很多相片,而這個展覽,又是接到了事先的邀請,那他是必定要去看的。」章桐若有所思地說道,「話說回來,因為父親職業特殊的關係,所以不上班的時候就喜歡去人多的地方,用鏡頭記錄那些活著的人的喜怒哀樂是他尋找心理平衡的一種特殊方式,家裡因此就有了很多相關的相片。但是自從看了那場展覽後,他就再也沒有用過他的私人相機,直到去世。我想,他或許是從中發覺什麼了吧。」

章桐伸手指了指桌上的幾張相片:「這是他那架相機中用過的最後一卷膠捲,現在能沖洗這種膠捲的店不多了,而工作筆記中本來是配有相片的,但是我沒有找到,不排除是被父親銷毀了,也不能排除是年代久遠,不知道被檔案室的弄去哪裡了。後來,我根據時間標號在家裡的箱子中找到了這卷膠捲,沖印的時候,那老師傅說這卷膠捲曾經被沖印過一次,時間就是在膠捲拍攝後的幾天,因為那時候所有被沖印過的膠捲,按照他們的行業規矩,都會貼上相應的標記。所以,如果真的是父親的話,我不明白他為什麼要銷毀相片卻不銷毀膠捲,但是現在都已經過去這麼久了,能拿到相片,我想也就不必追究那麼多為什麼了。」

李曉偉點點頭，他見章桐根本就沒有再去伸筷子動那些麵條卷的意思，便不解地問道：「這是妳吃麵的習慣嗎？」

章桐搖搖頭：「這麵條根本就沒煮熟，都是夾生的，我胃不好，吃不了。」她站起身，衝著李曉偉招招手，壓低嗓門說道，「走，我們去吃黃魚麵，現在還來得及。」

十多分鐘後，在街對面狹小的麵店裡，李曉偉吃驚地看著章桐，她就好像完全換了一個人一般，吃得酣暢淋漓，臉上洋溢著說不出的幸福感，那目光那神態，熠熠閃光，彷彿整個世界的一切快樂都被融進了桌上這碗不起眼的黃魚麵湯中。

眼前分明就是一個簡單而又快樂地在享受生活的小女人。

「原來一碗便宜的黃魚麵就能讓妳這麼開心呢！」此時的李曉偉已經全然被章桐身上的快樂所感染，臉上不禁露出了欣慰的笑容。

✦ 3

雪松巷派出所位於市中心的一片老居民區裡，因為旁邊有所小學的緣故，作為進出的必經之路，每逢早晚高峰期，派出所門口的單行道便會被電動車和汽車擠得水洩不通。

下午三點剛過，一個二十出頭的年輕人，穿著件藍色短款羽絨衣，戴著滑雪帽和墨鏡，口罩把口鼻遮蓋得嚴嚴實實，肩上背著個電腦包，匆匆擠過等候在校門口的家長群，推門走進了雪松巷派出所。

派出所的辦事大廳並不大，是老式的居民樓一樓改建的，也就不到10

第五章　自首

平方公尺，因為天冷，一些年紀大的家長便擠在辦事大廳裡蹭暖氣。

這個年輕人直接來到值班臺前，對值班警員說：「我是來投案自首的。」

這話一出，房間裡頓時鴉雀無聲，本來擠在值班臺前的幾位老人本能地向後退了退，目光中露出了一絲警惕，更有膽小怕事的推門直接走了出去。

「自首？」值班警員感到有些訝異，他站起身，上下打量了一番年輕人後，問道，「說說你做了什麼？」

年輕人沮喪地說道：「我偷了人家的筆電。」說著，他便解下肩膀上的電腦包，把它放在值班臺上，「現在東西都在這，一樣都不少，包括她的外套。我，我隨你們處置，我請求人身保護。」

「你什麼意思？」值班警員皺眉看著他，「什麼人身保護？難道說失主打上門了？」

「我不知道，我不知道。」說到這裡，他突然雙膝一軟，撲通一聲跪下，摘下口罩和墨鏡苦苦哀求道，「自從，自從我兩天前拿走這臺筆電後，接連兩天了，天天有人想殺我，我根本就不知道他在哪裡，這就跟電影裡殺手殺人同一個套路啊，太可怕了⋯⋯我還年輕，還沒活夠呢，為了偷這東西被人殺，我太不值了，反正今天是死活不回去了，趕緊把我關起來吧，求求你們了，我給你們磕頭。」說完後，竟然真的連連衝著值班臺磕頭磕個沒完，賴在地上死活都不願意起來。

小小的派出所大廳頓時像炸開了鍋一般，幾個有手機的膽子大的家長本能地打開手機鏡頭，忙不迭地開始拍攝了起來。值班警員一看，知道這樣下去情況肯定會失控，如果真是像這個傢伙所說的那麼嚴重的話，就更

不利於辦案了，便趕緊走出值班臺，把幾個家長連唬帶哄地推出了辦事大廳，關上玻璃門拉上簾子後，這才轉身欲拉起跪在地上的年輕人，誰想他就是跪著不動，哭得眼淚鼻涕糊了一臉。值班警員火了，他又著腰吼了句：「你這麼跪著，就能解決事情了？還是不是男人，趕緊給我起來！」

所裡的值班人員聞聲從後面趕了出來，把年輕人帶進訊問室，好說歹說勸慰了半天，他這才結結巴巴地把前天晚上發生的事情給講了出來。

原來，這個年輕人叫齊志軍，二十歲，是雪松巷對面肯德基 24 小時營業店的員工，經常值大夜班。前天晚上，小齊上班沒多久，店裡便來了一個既漂亮身材又好，穿著紅色羽絨服的長髮年輕女孩，女孩的普通話很流利，只是帶著一種怪異的口音，她點了一杯咖啡，稍加猶豫後，又要了個漢堡，然後便在靠窗的位置上坐了下來。因為女孩實在長得太好看了，用小齊的話來說，就是有點像最近爆紅的那個描寫古代女特務的電視劇女主演，所以，他就忍不住多看了她幾眼。

那時候已經快晚上十一點了，餐廳裡沒有多少人，小齊閒極無聊，便假意整理，想找機會和年輕女孩搭訕。卻見她正熟練操作著一臺價值不菲的筆電，神情專注，全然不像別的來肯德基蹭網路的同年齡女孩那樣只關注聽歌或者追劇，從小齊所站的角度看過去，那臺電腦螢幕上不斷滾動著的竟然是一串串程式碼。小齊本身也是一名在讀大學生，程式碼之類還是看得懂一些的，只瞥了兩眼，他就已經驚得目瞪口呆了。因為那年輕女孩所用的程式碼語言，是傳說中的一些網路駭客才會使用的，他只是看過兩次，卻根本就看不懂，聯想起她打開筆電的前後並沒有問自己要餐廳的專用 Wi-Fi 密碼，小齊便更加肯定了，那個年輕女孩一定是個電腦程式設計高手，不禁後脊梁骨直冒冷汗。

第五章　自首

聽到這裡，值班警員好奇地問他：「你為什麼會冒冷汗？她只是一個駭客而已，又不是什麼殺手。」

小齊搖搖頭，哭喪著臉說道：「哥，我倒寧願她是殺手，至少當時我們還能有機會來個溫柔鄉之類是不是。可如果是駭客的話，我連怎麼死的都不知道，這種人太可怕了，我連想都不敢去想。」

他接著講述前天發生的事情。

接近零點的時候，餐廳裡只剩下那個年輕女孩依舊專注地坐在桌前敲擊著電腦鍵盤。按照慣例，小齊關掉了餐廳後部的燈，只留下了前面的，然後他便進去整理操作間了。

而前面過去的這段時間裡，年輕女孩給小齊留下的印象就是，她一口都沒動過面前擺著的咖啡和漢堡。小齊思索著再過一會兒，等他工作做完回來的話，如果女孩還在，他就主動幫她換一下熱的咖啡，不管怎麼說，這也是自己的本職工作嘛。

可是，二十多分鐘後，等小齊再回到前面的櫃檯旁時，女孩所坐的位置上，竟然已經空無一人，但是電腦和紅色羽絨服還在，漢堡吃了一半。於是，他就想當然地認為女孩肯定上洗手間去了。

凌晨的時間總是過得異常慢，半個小時不到的時間就像過了一個世紀那麼漫長，女孩並沒有回到座位上去，小齊猶豫了一會兒後便穿過黑漆漆的餐廳後半部，來到女用洗手間門口。他想了想，便壯著膽子叫了兩聲，沒有回應，他又叫了兩聲，還是沒有回應。於是他乾脆走進了女洗手間，從裡到外查看了一遍，確信沒有人，這才退了出來，滿腹狐疑地回到前廳，衝著窗口位置看了看，還是沒人。

這時候，小齊的目光自然就落在了那臺打開的筆電上面，那個讓他至

今後悔至極的糟糕念頭不知怎麼的就出現在當時他的腦海裡了。他惴惴不安地來到靠窗的位置，快速地拔了插頭，收起電腦，一股腦兒連同紅色羽絨服全都塞進那個樣式精巧的灰色電腦包裡，然後和托盤一起收走了。說到這裡，他再三向值班警員和派出所人員表示，自己最初只是想替女孩保管一下，根本就沒有私自占用的打算。直到後來，天亮了，早班的員工到班和他交接完，他又四處找了一圈，發現那個漂亮的年輕女孩人間蒸發了一般再也沒有出現過。

說到這裡，值班警員不滿地看著他，指了指面前辦公桌上的電腦包，說道：「你就這麼把人家的電腦和衣服給拿回家啦？」

「那時候我真的就以為人家是不要了的。」小齊哭喪著臉，「誰會想到後面這麼倒楣呢。」

一旁的員警問：「你拿人家電腦的時候，電腦介面顯示的是什麼情況？」

「這個我倒是記得很清楚，就是個休眠狀態，出了螢幕保護程式。」小齊尷尬地臉紅了，「我本來想直接關了的，可是……我根本就沒辦法下手……」

「什麼意思？」員警皺眉看著他，沒弄明白他說的話。

值班警員笑了：「你可別忘了剛才他說了那個女孩是個電腦駭客，駭客的電腦當然在別人的手中就是一臺光能看不能打開的廢品了，搞不好還自我毀滅呢。」

「有這麼嚴重？」

小齊都快哭出來了：「我看你就別取笑我了，我都倒楣透了。那天我還以為這事就是個天上掉下來的大餡餅呢，誰知道中午的時候，我還在宿

第五章　自首

舍睡覺，先是被一個電話吵醒，是個男的，很粗暴地問我要電腦。我當時心虛，就說沒有看到，對方也沒說什麼，電話就結束通話了。我想想不對勁，便打電話給當班班長，結果班長對我說剛才有人找過我，就在我下班走了後沒多久，對方說是我的高中同學，想和我聚聚，我班長是個頭腦簡單的人，又因為忙，也沒多想，就把我的住址和姓名手機號都告訴那人了。我當時都睡迷糊了，好半天才想起說我的高中同學沒有人知道我在肯德基上班的，大家都沒來往了，怎麼會突然冒個同學出來。但是那時候，我還沒怎麼在意，因為這天底下的事不可思議的多了去了。」

「打電話給你要電腦的是男的還是女的？」

「當然是男的，不然的話我怎麼會根本沒把這個電話當回事呢，你說是不是？」小齊心有不甘地說道。

「那你說說看，後來到底怎麼個倒楣法？」值班警員一邊記錄一邊隨口問道。

「我預約了下午兩點洗牙，一週前在手機 App 上預約的，可是，這次洗牙卻差點把我的命給搞丟了。」小齊唉聲嘆氣地說道。

員警聽出了事情的異樣，和值班警員對視了一眼，後者便追問道：「到底出什麼事了？你別急，慢慢說。」

「洗牙是不用上麻藥的，再說那家診所我經常去，已經熟悉裡面的流程，醫生對過預約號後一上來就給我打麻藥，我對那玩意兒過敏。可當時我沒反應過來，不知道他打的是什麼東西，還好是一個熟悉的護理師認出了我，及時制止才避免了一場悲劇。後來查了才知道，我的預約紀錄被人改成了拔牙，麻藥過敏的備註也沒了。」一提起兩天前發生的倒楣事，小齊講起來，結結巴巴的仍然心有餘悸，「還好我是有預約付款存檔的，所

以診所不得不承認是自己電腦出錯，和別的病號預約搞混了，便私下賠了我錢了事。我當時還真以為只是倒楣，可是後來這樣的怪事就越來越多了，比方說過馬路差點被車撞死，坐電梯一天之內發生兩次故障，走路感覺被人跟蹤……直到昨天晚上，那傢伙又打電話給我，再次逼問我電腦去哪了，我才意識到事情真的有些不對勁了。所以我，我今天一下班就跑來自首了。」

雖然說小齊所講的遭遇沒有辦法被全部考核，但是在和那家診所電話溝通後，員警頓時意識到了事情的嚴重性，便從牆上取下車鑰匙，拿起電腦包，果斷地對依舊驚魂未定的小齊說道：「年輕人，走，跟我去趟市局。」

✦ 4

中午時分，天氣略微好轉，清冽的空氣中卻依舊充滿了冬日的寒冷。

順著導航儀的指引，李曉偉開著他的小比亞迪在老城區公路上來回走了好幾趟，才終於發現了那個被自己忽略的張曹新村岔路口。怪不得電話中顧大偉一再強調說那社區唯一的入口非常難找，原來這周邊在拆遷，為了路面美觀，拆遷工地周圍包括等待拆遷的樓棟都被用一堵長長的圍牆給圍了起來，進出就只留了一個單行車道，還偏偏是在一個公益大廣告牌後面。李曉偉不由得暗暗咒罵了一句。

還好現在不是社區的通行高峰期，李曉偉小心翼翼地把車停在了18號樓棟門前。下車後，他又不放心地打了個電話給顧大偉，得到了再三的保證，這才又提起精神走進了樓棟，上樓，來到3樓302房門口停下。

第五章　自首

　　302 的房主是個單身老頭，姓馬，退休前在市公園管理處宣傳科工作，專門負責對外宣傳和接洽所有在公園進行展覽的單位和個人。李曉偉之所以要再三肯定老人知道自己要來，並且情緒穩定，那是因為老人患有躁鬱症多年了，所以與其說老人是退休，還不如說是被單位要求強行內退更恰當一些。

　　門鈴響了很久，門內才傳來拖鞋挪動的聲音，打開門，一位身穿灰色毛衣的老人出現在李曉偉的面前。老人渾身上下收拾得乾淨整潔，就連蒼白的頭髮也是梳得一絲不亂。這是出乎李曉偉的意料的，因為一旦患上了躁鬱症，病人一般都不會注重自己的儀容。

　　「馬先生，打擾了，我姓李，這是我的工作證。」李曉偉出示了自己的醫院工作證，「我是來向您請教一件事的。」

　　老人並沒有看工作證，只是擺了擺手：「我對這個不感興趣，你認識章醫生嗎？」

　　李曉偉心中一動，脫口而出道：「我當然認識，她是法醫。」

　　「那就對了，」老人平靜地點點頭，「進來吧，我等你們等得太久了。」

　　跟著老人穿過玄關，來到客廳坐下。老人指了指茶几上一本厚厚的剪貼簿：「你要的東西，就在裡面。真沒想到我等今天等了二十多年了。」

　　李曉偉似乎聽出了話語中的異樣，剛想開口問，可是轉念一想，還是案子重要，畢竟與章桐的安危有關，便笑著點點頭：「謝謝馬先生，我能打開看嗎？」

　　「當然可以。」老人輕輕說道。

　　一隻雪白的老貓無聲地跳進了老人的懷裡，慵懶地打了個哈欠，瞥了李曉偉一眼，便閉目睡著了。老人輕柔地摸著老貓的背，喃喃說道：「章

醫生也老了吧，都二十多年了，他身體應該還不錯吧……」

李曉偉這才意識到老人口中所說的章醫生，其實並不是章桐，而是她的父親章鵬。他無意中一抬頭，看到牆上掛了好幾幅黑白相片，幾乎都是那個年代的，而章桐說過自己的父親喜歡攝影，想必這就是兩位老人當初會相識的原因所在吧。他剛想告訴老人章醫生已經去世多年，可是很快就打消了這個念頭。因為有時候，善意的謊言比冰冷的現實更容易讓人接受。

他打開剪貼簿，發現裡面是一次個人展覽的申請紀錄以及詳細的展品拍攝相片，相片下還有編號和作品的簡單介紹，以及貌似繪畫采風時的地點，相片的拍攝角度和採光手法與章桐出示給自己看的那幾張差不多，不排除是當時現場所拍攝。

展覽的名字叫「表情」。

馬老先生若有所思地說道：「那個年代申請舉辦個人展覽的，真的是鳳毛麟角，因為我們國家剛經歷過特殊時期，大家的生活水準也都比較一般，沒有什麼人來參觀展覽不說，就連他所要求的報社電臺採訪之類，人家也是不感興趣的，當然就不肯來，所以這場幾乎可以用『門可羅雀』來形容的展覽只舉辦了兩天，就草草結束了。」

「我本來不會留下這個剪貼簿，至少不會這麼詳細，因為我不覺得這場展覽有什麼特別的地方，」老人抬頭看著李曉偉，「直到那一天，章醫生來找我，打聽有關這個展覽舉辦人的詳細資料，我才開始在意。」

說起二十多年前的事，老人就好像在講述昨天發生的事情一般，他聲音沙啞，語氣低沉，臉上看不出任何表情：「在意歸在意，但是其實那個人也沒有什麼過人之處，在這之前甚至都沒有得過任何繪畫方面的獎項。如果不是他自負盈虧的話，我們單位也不會同意他申請展覽，因為他的

第五章　自首

作品，怎麼說呢，看上去感覺太壓抑了，一點都沒有社會所提倡的正能量。」說到這裡，他話鋒一轉，「但是這些都只是我的個人見解而已，當時上頭說了，要鼓勵文化發展，百花齊放，所以，在開會研究後，我們就同意了他的展覽。」

看著剪貼簿上的個人簡介，李曉偉吃驚地說道：「這人是個美術老師？」

老先生笑了：「是的，其實他的繪畫功底還是不錯的，就是畫的這些東西，還真有些讓人看不懂呢。」

「我能暫時借用一下這本剪貼簿嗎？」李曉偉小心翼翼地問道。

「當然可以，」老人大方地說道，「其實呢，我也是替別人保管的。」

「您的意思是……」李曉偉不解地問道。

「章醫生，他沒跟你們說嗎？」馬老先生感到有些詫異，「為了這個承諾，我已經等了他二十多年呢，還以為他年紀大了，都忘了這事了。」

「馬先生，能跟我具體說說嗎？」

老人點點頭：「我之所以對這個展覽記得那麼清楚，還有一個原因是展覽的當天下午，章醫生就找到我的辦公室，詢問了一些展品的相關情況。那時候，他還沒有告訴我他的身分，我們都喜歡攝影，談著談著就感覺像老朋友一樣。直到第二天下午，展覽結束了，我正在指揮工人收拾展品，章醫生急匆匆地趕來了，他亮明瞭身分，然後告訴我，請我務必要保留這個展品以及申辦人的相關資料，說他一定會來拿的。我答應他的同時，問他為什麼不直接去找那個申辦人，我可以給他聯繫方式。」

「馬先生，那章醫生怎麼說的，你還記得嗎？」

老人點點頭，看著李曉偉的目光中閃過一絲亮光：「他說，他沒有證據，但是這個展覽一定有問題，所以，等他有證據的時候，就會來找我。

我等了二十多年，你們果然來了。」

　　李曉偉心中感到了一絲溫暖，他看著老人，誠懇地說道：「馬老先生，我還有最後一個問題，我注意到這些相片的底部，都有這幅畫的簡單介紹和一個地點，請問章醫生知不知道這些資料，尤其是這個地點——石灣鄉？」

　　「第一天展覽時並沒有公布，第二天的時候臨時補上去的，因為要對展覽拍攝存檔。至於說章醫生的話，他應該參觀時拍攝了畫作，因為展覽時並沒有禁止拍攝，但是他可能並不知道這些資料。」馬老先生喃喃地說道，「至於說上面的地點石灣鄉，我還真的不清楚。估計那是繪畫者采風的地方吧，那時候不都流行這麼記下采風的地址嗎？」頓了頓，他又問道，「年輕人，我能方便問一下到底出什麼事了嗎？」

　　李曉偉淡淡一笑，故作輕鬆地說道：「沒什麼，只是我的一個學生在做這方面的相關調查，章醫生說找你就可以了，所以我就冒昧前來打擾老先生了。」

　　「那就好，那就好，回去後替我轉告章醫生，要保重身體。」老人就像在做夢一般喃喃自語。

　　李曉偉心中不禁一酸，他站起身，剛要告辭，想了想，便又抱著試試看的心態問道：「馬老先生，你還記得那個美術老師嗎？他是一個什麼樣的人？」

　　「不記得了，」老人嘆了口氣，「但是能畫出這樣作品的人，我想，在他的心裡應該也不會看到陽光吧。」

　　臨出門的那一刻，李曉偉本能地回過頭去，隨著門緩緩關上，那一人一貓，孤單的背影突然刺痛了他的心。

第五章　自首

　　躁鬱症是狂躁憂鬱症的簡稱，出於尊重，李曉偉並沒有過多打聽老人的病情。身為心理醫生，他非常了解這種病症，知道患者會隨著病情的加重而感到極度的孤單無助，對家庭和工作喪失興趣、不聞不問，但有時候情緒卻又突然高漲，令人無法適從，這也就是先前沒進門的時候，李曉偉的擔憂所在。

　　躁鬱症的病發多數是沉重生活壓力或者濫用藥物所致。而這種病症發展到末期，所表現出來的就是過於平靜，這樣下去就只有一個結果，病人走上結束自己生命的道路。這個世界上的每個人都無法選擇自己的出生，卻有機會選擇自己的死亡。這對於長年患病的馬老先生來講，或許是一種解脫，他心心念念牽掛著二十多年前的那個承諾，如今，承諾已了，他不再有心事了。

　　李曉偉不敢再繼續想下去，匆匆離開老人居住的大樓後，回到自己的車裡，第一件事便是撥通了顧大偉的電話：「大偉，兩個問題。第一，你是怎麼知道馬老先生有這麼一本剪貼簿的？」

　　電話那頭的顧大偉嘿嘿笑道：「這當然是人脈關係啦，我一個哥們，市檔案館的，說這古怪的老頭兒是我們市所有曾經舉辦過的展覽的活化石。」

　　話還沒說完，李曉偉又問：「他有子女嗎？」

　　「沒有，你怎麼突然關心這個問題了？」顧大偉不解地問道。

　　「老人的躁鬱症已經到了無法挽回的晚期，你跟街道辦的聯繫下吧，再開點藥，我不忍心他就這麼在家裡……」李曉偉沒有忍心說出口那個冰冷的字眼，只是又強調了一遍，「找找你的人脈，就當你們公司做公益吧，現在不都流行這個嗎？」

「好吧好吧，真拿你沒辦法。」顧大偉長嘆一聲，很快，電話裡便傳來了他大聲叫喊下屬的聲音，「小呂，小呂，去哪裡了？快給我去找找！我這有事⋯⋯」

電話戛然而止，取而代之的是單調的嘟嘟聲。

一人一貓，孤單的一生，再次想起時，李曉偉突然感到自己的後脊梁骨直冒冷汗。這樣的日子自己可是一天都不會願意去面對的。

這時候，放在儀表板上的手機響起提示音，李曉偉趁著等紅燈的間隙拿出來瞄了一眼，心中頓時一沉。

發訊息的人是「陸言」，頁面上只有一句話——恭喜你，李醫生，遊戲可以正式開始了。

李曉偉剛要回覆，紅燈瞬間轉為綠燈，身後的車輛傳來了刺耳的喇叭聲，無奈，他只能關閉手機頁面，繼續開車。

車窗外，午後的街頭，陽光溫暖如春。

第六章　兄妹

第六章　兄妹

　　而當初父親之所以決定放棄對這案子的追查，技術因素只是一個方面，更多的，章桐相信，父親一定是發現了什麼。

◆ 1

　　市警局刑警隊辦公室裡，臨時隊長張一凡愁眉苦臉地看著鄭文龍：「阿龍，你可是萬能的啊，別逗兄弟玩了，行不？難道你真的沒有辦法解開這個電腦的螢幕密碼嗎？」

　　鄭文龍雙手一攤，無奈地搖搖頭：「你以為我就不著急嗎？真的是愛莫能助啊。如果這是你的電腦的話，我保證三分鐘不到就可以幫你解開，但是這臺電腦的主人可是一個出了名的駭客啊，你說，駭客靠什麼吃飯？」

　　旁邊站著的痕檢工程師助理小九嘀咕了句：「電腦！」

　　「沒錯！」鄭文龍手一指，誇張地說道，「小九說得太精闢了，電腦就是駭客的飯碗，那駭客自己的電腦就更是金貴無比了，不只是飯碗，還是要命的飯碗呢。」

　　「這可怎麼辦，現在解不開這電腦密碼，那麻煩可就大了。」張一凡緊鎖雙眉，「我們手頭那瘋子的案子還沒結束，又來個涉外人口失蹤案，加在一起可真是倒楣透了。」

鄭文龍聽了，卻沉下了臉：「這不是兩個案子，兄弟，這是同一個案子，如果能找到阿妮塔的話，那個瘋子也就沒有地方可以躲了。我現在擔心的是，阿妮塔的失蹤應該和那傢伙有關。」

「你是說陸言兄妹倆？」張一凡頓了頓，說道，「可是我們已經反覆查過人口登記資料了，包括人像資料庫也翻了個遍，根本就沒有陸言的下落。就說陸曼吧，那天從醫院出走後，也是神出鬼沒的，兩個人就好像根本就沒有存在過一樣。」

李曉偉推門走了進來：「你確定是陸言接走了陸曼？有人看見了嗎？或者圖偵組查到了監控影片？」

張一凡愣住了，他看著手機，半晌，臉上的笑容消失了：「海子留過言給我，說有人來接方梅，也就是陸曼，他擔心方梅的安全，就決定親自送他們回去。海子是個很認真的人，童隊吩咐的事，他都是不折不扣地去完成的。」

李海因公殉職後，隊裡的同事們因為案子未破，所以大家都不約而同地把這事放在心裡，只是希望忙碌的工作能夠暫時忘記曾經發生的那一幕悲劇。所以這個時候無意中再次提起，張一凡心中難免會有些情緒波動。

李曉偉順手拍了拍張一凡的肩膀，輕聲說道：「兄弟，別難過了，等案子破了後，我們好好送送海子。」

「嗯。」張一凡用力點頭，「謝謝你，李醫生。」

李曉偉走到白板前，拿起水筆，在白板上寫了兩個名字——陸曼、陸言，在陸曼名字旁邊的括號裡寫上「方梅」，又在另一邊單獨寫了「美術老師」4個字，然後在旁邊寫下了一個日期——1986年7月8日。寫完這些後，這才轉身看著大家，朗聲說道：「各位，童隊不在，小張負責，

第六章　兄妹

在這裡我的身分只是顧問，那我就先談談我下午的發現。」說著，他便把下午在馬老先生那裡了解到的有關展覽的情況，以及那條陸言發來的簡訊，逐一講述了一遍。他最後總結道：「我個人認為這個案子要兩根線索同時並進，一條就是有關美術老師的背景線索調查，因為當年他所申辦的這個展覽中所涉及的畫作就是陸言想讓我們尋找的東西，我們要想找到陸言和陸曼，把他們繩之以法，就必須先接近他們，弄清楚他們的真實目的所在；而另一條線索，就是找到阿妮塔，她是唯一能在網路上追蹤到陸言的人，這一條線索，我建議大家跟著鄭工走。而前面那條，我會和章醫生一起，從所拍攝的參展作品入手尋找答案。我想，他們之所以如此費盡心機地針對章醫生，我有理由懷疑這和章醫生的父親當年所做的一些調查有關。」

張一凡聽了，點點頭：「李醫生說得對，我記得前期的背景調查中有關陸言和陸曼的身世一項，後來收養他們兄妹倆的就是一位教師，我馬上先派人去查這個人。對了，李醫生，你剛才所說的醫院裡接走方梅的事，我也再去查核一下，海子有時候太實在了。」又一次說起殉職的李海警官的名字，張一凡雖然已經沒有了先前的情緒波動，但是嘴角還是劃過一絲苦笑。

在警隊中，張一凡早一年加入，而李海則是才加入沒多久的新人，兩人脾氣性格迥異，卻也成了知根知底的好兄弟。所以李海的殉職，對於張一凡來說，不亞於是失去一個手足兄弟。

大家四散分開後，李曉偉這才轉身看著默不作聲的鄭文龍：「鄭工，你有什麼難處嗎？」

鄭文龍搖搖頭，沙啞著嗓音指了指面前的辦公桌：「這臺電腦被阿妮塔用生物指紋外加密碼給鎖住了，這個泰國女孩，真的比我厲害多了，我

現在根本就無處下手,要想解開這臺電腦,就必須找到阿妮塔,而且,還必須滿足她活著的這個條件,兩者缺一不可。」

李曉偉不解地看著鄭文龍。

「因為她用的是生物指紋,也就是說,如果發生意外,一旦死亡,即使有了指紋也沒有用,結果將是永遠都打不開這臺電腦了。」鄭文龍神情無奈地說道,「我現在就很擔心阿妮塔的安危。」

「鄭工,我覺得陸言是一個非常傲慢且冷血無情的人,他在生活中擅長控制別人以達到自己的目的,這種支配型人格的人喜歡發號施令,不能容忍他人的錯誤,甚至不能容忍有人超過自己,不在乎身邊的人的情緒和建議,總之,這可不是一件好事。」說到這裡,李曉偉不由得一聲長嘆,「我現在也很擔心這個泰國女孩,她的意外失蹤再加上關於這臺電腦的爭奪,我在來這之前去陳局辦公室的時候,他跟我說了,看來,動靜還是不小的啊。」

鄭文龍點點頭,眼神中充滿了憂鬱:「是的,如果阿妮塔真的落入了這傢伙之手,那就真的是凶多吉少了。我在等圖偵組那邊的消息,希望能盡快確定她的下落。」

＊　＊　＊

市郊外的裡湖邊上,一棟不起眼的米黃色小別墅,上下兩層,第二層是臥室,底下則是起居室和廚房,小樓的最頂上那尖尖的屋頂閣樓是典型的美國南北戰爭時期的風格,前院有個小花園,因為疏於打理,花園裡積雪未化,顯得有些荒涼。

夜幕下,顧大偉一聲不吭地把車停在了小屋前的車道上,然後下車打開後車箱,伸手提出了方梅的一個粉紅色的手提箱,裡面裝滿了她的隨身

第六章　兄妹

　　衣物和個人用品，這是下午的時候叫小呂從出租屋裡拿來的。他鎖好車後便右手抱著一個裝滿了超市冷凍食材和零食的大包裝袋，左手提著手提箱順著車道來到門前，騰出手來從門邊的花盆底下拿出了鑰匙，開門走了進去。

　　打開燈，起居室裡的家具上都蒙著一塊用來防塵的白布，因為居住的次數和時間都不是固定的，所以，這棟別墅就沒有專門的清潔員。

　　其實對於顧大偉來說，把這裡稱作「自己的世界」似乎要更恰當一些。買了這棟小別墅整整3年了，除了方梅，沒有第二個人來過。他也不知道自己為何會突然決定把方梅帶到這裡來，只知道自己就一個念頭──既然愛上了，她就屬於自己了，和這棟漂亮的米黃色別墅一樣，只屬於自己。

　　屋裡靜悄悄的，顧大偉微微皺了皺眉，然後把東西都放在餐桌上，開始尋找起方梅。底樓繞了一圈，沒有人，二樓每個房間都看過了，也沒有人。顧大偉的心裡不由得一沉，難道說她跑了？想到這裡，他不由得暗暗責怪起了自己，早知道這樣的話，他就該寸步不離才對。

　　正當他漸漸感到煩躁不安的時候，樓頂的小閣樓裡卻傳來了方梅清脆的嗓音：「我在這裡。」

　　顧大偉懸著的心這才放下，他順著樓梯轉上了小閣樓，門輕輕一推就開了。說實在的，顧大偉已經有很長時間沒有走進這個地方了，小閣樓並不大，最多兩平方公尺的空間，巨大的飄窗臺是這個特殊的小房間裡唯一的擺設。此刻，房間裡格外寒冷，沒有一點溫暖，而屋外夜空中卻難得的繁星點點，一個瘦弱的身影坐在飄窗臺上，任由寒冷的夜風吹拂著紗簾輕輕滑過自己的肩膀。

顧大偉眼前一花，震驚之餘，右手下意識地抓住門框，他正要隨手開燈，方梅卻輕聲說道：「別開，就這樣挺好的。」

　　「妳躲在那兒做什麼？」顧大偉感到有些意外。

　　「看星星，今晚有流星。」方梅伸手一指外面繁星點點的夜空。

　　她說得沒錯，樓頂閣樓的飄窗臺確實是一個看星星的好地方，再加上房子的周圍正好是空曠的裡湖，所以，冬日的夜空就顯得格外明朗和安靜。

　　「妳喜歡流星，對嗎？」顧大偉走到方梅身邊，坐了下來，柔聲說道。

　　方梅點點頭，輕輕嘆了口氣，目光中閃爍著點點星光：「我可以許個願望嗎？」

　　「當然可以。」顧大偉心中一軟，不由得笑了。

　　方梅默默地閉上雙眼，夜空中，流星劃過天際。

　　「能告訴我妳的願望是什麼嗎？」顧大偉忍不住感到很好奇。

　　良久，她笑了，搖搖頭，一字一句認真地說道：「顧醫生，如果我現在告訴你我的願望的話，我想，那我就會死的。」

　　聽了這話，顧大偉不由得心中一驚。方梅卻像沒事人一樣站起身，從飄窗臺上跳了下來頭也不回地向門口走去，很快，聲音就從樓梯上傳來：「我餓了！有東西吃嗎？」

　　他嘴裡答應著，剛準備下樓，無意中卻看見了那扇緊閉著的小門，心中一沉，臉色便陰鬱了下來。

第六章　兄妹

◆ 2

　　法醫辦公室裡靜悄悄的，顧瑜去了痕檢處理中心，房間裡就只剩下章桐一個人守著值班電話。

　　「我到底在逃避什麼？」章桐一遍遍地問著自己同一個問題。

　　昏黃的檯燈下，面前的辦公桌上是兩堆相片，左面比較多，有48張，疊得整整齊齊，不用再看第二遍；而右面，相對就少了很多，數字方面，章桐是確信無疑的──9張，意味著有9個死人。

　　身後，辦公室的門開著，走廊上輕輕的腳步聲並沒有能夠躲過章桐的耳朵，雖然背對著門，但是章桐知道來的人就是李曉偉，不禁說道：「我看啊，你都不必去當你的教師了，直接來我們警局上班吧。」

　　李曉偉尷尬地笑了笑：「那哪行，我可不夠格當警察，能幫你們培養優秀人才就已經很知足了。」

　　章桐伸手指了指自己對面的空椅子：「別客套啦，來，坐下，我給你看樣東西。」

　　說著，她便把自己面前的那一小堆相片推到他面前：「仔細看看吧。」

　　「就這幾張？」李曉偉有些糊塗。

　　章桐也坐了下來，點頭：「沒錯，就是這幾張，剩下的，你不用看，都是臨摹的別人的畫作，或者是活人，而只有你手中的這9張，是9張死人的臉。」

　　冷不防聽到最後那幾個字，李曉偉不由得手一抖，9張相片頓時撒了一地，慌忙彎腰撿了起來。

　　「你怕死人？」章桐吃驚地看著他。

「我不怕，誰說我怕了，只是被妳冷不丁嚇了一跳。」李曉偉悻悻然說道。他漲紅了臉，重新又收好相片，這才在椅子上坐下，一張張認真看了起來，邊看邊問道：「妳是怎麼分辨出死人臉和活人臉的？」

「表情！」

李曉偉心中一動，因為「表情」兩個字，正是當年那場展覽會的名字，臉上不免露出吃驚的神情。

章桐笑了：「別用這種眼神看著我，我可不是你的病人。」

「妳還沒回答我的問題。」

「好吧好吧，其實很簡單。」章桐指了指電腦，「第一步，我先用人像資料庫排除一些還活著的，或者說根本就不存在的。市檔案館最近剛完成了一個有關人物畫的檔案庫，這個庫裡的資料是公開的，誰都能搜尋，我也排除了一些。當然，這些排除的，我最後還是經過了一輪考核。」

「怎麼考核？」李曉偉追問道。

「那就要說到第二點，我們法醫的看家本領了。」章桐雙手托著下巴，認真地看著李曉偉，「用你們心理學上的話來講，可能叫『視覺記憶』吧，說通俗點就是一樣東西看久了，下次再遇到相同的，就會一眼認出來。話說回來，人死了，隨著血液停止流動，屍僵發生，然後解除，這時候，臉上的肌肉，尤其是眼瞼部分，是鬆弛的，用文雅一點的詞來說就是微闔雙眸。因為6條運動眼球的肌肉和提上瞼肌，都屬於骨骼肌，它們的運動功能喪失了，自然出現癱瘓狀態，這時候，不只是眼瞼不能徹底合上，而且眼球還會出現斜視的狀況。」

「至於說面部，表情肌肉有42塊，它們同時失去功能的後果，就是整張臉呈現出一種面癱的現象，而跟面癱患者不同的就是雙眼的瞳仁了，死

第六章　兄妹

者的瞳仁是散開的，這點，相信不用我提醒你了，對不對？醫科大學的高材生？」章桐說道。

「我有一個疑問。」李曉偉皺眉想了想，他伸手指指自己面前的相片，說道，「既然妳提到『面癱』這個詞，那為什麼這9張相片中的人臉，仔細看上去還是多少有點表情的？」

章桐臉上的笑容頓時消失了，她平靜地說道：「那是人腦情感記憶所轉變成的肌肉記憶，人的死亡其實是一個非常複雜的過程，一兩句話也說不清楚。有人曾經推測最先喪失的是語言功能，而大腦的思維意識是最後喪失的，所以，才會透過大腦指令在臉部肌肉還能運動的時候留下最後的『表情』，但是很快，隨著屍僵的消失，這種表情也會逐漸散去。」

「都過去這麼多年了，上哪裡去找這9個人的下落？」李曉偉有些發愁，「而且下午的時候，我剛從馬老先生家出來，陸言似乎就很高興地知道我了解了這個情況，他說了一句很古怪的話……」

「什麼？」

「遊戲正式開始！」李曉偉指了指自己帶來的那本剪貼簿，神色嚴峻，緩緩說道，「我想，因為技術手段的差距，當初妳父親或許沒有來得及破這個案子，所以，不排除陸言想接著向妳挑戰。」

「為什麼？」章桐愈發感到困惑了，「這有什麼好比的？拿人命當兒戲，簡直就是瘋子！」

李曉偉不由得嘆了口氣，目光中充滿了擔憂：「妳可以這麼認為，但是在一個極端自私的享樂型連環殺手的面前，這根本就不是一回事。在陸言這個人的身上，從心理學的角度探討，我甚至還能看到權力導向型的特點，這類犯罪者的主要目的就是尋求控制的過程，並滿足自己的控制慾

望。陸言對陸曼就是完全的控制，讓陸曼對他死心塌地，甚至於不惜幫他殺人。知道嗎？這種權力導向型的殺人犯，他們的一大特點就是喜歡玩策略性的遊戲，並且能控制的人越多越好，反正現在他的所謂遊戲已經正式開始了。說到陸言，他還有一個特點，就是在日常生活中會十分注重自己的生活品質，他甚至都能把殺人當作一種快樂的滿足，正是這種可怕的特點，所以他才會做出那麼一首可以用來殺人的曲子。誰又會想到，原曲是一首極其優美的大師之作。章醫生，聽我說，陸言是個智商很高的人，妳明白嗎？妳千萬不能掉以輕心。」

　　章桐若有所思地看著李曉偉，半晌，輕輕點頭：「我不會怕的，你放心吧。因為我已經沒有退路可以選擇了。」注意到李曉偉目光中無法消散的焦慮，她忍不住伸手輕輕摸了摸他的額頭，嘴裡平靜地說道，「Genetics load the gun, psychology aims the target, and environment pulls the trigger.」

　　「基因為犯罪上膛，性格負責瞄準，環境扣下扳機。」聽到這句熟悉的犯罪心理學名言，李曉偉的臉上終於露出了欣慰的笑容，「再狡猾的狐狸都會有露出尾巴的時候，我們一定會抓住這個混蛋的！」

　　一個人的一生平均會遇到將近 4 萬個人，但是真正能成為知音的，卻是鳳毛麟角。這一刻，李曉偉知道，眼前這個女人值得自己默默地守護一輩子。

＊　＊　＊

　　夜深了，街頭變得格外安靜，李曉偉開車把章桐送回家。一路上，兩個人都沒有說話，車窗外的天空中開始飄起了雪花。把車停在章桐租住的樓下，李曉偉有些依依不捨，章桐打開車門，想了想，小聲說道：「沒事，我能照顧自己，你回去休息吧，路上注意安全，保持聯繫。」

第六章　兄妹

　　李曉偉把胸脯一挺，咧嘴笑道：「我這身板，沒什麼可怕的。保持聯繫，明天見。」

　　章桐輕輕一笑，便轉身走進了樓棟。關上車門的剎那，李曉偉的心中突然有了一種空落落的感覺。他勉強克制住自己要在樓下守候一晚上的衝動，透過車窗終於看到章桐家的燈亮了起來，這才放心地把車倒出了社區岔道，順著來路開了出去。

　　剛出社區，儀表板上的電話鈴聲便響了起來，李曉偉順手接起電話，同時把車在路邊停下，也不熄火。

　　電話是鄭文龍打來的：「李醫生，很抱歉這麼晚打電話給你，那塊晶片，你還記得嗎，李海警官殉職時保護下來的晶片。」

　　李曉偉心中一動：「我當然記得。」此刻，他聽出了鄭文龍聲音中的微微顫抖，「發生什麼事了？你不要太激動，慢慢說。」

　　「我需要你幫忙，因為我已經用專門的音訊分析儀器分離出了裡面的對話錄音，但是卻無法聽清楚，我記得你的同學顧總的公司應該有更好的儀器，對嗎，能不能幫幫我，還海子一個心願！」鄭文龍激動地說道。

　　李曉偉果斷地一口答應了下來：「當然沒問題，你在哪？我馬上過來！今天晚上我們就把它送過去。」

　　濃濃的夜色中，一輛銀灰色的比亞迪飛快地奔馳在環城高架上。天空中的雪花開始迎風旋轉飛舞，漸漸地，雪花愈發密集，整個城市的路面、房頂、枝頭……變得一片雪白。

　　這注定將是一個不平靜的冬夜。

3

　　市警局刑警隊外的走廊上，陳豪把手中的菸盒朝著張一凡伸了過去，努了努嘴，示意他也拿一根。

　　「謝謝陳局。」張一凡尷尬地笑了笑，順手便從菸盒中抽了一支出來，夾在手指上，臉上卻又流露出了迷茫的神情。

　　「沒事，提提神，習慣了就好。」看著窗外茫茫的夜色，陳豪不禁一聲嘆息，按下打火機，給自己和張一凡點燃菸後，繼續說道，「我知道抽菸不好，傷肺，但是這行做久了，還真就離不開了，唉。」

　　「現在你們刑警大隊出了那麼大的事，人員又一時之間沒那麼快補充上，小張，有壓力不？跟我說實話，別有什麼顧慮。」陳豪喃喃地說道。

　　張一凡果斷地搖搖頭，說道：「放心吧，陳局，我們刑警隊的兄弟，大家都是一條心，絕對不會那麼輕易就打退堂鼓的，不堅持到最後一刻，兄弟們絕對不會放手。陳局，我們要等童隊回來，更要親手抓住那混蛋，給海子和童隊一個交代。」

　　「好樣的！」陳豪點點頭，繼續說道，「說說案子吧，查得怎麼樣了？」

　　「我派人去調查了那個收養陸言、陸曼兄妹倆的教師，但是很可惜，這人已經在5年前去世了，據說是肺癌。這個教師姓方，所以，我想陸曼改名叫『方梅』就是這個原因。至於說這位方老師曾經是教什麼學科的，我們問了下老鄰居，還去了他以前的學校，但可惜的是檔案已經丟失了，而老鄰居只是反映說這個老頭很古怪，不合群。收養他們兄妹倆的時候，老太太還在，但是沒過幾年就死了。對了，他們曾經有過一個兒子，據說

第六章　兄妹

是出了什麼意外，還未成年就沒了，所以才會想到去收養陸言、陸曼兄妹倆。」

「那陸言是什麼時候離家出走的？有人知道原因嗎？」陳豪問。

「問了，簡直是一人一個版本，綜合起來就是4個字——突然消失。有人猜測好像是和家裡吵架，本身成績又不好，再加上沒有父母管教，青春期的孩子容易頭腦發熱，出去闖天下了。」張一凡輕輕嘆了口氣，「相比之下，陸言的妹妹陸曼要比較聽話一些，女孩子一直上到大學才離開家。據說對自己的養父養母也很是孝順懂事。」

「那陸氏兄妹的父親陸成鋼，到底是怎麼回事？」

「那案子其實很簡單，就是賭博欠錢後引起家庭紛爭，最後導致殺人。陸言、陸曼的父親陸成鋼婚後根本就不顧家，平日裡沉迷於賭博，妻子胡豔出軌，多次提出離婚，卻都被丈夫拒絕了。每次賭博輸了，陸成鋼就回家找胡豔要錢，不給錢就打。終於有一天，慘劇發生了，陸成鋼在砍死胡豔後，殺紅了眼接著又殺了7個人，其中包括妻子的情人呂晨和呂晨的弟弟，自己的岳父岳母以及兩個前來勸架的路人。雖然事後自首，但是法院還是判了死刑。因為妻子娘家的父母已經去世，而這邊又因為重病在身，不能照顧兩個孩子，別的兄弟姐妹拒絕領養，無奈之下，法院就出面替這對兄妹倆另外在隔壁鄉找了領養人家。」張一凡說道。

「看來，他們的童年也是很坎坷的。」陳豪默默地一聲嘆息。

「是的，雖然法院方面對孩子的父親所犯下的事盡量保密處理，但是這好事不出門，惡事行千里，很快兄妹倆就被人認了出來。我想，那個時候，正是孩子們的成長敏感期，或許也正是這造成了陸言的離家出走。」

很快，手中的菸便抽完了，張一凡伸手在一旁的走廊菸灰缸裡撳滅了

菸頭，這才整了整身上的警服，對陳豪微微一笑：「請長官放心，這個案子，我們一定會盡全力早日破案，而且，李醫生也一直在幫助我們。」

陳豪若有所思地掃了一眼刑警隊辦公室內忙碌的場面，點點頭，笑了：「說到李醫生，他可不是一個簡單的人。好好幹！對了，我今天特地去醫院看了童小川，聽主治醫師說，恢復得不錯，雖然還在昏迷，但是過幾天應該就能醒了，畢竟那傢伙的體格還是很不錯的，在禁毒大隊做了好幾年的。」

張一凡卻輕輕嘆了口氣，似乎心事重重：「對不起，陳局……到時候，我真的不知道該怎麼和童隊說起有關海子的事，現在想起來，心裡就痛，都怪我不好，當初要是我跟著海子，或許就不會出事了。」

看著下屬無法掩飾的傷心和自責，陳豪欲言又止，知道現在不是勸慰的時機，便一聲嘆息，順手拍了拍張一凡的肩膀，走了。

窗外，雪停了，銀裝素裹的城市在寂靜的夜裡顯得格外孤單。

◆ 4

水開了，水壺發出一陣刺耳的尖叫聲。

被驚醒的章桐趕忙伸出手去拔掉了插頭，冷不防被燙了一下，痛得她倒吸一口冷氣，本能地把被燙著的手指含在嘴裡，騰出右手拎起水壺在自己的杯子蓄滿熱水。

房間裡冷得要命，丹尼躺在電腦機箱旁的地板上，因為整個屋子裡只有那塊區域才略微有些暖意。

第六章　兄妹

　　為了能盡快找到9張肖像畫中疑似死亡人員的身分資料，章桐不得不對每一張臉都人工繪製基礎圖，並對臉上的每一個特殊定點重點做出標記，因為只有這樣，人像資料庫才能盡快縮小辨別範圍，確定人員的真實身分。

　　繪製基礎圖是一件非常費眼力的工作，也很耗時間，下班後章桐只是簡單地吃了點東西，便坐在電腦旁繼續進行繪製，過了兩個多小時，才勉強繪出一張。眼睛酸澀無比，有好一會兒幾乎都快看不清楚面前的螢幕畫面了。

　　「看來今晚是要熬個通宵了。」章桐在電腦桌旁坐下的時候，順勢用腳踢了踢丹尼毛茸茸的大尾巴，嘴角露出了苦笑，喃喃說道，「丹尼啊，我還挺羨慕你呢，看你每天除了吃就是睡，實在睡不著就是單相思打發時間，日子雖然單一，但是也還挺開心的。」

　　丹尼朝著主人搖了搖尾巴，轉了個方向，沒多久便又睡著了，還發出了輕輕的鼾聲。

　　章桐揉了揉眼睛，集中注意力，準備下一張基礎圖的繪製。剛拿起電容筆，放在左手邊的手機便響了起來，她本能地抓起手機，也沒細看，便接聽了電話：「哪裡？」

　　這個時候是凌晨十二點半，有電話也只可能是出警需要，所以章桐的回覆都是簡明扼要，目光始終都沒有離開過面前的電腦螢幕。

　　電話那頭卻並不是以往習慣了的飛快語速，而是一陣電流的沙沙聲，緊接著，便是一首鋼琴曲響了起來。章桐頓時渾身直冒冷汗，她以最快的速度掐斷通話，然後猛地站起身，幾步來到窗邊。此刻的窗外依舊是一片寧靜的雪夜景象，松樹、無花果樹，層層疊疊，社區的路面也是鋪滿了白雪，章桐緊張的目光不斷地四處張望著。正在這時，手中的手機竟然又開

始震動了起來，章桐猶豫了，她不知道自己該不該接起這個電話，來電號碼隨時可以被竄改，而自己的這個號碼除了工作，知道的就只有李曉偉了。

　　刺耳的手機鈴聲不斷地敲打著章桐的耳膜，她咬了咬牙，最終按下了接聽鍵，這一回，沒有了電流聲和音樂聲，卻是一個明顯的帶著嘲弄口吻的電子合成音：「我只是開玩笑罷了，章醫生，妳不用這麼害怕，我不會害妳的，畢竟我們之間還有一場遊戲沒完成呢，妳說對不對？再說了，我都已經玩膩了用音樂來控制別人，該換種方式了，不然多沒意思啊。」

　　「你好無恥！」章桐憤然說道，「那些死去的人，你逃脫不了責任！」

　　「與我無關，我可沒有動手殺他們，都是他們自己做的。再說了，我只不過讓他們看到了他們自己內心世界的魔鬼而已，充其量我只是幫助了他們罷了。」電子合成音緩緩說道，甚至還誇張地發出了一聲嘆息。

　　「怎麼樣，章醫生，那幾個人的身分資料找出來了沒？」

　　「這關你什麼事！」章桐冷冷地說道。

　　「妳怎麼就那麼確定與我沒關係？做人不要太絕對了。」說著，電子合成音便發出了一陣尖銳的笑聲。

　　一旁的丹尼迅速地把頭縮進了尾巴裡，發出了低低的哀鳴聲，這是牠感到無法承受時所產生的本能反應。

　　「章醫生，妳可不能輸，明白嗎？妳輸了的話，代價可是慘痛的。」

　　「到底是什麼規則？不妨說來聽聽。」章桐哼了一聲，到了這個時候，她已經全然沒有了剛才的慌張。

　　對方也似乎聽出了章桐聲音的變化，不禁有些錯愕，乾笑了兩聲後，說道：「很簡單，遊戲已經開始了，查出妳手中這幾個死者真正的死因，

第六章　兄妹

在媒體上公布，然後我就投案自首。怎麼樣，這個交易划算吧？還有啊，章醫生，這麼晚，就不要加班了，早點休息吧。」

「你處心積慮就只是為了讓我查這幾個人？」章桐簡直不敢相信自己的耳朵，她突然心中一驚，衝著話機吼道，「等等，你剛才所說的代價又是什麼？」

通話戛然而止。被徹底激怒的章桐衝著已經毫無反應的手機大聲叫道：「你這混蛋！」她無意中一抬頭，突然看到窗外路燈柱下不知何時停了一輛銀灰色的廂型車，車旁站著個身穿風衣、長髮飄逸的女人，正抬頭向自己窗口的方向看過來。

章桐猛地拉開窗，凜冽的寒風瞬間灌滿了整個房間，白色的紗窗輕輕拂過她的臉，路燈下，那個年輕女人衝著章桐聳聳肩，做了個無奈的手勢，然後鑽進駕駛室，開車揚長而去。

那個女人肯定就是陸曼，雖然沒有看見陸言，但是章桐知道，他必定就在那輛車上。現在追出去已經來不及了，她遲疑片刻後便默默地關上窗，在伸手安撫過丹尼後，又打開了電腦。

章桐是絕對不會相信陸言那所謂的遊戲規則的，她知道在這背後，肯定有著更深的祕密。而當初父親之所以決定放棄對這案子的追查，技術因素只是一個方面，更多的，章桐相信，父親一定是發現了什麼。

想到這裡，她伸手從書案上又一次拿起了父親的工作筆記。

*　*　*

黑夜中，城市冷清的街道上，顧大偉的車無聲無息地跟在那輛銀灰色的廂型車後面。兩輛車始終都保持著固定的距離，就像兩個幽靈在午夜的街頭緩慢移動。

顧大偉沒有打開車燈，他的目光一直都盯著前面的廂型車，卻一點都不擔心自己的跟蹤會被方梅發現，因為他知道此刻坐在廂型車裡的，並不是方梅，而是陸曼的哥哥陸言。

是的，是自己在半小時前親自把「陸言」從陸曼的身體裡呼喚出來的，但是讓顧大偉感到懊惱的是，「陸言」根本就不願意和自己交談，他的傲慢自大讓他的眼中根本就看不到別人的存在。而這對顧大偉來說，卻是無法容忍的羞辱。所以，他乾脆就放手，告訴「陸言」——你現在可以去做任何你想做的事情，我只有一個條件，就是跟著你卻不會干涉你，也不會幫你。

「陸言」只是聳聳肩，做出一副無所謂的樣子，「他」合上電腦，站起身從桌上拿起了廂型車鑰匙，轉身離開了別墅，而顧大偉立刻跟了上去。他無法否認自己已經開始對「陸言」感興趣了，不過更大原因或許是因為「他」占著陸曼的身體，而似乎陸曼早就知道「陸言」的存在，因為好幾次她偷偷看向顧大偉的目光中，都充滿了莫名的憤怒。這分明就是在告訴顧大偉——我是想永遠埋葬，你卻讓他來去自如。

想到這裡，顧大偉笑了，因為他想起了那張讓李曉偉心神不寧的相片，那時候，「陸言」正占據著陸曼的身體，而他之所以不願意和顧大偉說話，不只是因為「他」根本就看不起他，更主要的是，顧大偉相信「陸言」已經感覺到了他要奪走陸曼，然後徹底讓「陸言」離開。

所以，當小呂拍下那張相片的時候，「陸言」的憤怒其實是衝著顧大偉來的，而不是可憐的李曉偉，後者只不過恰好站在那裡罷了。但是話說回來，這順水推舟的把戲，顧大偉還是很樂意讓李曉偉擔心上好一陣子的。想像著將來的某一天，當自己的《有關「分離性身分辨識障礙」所導致的「永久人格替換」》論文發表的時候，李曉偉必定會很妒忌的。多重人格是

第六章　兄妹

再普通不過的精神病案例，但是誰都不會想到一個死人因為活人對他的愧疚而逐漸在活人的身體裡「徹底復活」，更不用提最終占據主位了，想想都讓人感到興奮。

自己這麼多年來一直都在等待著這麼一個完美的病例。是的，「陸言」早就已經死了，千真萬確，只是被人刻意隱瞞了死訊而已。但是如今的「他」卻分明好好地在自己妹妹陸曼的身體裡活著。

顧大偉的嘴角露出了一絲陰鬱的笑容。其實想想，我們每個人不都是帶著兩張臉活著麼，學會生活其實就是學會嫻熟地交換面具的一個過程罷了。

終於，城郊的公路上，廂型車緩緩停了下來，車還沒徹底停穩，陸曼便搖搖晃晃地走下車，雙膝一軟跪倒在路面上。顧大偉見狀，也趕緊下車，上前幾步在陸曼就要倒下的剎那，把她攔腰抱在懷中，用一種怪異的口吻柔聲呼喚道：「快醒醒……」

陸曼緩緩睜開了雙眼，她抬頭看了看夜空，便衝著顧大偉溫柔地笑了。

「妳呀妳呀，就是愛亂跑，這可不好，走，我們回家。」顧大偉抱起陸曼向自己的車走去。

「我剛才做了什麼？我是不是又闖禍了？」陸曼鑽進副駕駛座，蜷縮在椅子裡，小聲說道。

顧大偉繫好安全帶，目光中充滿了愛憐：「妳沒做錯什麼，別多想。」

在開車回湖邊別墅的路上，顧大偉平靜地說道：「和我說說妳的哥哥，好嗎？他是一個什麼樣的人？他一定也很愛妳吧，對嗎？」

第七章　找到屍體

　　顧大偉先是用古怪的眼神看了看他，又忍不住瞥了一眼旁邊的那個空咖啡杯，不禁哭喪著臉說道：「你這傢伙，到底灌了多少杯咖啡進去啊，我看你是典型的咖啡因攝取過量了，思維嚴重紊亂，甚至伴有幻聽症狀。」

◆ 1

　　早晨，市警局二樓刑警隊辦公室裡，空氣中瀰漫著咖啡、菸味和濃烈的泡麵味。圖偵組的隔間門突然打開，滿眼通紅的偵查員左海匆匆跑了出來，直接來到張一凡的辦公桌前，雙手撐著辦公桌，低沉著聲音說道：「我們找到有關阿妮塔最後去向的監控錄影了。」

　　匆匆對視一眼後，張一凡立刻站起身，帶著幾個偵查員快步向隔間跑去。那是圖偵組臨時的工作間，4臺電腦，6個組員，無間歇地快速播放著長達120個小時的監控錄影。

　　如果人像辨識庫裡無法匹配上的話，那就只有靠圖偵組用最原始的方法，用肉眼逐幀影像地尋找失蹤者。因為阿妮塔是外國人，初來本國，人像資料並不完整，再加上失蹤的時間是在晚上，又是3天前發生的事，所以尋找起來異常艱難。

　　圖偵組的工作是苦差事，每天就是盯著電腦，唯一的補貼就是幾瓶眼

第七章　找到屍體

藥水。左海是個性格內向得近乎沉悶的人，平時不苟言笑，即使查詢結果出來了，也表現得非常平靜。但這一次，他說話的聲音卻微微顫抖，甚至差點把鄰桌同事的茶杯給碰掉了。

聞訊而來的偵查員們瞬間將那個小小隔間給擠得水洩不通，左海指著自己面前的電腦螢幕，說道：「這是前天晚上我們警局門口的監控錄影，可以看出該名失蹤人員在離開警局後，打了輛計程車，根據計程車牌號我們查詢到了相應的 GPS 定位，知道最終的停車位置是城中雪松巷附近的一家肯德基門口。下車時間是 21 點 08 分，因為下大雪，車速較慢，又塞車，所以具體行車時間是 38 分 02 秒。」

張一凡皺眉說道：「我知道她們這次來參賽的泰國方就是訂雪松巷附近的飯店，離這家肯德基店非常近，也就是說，失蹤的阿妮塔去肯德基吃點晚飯不足為奇。」

「是的，但是事情奇怪就奇怪在這裡，」左海點選下一幀，「你看，她自從 21 點 09 分走進肯德基店以後，就再也沒有出來過。我們調取了肯德基店內部當晚的監控影片，結果發現她在 23 點 52 分的時候，起身去了位於餐廳後部的洗手間，」說到這裡，他按下了暫停鍵，「至此為止，這是她在所有監控影片中最後出現的影像。我們後來又調取了餐廳周圍的監控探頭，但是再也沒有發現什麼異樣情況，而肯德基店庫房外面的監控探頭當晚有半個多小時的時間是停止工作的。所以，我們懷疑，她就在這半個小時之內，被人用交通工具帶離了肯德基店，因為走得匆忙，以至於連自己的電腦都沒有來得及關上帶走。」

「肯德基後門是個公用單車停車區域，再往外就是一條只能容納一輛車透過的小巷。這裡屬於監控盲點。」張一凡皺眉說道，「我帶人走訪過這

家肯德基店,但是根據現場員工講述,當晚的女洗手間,包括後面的店堂裡,都沒有發現有人打鬥的痕跡。只是那裡是監控探頭死角,所以沒有能夠看到該名失蹤人員是如何離開肯德基的,但是不管怎麼樣,她的離開必定是突發情況。我記得在前段日子,李醫生曾經講過,如何讓一個人能夠平靜而又順從地離開一個地方,最穩妥的方法就是利用女性進行誘導,因為我們平常人對女性的防範都相對較弱,因此,不排除失蹤的女孩是自己走出肯德基店堂後門的。」

左海看著張一凡:「你的意思是不是⋯⋯陸曼?」

張一凡沒有回答。

＊　＊　＊

法醫辦公室,顧瑜推門走了進來,懷裡抱著一大堆的化驗報告。

「章主任,這是妳要的東西。」說著,她便把最上面最厚的那本放在了章桐的面前,不耐煩地抱怨道,「就為了這份病歷檔案,我等得都快要不耐煩了,現在有些人的辦事效率實在是不敢恭維,非得在曾用名和本名上和我扯皮。」

「人家也是恪盡職守,畢竟這是病人的隱私,不是誰都可以借閱的。」章桐笑了,伸手拿過陸曼的病歷檔案,翻開首頁看了起來。

「主任,我真不明白,妳為什麼突然想看陸曼的病歷檔案?」顧瑜問道,「我注意到上面還有她的出生醫學檔案。」

章桐停下了翻動頁面的右手,想了想,說道:「我只是想證實一下心中的兩個疑慮。或許是多慮了也說不定。反正心中有數,感覺就踏實一點。」

第七章　找到屍體

「主任，我聽小張說這個陸曼和她哥哥陸言是雙胞胎兄妹，妳說哥哥邪惡成那個樣子，妹妹會不會卻是個好人？」顧瑜問。

「妳所提到的已經涉及基因遺傳了，」章桐苦笑道，「這麼深奧的問題，可不是一兩句話就能說清楚的，而且目前對於這種說法，嚴格意義上來講，還是沒有完全肯定的結論。只能說是一種推測。」

顧瑜點點頭：「我就是這麼聽說的，如果是同卵雙胞胎的話，那互相影響的機率就更大。所以說，如果陸言是一個連環殺人犯，那就不能排除他的妹妹陸曼會不顧一切地幫他。我所說的幫，是指毫無原則性的幫。」

章桐平靜地說道：「不排除斯德哥爾摩症候群，但是目前來看，還是不能完全定論。」

「是啊，」顧瑜長嘆一聲，「希望那個失蹤的泰國女孩能早日被找到，這樣的話，我們的勝算就能更大一些了。」

章桐的目光落在一份全血化驗報告單上，皺眉想了想，便又趕緊翻查下面所有的全血化驗報告，右手在桌上摸到一支鉛筆，然後隨手在拍紙簿上記錄下自己所看到的資料。等所有的報告都翻看完後，她抬頭看向顧瑜：「小顧，妳剛才所說的同卵雙胞胎的基因理論，我現在完全相信了。」

顧瑜吃驚地說道：「為什麼這麼快，到底發生什麼事了？我可知道妳是不會隨便下結論的。」

章桐伸手指了指自己面前的醫學病歷檔案：「首先，出生醫學檔案中，確認了陸曼有個同卵雙胞的哥哥，因為早出生了半分鐘，所以是哥哥。而他們之間，存在著無法被切割的相同遺傳物質，這種物質所導致的後果，不只是相貌、體型和講話、語態上的完全相似，更重要的是連病症都有可能會被遺傳上。這裡我所說的，是指Ⅰ型糖尿病。」

「主任，這次我沒有找到陸言的醫學病歷檔案啊。」顧瑜不解地問道，「妳又怎麼能夠確定他也得了這個Ⅰ型糖尿病呢？」

「他和我有過近距離接觸。」章桐若有所思地看著案頭的那盆勞爾，「我在他身上聞到了一股特殊的甜味，那是酮症酸中毒最典型的一種反應，是糖尿病患者血糖控制不住時所引起的。」說著，她指了指自己面前的醫學檔案，「而陸曼的全血報告顯示，她的餐後血糖在幾年前就已經到了14，空腹則是8，所以說，這對兄妹同時患上了嚴重的Ⅰ型糖尿病，需要每天及時注射胰島素才行。」

「都說同卵雙胞胎心靈相通，我也就只能贊同妳的結論了。」章桐靠在椅背上，長長地出了一口氣。

「對了，小顧，那幾張基礎繪圖，電腦比對出了多少？」

「哎呀，看我這腦子，都差點忘了。」顧瑜趕緊在那堆幾十公分高的報告單中翻找了起來，嘴裡嘟囔著，「小九明明把單子給我了，我到底塞哪去了？……」

「小九去負責人像資料庫了？」章桐問，「我記得他是歐陽工程師的小徒弟。」

「是啊，最近大數據中心那裡嚴重缺人手，」說著，顧瑜終於找到那兩份報告，趕緊抽了出來，轉身交給章桐，「他說，根據妳的繪製圖，他目前只比對出兩個。」

章桐拿到手中一看，不由得愣住了，她抬頭對顧瑜說道：「是不是電腦出差錯了？確定是這樣的結果嗎？」

顧瑜點頭。

「那就不對了，這位女死者，怎麼長得那麼像陸曼？尤其是雙眼之間的

第七章　找到屍體

間距、眉弓的形狀，簡直一模一樣。」章桐伸手指著報告，一臉的狐疑。

顧瑜聳聳肩：「這一點都不奇怪，因為她就是陸曼的母親胡豔，說實話，報告出來的時候，小九看了也是一頭霧水，再三比對了當年的卷宗後才確認的。」

難道說陸言是要自己調查當年他們家的那一起滅門血案？章桐感覺自己的太陽穴又一陣陣抽痛了起來。她迅速翻看第二份報告，裡面的死者叫谷城，男性，生前是一家菸酒店的老闆，死因是一起至今未破的搶劫殺人案，案發時間⋯⋯章桐心中的不安感愈發強烈了。她不斷地對比著前後兩份報告，突然抬頭，語速飛快地說道：「還有別的繪製圖，什麼時候能出結果？」

顧瑜愣住了，期期艾艾地說道：「不，不太清楚，不過小九說了，一有結果，他就親自送來。」

章桐突然站起身就走。

「主任，妳去哪？」顧瑜追出去問道。

「檔案室！」

◆ 2

比賽結束了，泰國女大學生米婭的心中卻感到無比的失落，因為直到賽前的最後一分鐘，她還是殷切地期望著阿妮塔的身影能夠出現在賽場門口，哪怕她並不能參賽。但是阿妮塔沒有來，而她的社交帳戶也已經整整3天沒有登入過了。這樣的結果，只有一個解釋，那就是阿妮塔已經不在

這個世界上了。

　　眼淚瞬間奪眶而出，心緒煩亂的米婭走出賽場，匆匆上了一輛計程車，她抹著眼淚哽咽著對司機師傅說道：「謝謝。」

＊　＊　＊

　　門衛老王頭沒有為難這個已經哭成淚人的泰國女孩，並且還熱心地要幫她付車費，然後領著她來到刑警大隊辦案區的門口，把她交給了鄭文龍和小戴。

　　「能幫我找到阿妮塔嗎？」鄭文龍直截了當地問道，「妳們之間有沒有特殊的聯繫方式？」

　　米婭搖搖頭，告訴翻譯小戴自己只知道阿妮塔的左臂上有個紋身，裡面是她自己植入的一塊晶片，晶片是她自己設計的。阿妮塔曾經開玩笑說這是她的人體 GPS，搜尋起來非常方便。

　　「她為什麼要為自己裝個 GPS？難道是怕自己丟了？」張一凡不解地問道。

　　「不，我想，她是怕自己出事。」想起阿妮塔的「潛行者」身分，鄭文龍不禁輕輕嘆了口氣，轉而對米婭沉聲說道，「告訴我她的 C/A 碼，希望我能盡快找到她的下落。」此時，鄭文龍的心中已然感到了不安，但是他卻不願意去面對現實，或許，這無聲的虛擬世界還能給自己帶來一點希望。

　　米婭聽懂了，她用力點點頭，伸手抹去眼淚，然後啜泣著在一張紙上寫下了阿妮塔曾經告訴過她的 C/A 碼，把它交給了鄭文龍，最後，啞聲說道：「謝謝你，無論結果是什麼，我都替阿妮塔謝謝你。」

第七章　找到屍體

米婭走後，鄭文龍呆呆地看著那本泰語版本的小說，腦海中是阿妮塔臨別時的笑容，眼眶不由得溼潤了。那晚，自己要是能夠多留她一會兒，或者親自送她回飯店，那或許就沒事了。

人這一輩子，為什麼就不能得到第二次機會呢？

＊　＊　＊

市警局檔案室裡靜悄悄的，章桐坐在桌子前，面前放著厚厚的兩大摞卷宗，其中之一是胡豔等八人被害案，而另一個則是菸酒店老闆谷城的搶劫殺人案，因為屍體都已經被火化，所附著的屍檢報告是她唯一能查看的東西。不管怎麼說，陸言冒著這麼大風險不惜要重新翻起這些案子，他必定是發現了什麼。而答案就藏在自己面前的這一堆舊卷宗裡。

案發時間是 1981 年 8 月分，父親章鵬參加工作剛剛滿 3 年，因為案情重大，八人命案中，局裡不得不緊急向上級單位申請調派法醫協助進行屍檢工作，最後再由父親統一做了歸檔謄寫。而相比之下，谷城的案子就比較明朗一些，案發時間是在 8 月末，案情其實並不複雜。一個明顯的盜竊案現場，大約是沒想到店主谷城會突然返回店裡拿東西，從而盜竊轉變為搶劫，雙方起了明顯的衝突，結果是以谷城被人用一塊板磚砸在了腦門上，造成顱骨粉碎性骨折，顱腦重傷而死。章桐又查看了失竊物品清單，驚愕地發現只少了一條菸、兩瓶酒而已，抽屜裡的一百多塊錢零錢根本就沒有動過，這可以理解為出事後，犯罪嫌疑人由於慌張，怕被人發現，從而只隨便拿了點東西就逃離了犯罪現場。案件最後被定性為流竄犯所為，在當時的環境下，流竄犯的抓捕難度是可想而知的。章桐知道很多案子多多少少都是因為這個原因而變成了長期的積案。

逐一翻閱谷城案件中的物證相片，章桐的心中竟然有了一種「完美犯

罪」的既視感。首先，作案的凶器——板磚，棕紅色，非常普遍，表面粗糙，上面發現了死者的血跡和部分腦組織，所以，「凶器」的結論是毫無疑點的。而發現這塊板磚的位置，就在死者屍體旁不到一公尺遠的地方，被血泊所包圍。

但是在板磚粗糙的表面上要想提取到指紋，簡直是天方夜譚。上面有半個血指印，模糊不清不說，更談不上可以進行比對的點，而血是屬於死者谷城的。

其次，作案地點——上馬石路，那裡在1981年的時候，是典型的郊區外來人口聚集棚戶區，人員關係非常複雜，治安案件高發，刑事案件更是屢禁不止，所以，流竄犯的出現不足為奇。

接下來，作案時間——凌晨，8月末對郊區來說，還是炎熱的夏季，即使是晚上，溫度也往往都在30°C上下徘徊，由於生活條件簡陋，捨不得用電，周圍的人幾乎都躲在遠遠的路口乘涼，屋裡因為過於悶熱根本就沒有辦法待人。所以，案件沒有目擊證人。唯一能確定案發時間的是兩個因素：一、屍檢；二、當地參加路面巡邏的聯防隊員無意中發現店面捲簾門開著，裡面卻沒有動靜，進去查看了，才發現死人了。而巡邏隊員的巡邏時間是固定的，夜間12點過後，每一個小時巡邏一次，範圍是兩平方公里，也就是整個街區，包括上馬石路和下馬石路。

所以，案件最終被定性為兩人組成的流竄盜竊慣犯團夥作案，人死了是附帶造成的傷害。

但是章桐看著屍檢報告有關屍體面頸部位的特寫相片，卻眉頭緊鎖，她非常熟悉屍體頸部那道紅腫的勒痕，從左至右大面積由深變淺，明顯就是由人的右前臂從後勒住受害者頸部所造成的。此刻，她的腦子裡閃過了

第七章 找到屍體

一種可怕的格鬥技術,這種格鬥技術偏重於有效利用槓桿的原理,使用者可以用很小的力氣,將沉重的對手撬起,並產生巨大的力量。這種格鬥技術的練習者,尤其擅長將對手拖向地面,然後在地面上獲得控制的姿勢,一旦形成這種致命的控制,隨後的頸部絞殺就能在很短時間內製服對手,使其陷入暈厥,也就是說,完全沒必要再用板磚去實施餘下的致命行為,除非對方就是想叫谷城死。

想到這裡,她又翻出那張屍檢圖譜,關於死者顱骨方面粉碎性骨折的傷勢介紹,工整的字跡明顯就是出自父親之手,所繪製的碎骨片復點陣圖也極為細緻,可是,那骨折區邊緣明顯多個弧度面,難道父親就沒有注意到嗎?這表明死者前額的粉碎性骨折並不是一次打擊所形成的,對比屍檢相片,那幾乎塌陷的半個顱面部位更是明顯的證據。章桐順手拿起筆,在筆記本上做了紀錄。

粉碎性骨折的位置在死者右面前額部位 2 公分處,偏太陽穴方向,由此可以推斷作案者在實施最後那一擊時,死者是平躺體位,這就與前面的昏迷推斷相吻合。

那麼,面對一個已經陷入昏迷狀態的人,普通的流竄犯如果只是以簡單的搶劫為目的的話,威脅消失的時候,他唯一會做的選擇應該就是趕緊逃離現場,而不是手執板磚用力地砸向死者的頭部。因為受害者的意外出現已經全盤攪亂了他的作案計畫,又何必再弄出人命?仔細看死者頭部的傷口,如果不是進行了粉碎性骨折的碎骨片復位的話,是很難看出死者捱了多少下板磚的,這種傷口很顯然是刻意造成的,行凶者當時的情緒非常穩定,再加上前面所發現的格鬥技術痕跡,章桐不得不做出了「謀殺」的結論。她下意識地在筆記本上寫下了「故意殺人」4 個字,然後用筆把它重重地圈了起來,想了想,又在旁邊打上了問號。決定等看完這些檔案

後，綜合自己所有的疑慮，再好好和陳豪副局長談一談。

正在這時，尖銳的手機鈴聲響了起來，章桐伸手接起電話，同時朝檔案室保管員小梁打了個招呼表示歉意，畢竟在檔案室工作的人都已經習慣了周圍絕對的安靜。

讓章桐感到意外的是，電話那頭卻出現了一個陌生女人沙啞的嗓音：「妳好，章醫生。」

章桐一驚，反問道：「妳是哪位？」邊說邊朝外走去。

「陸曼。」

「妳怎麼知道我的號碼？」章桐本能地問道。

「我需要妳的幫助，我被困住了。」陸曼輕聲說道，「他現在不在我身邊，所以，我想和妳談談，或者我們約個時間，怎麼樣？我真的有急事，想懇求妳的幫忙。我擔心再下去的話，我就有生命危險了……」

「妳為什麼要找我，我只是個法醫，沒什麼能幫上妳的。」章桐一邊說著，一邊已經來到了一樓的大廳，她看見顧瑜正匆匆地向自己跑來，同時做了個手勢，表示有急事，便趕緊對電話那頭說道，「很抱歉，我真的幫不上妳，如果真有威脅，就去派出所報案，或者直接報警，就這樣吧，再見。」

結束通話電話後，顧瑜正氣喘吁吁地跑到她面前，急切地說道：「快，快，主任，快去車庫，張一凡那傢伙打電話要我們馬上出警，說是可能找到阿妮塔了，就是那個失蹤的泰國女孩。」

兩人便立刻向車庫跑去。很快，刑科所的幾輛警車便陸續開出了車庫，轉出大院，開上了警局前面的馬路。

此時，正是一天中路面上最為熱鬧的時候，警笛聲瞬間讓四周安靜了

第七章　找到屍體

下來，馬路對面沿街商舖的行人紛紛駐足看向飛馳而去的警車，尤其是最後那輛寫著「法醫勘查」的車輛，刺眼而又醒目。

◆ 3

　　市中心世貿大廈牆上的積雪在午後燦爛的陽光中變得格外耀眼。

　　七樓，顧大偉的事務所實驗室裡，做完分析報告後，小呂已經帶著兩個技術員去休息了。李曉偉雖然一天一夜都沒有闔眼，但是，此刻的他一點睡意都沒有，灌下去整整3杯濃縮咖啡，沒有加糖，弄得嘴巴裡現在除了苦味，別的什麼味道都沒有。雖然睡眠嚴重不足，但是，李曉偉的精神卻處於格外的亢奮之中，他把那塊晶片中所有的對話都整理在了白板上，然後坐在桌子上，就這麼盯著白板，像在看著一個不可思議的生物，戴著藍牙耳機，眼中充滿了迷惑。

　　顧大偉打著哈欠推門進來，不由得嚇了一跳，誇張地大聲嚷嚷道：「老同學，你這麼玩命啊。」

　　李曉偉右手一伸：「噓，別說話。」

　　顧大偉皺眉，小聲嘀咕：「神神祕祕的，我看你是中邪了吧？」

　　李曉偉沒有吭聲，時不時地吸口氣，然後又長長地一聲嘆息，到後來乾脆就雙腳盤膝坐在桌子上，凝神半晌後，突然臉色一變，摘下耳機，對顧大偉說道：「別看白板，你仔細聽聽這段對話，然後告訴我，你聽到了什麼？」

　　顧大偉點頭：「沒問題。」他接過耳機戴上，對話是處於不斷循環播放

的模式，所以，他不得不聽了兩遍，才算把整個時常為2分32秒的對話聽完。面對李曉偉殷切的目光，顧大偉卻一臉茫然地說道：「沒什麼啊，就是一個男的說請你理解啊什麼的，而另外兩個人在吵架，一個說不行，一個在哀求，最後是一陣急煞車，很刺耳的那種，然後剩下的就聽不到了。」

「沒錯，錄音確實是殘缺不全的，我給你的這段是其中最完整的一段，你真的除了剛才的那些對話內容，別的什麼都沒有聽出來？」李曉偉似乎有些過於亢奮，他雙手緊張地握緊了拳頭，身子前傾，就連說話的聲音也有些顫抖起來。

顧大偉先是用古怪的眼神看了看他，又忍不住瞥了一眼旁邊的那個空咖啡杯，不禁哭喪著臉說道：「你這傢伙，到底灌了多少杯咖啡進去啊，我看你是典型的咖啡因攝取過量了，思維嚴重紊亂，甚至伴有幻聽症狀。」

「我沒事，我真的沒事⋯⋯不過，或許是有些咖啡因攝取過量，但是沒關係，我還清醒著。大偉，你仔細想想，別從內容著手，我要你集中注意力在說話人的語氣和聲音上，甚至於用詞之間的細微差別。」李曉偉用力點頭，「這才是最主要的。」

話都說到這麼明顯的程度了，顧大偉見勸不回自己的老同學，便只能無奈地又戴上耳機，重新聽了起來。

許久，他突然摘下耳機，一臉不可思議的神情，嘴裡咕噥道：「這不可能！真的不可能！」

李曉偉笑了，就像此刻自己眼前站著的是個滑稽小丑，他笑得非常誇張，前俯後仰，最後乾脆從桌子上重重滑落到了地板上。漸漸地，他竟然閉上眼睛睡著了，很快，鼾聲頓起。身後，技術員小呂探頭，吃驚地對顧

第七章　找到屍體

大偉說道：「老闆，要不要叫醫生？」

顧大偉虎著臉回頭瞪了他一眼：「叫個屁，這房間裡現在就有兩個醫生在你面前站著呢。」

小呂嚇了一跳，伸手指了指地上躺著的李曉偉，神情慌張地說道：「那他，他沒事吧，老闆？」

顧大偉冷靜地擺了擺手，說道：「咖啡喝多了，又一天一夜沒睡，這副熊樣是他自己搞的！沒事，讓他睡一會兒就好。」

心裡的一塊石頭終於放下來了，精神鬆懈就像開了閘的洪水一般，換誰都會馬上睡著的。目光落在身後的白板上，李曉偉的字跡龍飛鳳舞一般，顧大偉臉色頓時陰沉了下來，他看了看自己的手，又看了看沉睡不醒的李曉偉，似乎是在猶豫著什麼，最終還是打消了念頭，轉身推門走出了實驗室。

＊　＊　＊

雪後初晴，寒風刺骨。

此時，郊外的萬卷洞口停著好幾輛警車，但是周圍卻格外安靜，沒有人說話，除了萬卷洞旁的松樹林偶爾隨風發出的沙沙聲外，就連腳步聲都幾乎絕跡。

大家圍著洞口，每個人的臉上都凝聚著不安和隱隱的焦慮。章桐和顧瑜已經進去半個多小時了，綁在她們身上的那根保險繩一直都沒有動，可見她們已經在同一個位置停留了將近半個小時。

市郊外的這個萬卷洞屬於特殊的溶洞喀斯特地形，洞洞相連，洞裡套洞，如果不是當地人的話，是很難熟悉裡面的情況的。而這種獨特的地形還有另一個用處，那就是──拋屍！

張一凡不安地對著電話那頭的鄭文龍問道：「阿龍，你確定就是這個位置嗎？沒有搞錯？」

　　一陣窸窸窣窣的翻找聲響過後，電話那頭的鄭文龍果斷地答道：「沒錯，那裡就是 GPS 衛星給我的位置，絕對沒有錯。」

　　「那好，我相信你，但是如果十分鐘過後章主任和小顧再不出來的話，我們就進去了。」張一凡咬著牙結束通話了電話，轉身對身邊站著的嚮導說道，「你確定裡面沒有危險？」

　　嚮導點點頭：「這個季節，你放心吧，都冬眠著呢。」

　　刑事案件現場的勘查最怕的就是法醫出事，張一凡雙眼緊緊地盯著那根猶如死蛇一般靜靜躺在地上的保險繩，這是維繫著章桐和顧瑜安全的唯一保障，他開始有些後悔答應章桐讓她們先進場了。

　　突然，地上的保險繩動了起來，張一凡立刻大聲指揮道：「快，快，幫忙拉。」

　　兩三個偵查員趕緊上前拽動繩索，終於，在拖了將近 30 公尺遠的距離後，先是露出了一個黃色的裹屍袋，袋子外表呈現出不規則的形狀，雖然早就已經有了心理準備，知道阿妮塔可能遭遇不測，可是當看到裹屍袋，張一凡卻還是心中一沉。不容多想，緊接著，便是顧瑜爬了出來，雖然穿著厚厚的防護服，但還是渾身髒兮兮的，有幾處還有明顯的刮破痕跡。

　　「小顧，妳們主任呢？」

　　顧瑜一屁股坐在地上，隨手扯掉口罩，氣喘吁吁地說道：「在後面，她還要拍兩張照，對洞壁做個全面的取景，固定證據，叫我先把屍體送上來。」

第七章　找到屍體

見張一凡的目光仍然停留在黃色裹屍袋上，顧瑜輕輕一聲嘆息，點頭道：「洞裡就這一具屍體被焚燒過了，初步判斷是年輕女性，具體的還要回去後再說，這是主任的原話。」

正說著，繩索又一次晃動了起來，張一凡的神經又立刻繃緊了：「快，大家快一起拉，用力啊。」

✦ 4

李曉偉是被自己的手機提示音給驚醒的，聲音其實很小，但奇怪的是，此時的他卻可以肯定自己所聽到的是音量不亞於巨響一般的提示音，所以，便以最快的速度從地板上坐了起來，強忍著心臟的劇烈跳動，點開手機，是一段陸言傳來的語音留言。

「李醫生，原來你也是一個有祕密的人。」聲音中充滿了調侃的味道。

李曉偉一下子沒回過神來，接著，手機提示收到了第二條語音留言：「你是個出賣兄弟的傢伙。怎麼樣，看著自己兄弟被警察判了死刑，心裡高興吧？」

李曉偉心中一震。

陸言步步緊逼：「你兄弟當年被執行死刑的時候，你是怎麼想的？」

李曉偉平靜地回覆道：「看來，窺探別人的過去已經成了你陸先生的最大癖好了。至於說我是怎麼想的，無論過了多久，我還是堅持那一點：法律遠高於任何感情！我兄弟當年犯了法，我除了檢舉，沒有別的路可以走。所以我問心無愧，反而是你，陸先生，我奉勸你一句——趁早自

首。李海警官的死，你必須給出個交代！」

「他完全可以棄車逃生，我又沒有殺他。只是恰好車子出了故障而已，」陸言輕飄飄地說道，「算他倒楣。」

「我看未必吧，你明明是讓他別無選擇。」李曉偉一字一頓地說道。

見被拆穿了謊言，陸言哈哈大笑了起來，可是瞬間這笑聲戛然而止，就像被一隻無形的大手給牢牢地掐住了喉嚨。

李曉偉知道自己已經揭穿了他的面具，便緊接著追問道：「你說我有祕密，那我問你，陸曼還好吧？你對她盡了手足之情嗎？」

足足五分鐘過去了，對方再也沒有回覆李曉偉的這條留言，就好像憑空消失了一般。

長長地出了口氣，李曉偉這才感到自己就像渾身虛脫了一般四肢無力，後背也早就被汗水浸透，他輕輕放下手機，抬頭看著不知何時出現在自己身邊的顧大偉，頭又低下了，低聲咕噥了句：「我有個弟弟，犯了法，來求我幫忙，勸他自首被拒絕，他要出逃，就被我檢舉了。後來被判了死刑，我心裡也很難受，因為他是我唯一的手足，卻到死都恨我，真是諷刺。從此以後，親朋好友都覺得我冷酷，不講情面，所以都與我斷了來往，但是，我卻覺得死於他手裡的那個受害者同樣需要法律的公平對待，所以，這就是他剛才所提到的關於我的祕密。」

顧大偉聽了，便站起身，來到李曉偉身邊坐下，伸手拍了拍他的肩膀，說道：「能理解你，老同學，我覺得你做得對。這年頭，誰的心裡能不堵著點什麼，你說是不是？所以呢，想開點，你沒有欠誰的。不用怕他的威脅。」

李曉偉看了他一眼，忍不住苦笑：「謝謝。」

177

第七章　找到屍體

「對了，你剛才為什麼問他陸曼？」顧大偉問。

「那段錄音，你聽出什麼來了？」李曉偉伸手一指牆上的白板。

顧大偉皺眉想了想，說道：「我總感覺這明明是兩個人之間的對話，而不是3個人，雖然說內容上好像是3個人。可錄音實在是太短了，單憑人耳，判斷上有些吃力。」

李曉偉點頭：「我看過你的技術員用音訊分析所得出的結論，雖然也是70%的吻合，但是卻和人耳所判斷的結果不謀而合。所以，我個人大膽判斷，陸言或者陸曼，總有一個，或許已經出了什麼事。」

顧大偉聽了，臉色微微一變：「這麼一來，確實可以解釋為什麼一開始這人就神出鬼沒的，寧可利用網路，卻不願意在現實社會中出現。這種躲在鍵盤後面的人，要麼是極度自卑，要麼就是真有缺陷，但是，這到底是誰不見了？難道是陸言？」

李曉偉雙手一攤：「不只是我，就連你花了大價錢買的寶貝機器也分析不出來。只能肯定當時車內說話的，除了殉職的李海警官外，就是一個人在自問自答，同時扮演著兩個不同的角色。」

「間歇性人格分離？」顧大偉不安地在實驗室裡來回踱著步，「我知道這種病症的主要特徵是患者將引起他內在心裡痛苦的意識活動或者記憶，從整個精神層面解離開來以達到保護自己的目的，但是，也因此會喪失屬於其自我的整體性。可是，這種病症在現實生活中本就少見，而兩種人格同時存在並且能自我交流的程度按照理論來講，已經是到了病症的晚期，也就是說處於這種階段的病人已經無法再和周圍的人做正常的交流了，可是從剛才的留言來看，卻分明思維邏輯非常縝密，甚至於聽上去還有威脅你的味道在裡面，這又該如何解釋？」

「這也是一直讓我感到困惑的地方，排除心因性失憶症，那就只有多重人格症，可是患有多重人格症的人，雖然同時具有兩種或者多種非常不同的人格，並且此類患者行為的差異無法以常人在不同場合、不同角色的不同行為來解釋，不同的人格之間就好像是完全不同的人，每個人格都有專屬於自己的姓名、記憶內容以及行為方式，而原來的主人格並不知道另一個人格的存在，新出現的附屬人格卻對其瞭如指掌……但是，這些都無法解釋錄音中的古怪行為方式——同時出現，並且毫無交流障礙。難道說還有我們從沒有遇到過的更複雜的一面？」李曉偉皺眉說道，「不成，我要想辦法和他當面談談。對了，現在幾點了？」

顧大偉指了指窗外：「太陽快下山了。」

「該死！」李曉偉趕緊一骨碌從地上站了起來，抓起外套就往實驗室門外跑。

「你去哪裡？」顧大偉追了出來，「我請你吃晚飯吶！」

「回警局，她該找我了，晚飯……」李曉偉話還沒說完，電梯門便關上了。

顧大偉長嘆一聲，無奈地搖搖頭，笑道：「這傢伙，我看是你急著去找她吧！」

緩步走回辦公室，站在走廊裡，顧大偉看著窗外，陷入了沉思。

他才不相信李曉偉所說的祕密，因為身為心理醫生的第一條原則，就是不相信病人在自願的狀態下主動告訴自己的每一個字。顧大偉覺得，其實這個世界上，沒有哪一個人的精神是完全正常的，因為真的達到了這個所謂的目標的人，本身就是一個不正常的瘋子。

人的思維多多少少都有那麼一點自我意識在裡面，也就會因此藏著不

第七章　找到屍體

想被別人知道的祕密，那又有多少人會真正願意把自己的祕密告訴身邊的人呢？不，答案是肯定不會。因為在告訴別人的剎那，祕密就已經徹底蛻變成了能制約你的把柄。

又有誰會真的知道這個把柄在何時會捅進自己的心臟呢？

信任？本就是這個世界上最寶貴的東西，比命還寶貴。在交出去的剎那，你也同時把自己的命交給了別人。所以，李曉偉不傻，他顧大偉也不傻。

華燈初上的城市到處都溼漉漉的，霧氣騰騰，雪後的街頭車水馬龍，喇叭聲、煞車聲、說話聲此起彼伏，行人腳步匆匆。天邊，晚霞漸漸褪去，城市的夜已經悄然來臨。

自己也該回去了，顧大偉長長地伸了個懶腰，和陸曼好好談談，找機會再把陸言叫出來，雖然他每次停留的時間不超過一個小時，但是相信以後，會越來越長的。

對於陸曼，顧大偉愛若珍寶，但是她在被自己貼上一個「完美戀人」標籤之前，更是一個超完美的綜合型精神病案例。經過兩天的交流，陸言已經開始願意和顧大偉進行簡短的談話了，顧大偉對此欣喜萬分，因為這是他如此近距離地接觸一個IT高手的機會，一個冷酷自傲的病態型偏執狂。

只是陸曼，事後她似乎也覺察到了什麼，只不過表面上還沒有流露出來而已。對此，顧大偉一點都不擔心，因為陸曼畢竟只是一個女人而已，無論是在體力上還是心智上，都是不值得自己顧慮的。他也深信透過這半年的治療，自己已經牢牢地控制住了陸曼的內心。

在離開走廊之前，顧大偉掏出手機打了個電話。

出乎他意料的是，陸曼並沒有接，電話那頭傳來的單調的嘟嘟音讓他感到了莫名的煩躁。聯想起剛才晶片中所提取出的簡短對話，以及新聞中的慘烈事故，顧大偉感到了深深的憤怒。

　　難道說自己被陸言耍了？如果讓陸言偷偷控制住陸曼的話，那自己可就前功盡棄了。

第八章　解開密碼

第八章　解開密碼

鄭文龍啞聲說道：「陳局，我真的不明白，如果最終證實這些確實都是他做的話，那作案動機呢？他到底為了什麼？他可什麼都不缺了啊。」

◆ 1

萬卷洞是晶片訊號最後消失的位置，其實在電腦螢幕上看到那個特殊的時間截點的時候，鄭文龍就已經知道，阿妮塔，那個和自己有過一面之緣的女孩，生命被永遠定格在了訊號消失的這一刻。

有人說過這個世界必定是由兩個部分組成：一個虛假，一個真實。眼前的這個虛假的世界裡，阿妮塔走了，但是在那個真實的世界裡，雪夜中善良而又聰明的紅衣女孩，卻從未離開過。

一支接一支地抽菸，面前辦公桌上的菸灰缸再也放不下菸頭了，鄭文龍呆呆地看著那個屬於「美少女戰士」的信箱，感覺整個世界似乎都變得空落落了起來。目光落在案頭的那本泰語書上，他下意識地掐滅了手中的菸頭，伸出手指，在螺紋質地的封面上輕輕摩挲著，目光中充滿了自責與哀傷。

左海給鄭文龍拿來了一個塑膠證據袋，放在他面前的辦公桌上，輕聲說道：「鄭工，這是那女孩左臂上取出來的晶片，痕檢的叫我交給你，說

盡量修復。」

鄭文龍點點頭，無聲地看著面前已經被燒融一半，長度不到 1 公分的晶片，眼淚終於無聲地滾落了下來。

* * *

走廊裡，張一凡看到這一幕後，不由得長嘆一聲，隨即打消了和鄭文龍一起前去解剖室的念頭，獨自一人慢慢向樓梯口走去。

路上，他抽空給在醫院裡值班的偵查員打了個電話，得知童小川已經有了甦醒的跡象，心中才稍微感覺好受一些，在做了一番指示後，便把手機重新揣回口袋裡，腳下的步伐也略微輕鬆了些。

被焚燒過的屍體，哪怕是過了一段時間，只要是在密閉空間裡，要不了多久，就會讓人聞到一股焦煳發臭的煳味。解剖室的通風管道壞了，外面的空調幾乎成了擺設，濃烈的來蘇水氣味和屍臭味因為無法散發而不得不淤積在房間裡，讓人待久了就有種頭暈目眩的感覺。章桐只能打開解剖室的門，讓空氣對流一下，反正這底層的走廊裡自從痕檢辦公室的那幫小夥子搬走後，平時根本就沒有什麼人來。

從屍體的左臂上取走那塊燒融大半的晶片後，在開始著手解剖屍體前，章桐仔細研判過泰方傳真過來的有關阿妮塔的身高、體重、膚色以及相關疾病史等詳細個人資料。而此刻的解剖臺上，屍體的長度已經縮減到了原來的三分之二，雖然還有部分皮膚是完整的，整個人卻已經面目全非。

顧瑜一邊拍照記錄，一邊不禁搖頭嘆息：「唉，現在哪怕她的父母站在面前，也無法認出自己的孩子了。」

「死因是其次的，嚴格意義上來講，我們必須得先判定她的身分才

第八章　解開密碼

行。」章桐皺眉想了想，抬頭說道，「我們為她的身體先做個螺旋CT掃描，她被燒成這個樣子，有些傷痕，體表根本就看不出來。牙齒方面著重拍片，在泰方送來的資料中，有她的齒科檔案，或許能就此確定她的具體身分。」

顧瑜點點頭。

把屍體推出解剖室，對面房間分別是CT室和X光室，儼然就是一個小型醫院的檢查設備。章桐在後面操作CT機器的時候，顧瑜等在門外，張一凡走了過來，向她隨意地打了聲招呼：「妳們主任在裡面？」

顧瑜伸手指了指牆上表示正在工作的紅燈，便走到牆邊的長椅上坐了下來，張一凡在她身邊坐了下來。

「主任說，得先確定她的身分。這樣也好對泰方和她在泰國的家屬有個交代。雖然幾乎是鐵板上釘釘子的事實，但是我們也要拿出科學依據，你說是不是？」顧瑜慢悠悠地說道。

張一凡點點頭：「我不明白的是，為什麼要對一個泰國女孩下毒手，還有就是，即使是死後焚屍滅跡，但是，這有必要嗎？」

顧瑜看了他一眼，平靜地說道：「幫你科普一下，焚屍滅跡的主要目的大致有三個：第一，不讓我們盡快找出她的真實身分；第二，無比的仇恨所導致的過度殺戮；第三，就是死者肯定和行凶者有過近距離接觸，既然已經殺害了死者，那麼就無所謂再加一條焚燒屍體的罪名了，這樣做不僅能拖延破案時間，同時還能阻止我們在死者身上找到有關行凶殺人者以及殺人現場的轉移物證。總之，屍體上能發現的東西多了去了。」

張一凡突然笑了。

顧瑜不解地問：「你笑什麼？笑我的回答太幼稚了嗎？」

張一凡搖搖頭：「不，妳很聰明。我只是很想知道，妳為什麼會選擇來當法醫？說實話，這工作，換了我的話，早就已經打退堂鼓了。總說我們當警察的已經看透了生與死，唬誰呢？簡直就是胡說八道！……」說著說著，感覺眼睛有些不太舒服，他便眨了眨眼，盡量不讓眼淚流下來。

　　這樣細微的舉動當然是躲不開顧瑜的眼睛的，她輕輕說道：「是想李海警官了吧？我們都想他，真的，上次屍檢的時候，我承認我心裡受不了，沒撐下去，我跑了。後來站在走廊裡哭的時候，我聽得很清楚，主任也哭了，她一邊哭著一邊完成了屍檢工作。你看，大家其實心裡都難受，就是表達的方式不同而已，不只你一個人傷心。只是啊，我們都在等，等案子結束了，我們好好幫他舉辦個葬禮，到時候，你就放開哭，沒人會笑話你的。警察怎麼了，我們警察也是人，也有七情六慾看不透生死的時候。小張，有時候，當你退無可退的時候，記住，別讓自己空下來，你會感覺好受很多的。」一聲輕輕的嘆息，顧瑜抬頭看著天花板上的走廊燈，喃喃說道，「提起我當法醫的原因，其實很簡單，就只是為了履行對朋友的一個小小的諾言而已。」

　　「朋友？」張一凡有點意外。

　　「是啊，朋友，一個很固執，但是也很好的人，真的很關心我。過去的我，事事都依賴他，什麼事都推給他。有一次他煩了，就乾脆問我，如果他不在了，我會怎麼辦？」說這些話的時候，顧瑜始終都是抬著頭的，目光從未離開過那紅色燈光，「你猜我是怎麼回答的？」

　　「不知道……」

　　「我說呀，如果你不在了，很簡單啊，我就活成你的樣子，好好活著，這樣你就永遠都不會離開我了。當時他的表情很意外，不過他很快就

第八章　解開密碼

笑了。所以呢，」顧瑜回頭看著張一凡，目光中有些亮晶晶的東西一閃而過，「所以我就認認真真地把自己活成了他的樣子，每一天，我都過得很開心。而這，也是他的願望。所以，小張你也別想太多，今後的日子，像李海警官那樣，努力做個更好的警察，也替他好好活著，明白嗎？」

話音未落，門上的紅燈熄滅了，大門緩緩打開，章桐一臉凝重地走了出來，手裡拿著4張CT報告。

「主任，結果怎麼樣？」張一凡上前，緊張地問道。

章桐點點頭，雙眉緊鎖：「死者正是阿妮塔，齒科檔案與CT結果完全相符。至於說死因，我等下還要開胸做下內檢，螺旋CT只是一個大概，但是基本可以告訴你，她是被人謀殺的，殺她的人，一開始就沒想讓她活。」

「阿妮塔的利害關係只存在於陸言和網路威脅這件事上，我記得阿龍說過，阿妮塔是個駭客、電腦高手……等等，這可糟了，」張一凡緊張地說道，「怎麼辦，她如今被燒成這個樣子，又已經死了，她的電腦就根本無法解鎖了。」

章桐想了想，問：「鄭工有提到過如何解鎖她的電腦嗎？」

「說是要用到生物指紋，而且是活著的。」

「雖然她的雙手已經被毀了，但是我有辦法，不必用到她的手指或許就能幫電腦解鎖，你馬上找到死者的個人用品，比如說那臺電腦，還有茶杯、牙刷，凡是她的個人用品，盡量收集齊全，然後送到痕檢找歐陽工程師，請他親自提取上面的指紋，越多越好，盡量湊滿10個手指……我記得那臺筆電上應該能收集齊全，反正難度不會很大，然後請歐陽工程師把這10個指紋用最接近人體組織軟硬度的矽膠做成指模，為這10個指模通

上微量電流，模仿我們人體的血液流動在指尖所產生的微量電能，這樣或許就能成功騙過電腦辨識，讓它以為主人還活著，從而順利解開生物指紋鎖。」

一聽這話，張一凡興奮地連連道謝，趕緊轉身就跑。看著他的背影，顧瑜不解地問：「主任，妳之前有說過歐陽工程師最喜歡做為指模通電的遊戲吧？」

章桐聳聳肩，說道：「歐陽工程師雖然年紀不小了，但是童心未泯，總是喜歡去實現一些腦洞大開的設想，說實話，在這上面，他手下的那幫年輕人加起來還不及他一半的精力。我上週在食堂吃飯的時候就聽他說起這個打算，初聽起來似乎有些荒誕，但是仔細想想，屍體上有些特殊部位的傷痕檢驗，或許還真的能從中獲利。總之，死馬當活馬醫吧，我們盡力就好。」說著，她看了看牆上的掛鐘，「時間不早了，我們趕緊做完手頭的工作，爭取今晚把屍檢報告弄出來。」

兩人把屍體推回了解剖室，工具早就已經準備好了，接著便是架設好攝影機鏡頭，準備全程錄影。門口擋上布簾，章桐重新穿上皮裙、一次性手術服，戴上防護鏡和口罩，最後雙手戴上手套，轉身的時候，看著顧瑜，突然有些尷尬地說道：「我總覺得自己穿上這條皮裙後，分明就像個屠夫，一個不折不扣的屠夫。」

顧瑜卻很看得開，無所謂地說道：「我不這麼認為啊，挺好看的，也很實用，這身衣服比起那些電視劇裡演的，可要有用多了。」

收拾停當後，章桐便衝著顧瑜點點頭：「那我們就開始吧。」顧瑜伸手按下了攝影機的鏡頭。

第八章　解開密碼

✦ **2**

　　夜幕下的城市環城高架上，車流緩慢爬行。

　　李曉偉乾脆打開車窗，冬夜的寒風瞬間灌滿了整個車廂，這樣一來，他感覺自己頭腦清醒了一些。他伸手從儀表板下的儲物櫃中拿出了一個小型的錄音機，這是能及時保留下自己腦海中想法的最佳方式，也是他多年工作所養成的習慣。

　　左手握著方向盤，右手按下了錄音鍵。

　　「時間 2017 年 11 月 12 日。我從未否認過個體基因對子女先天個性的影響，尤其是在陸言、陸曼的這個案件中，這樣的特徵就愈發明顯。比方說，陸言的脾氣暴戾和性格古怪顯然和他父親脫不了關係，對人性的冷漠和對他人生命的鄙視讓邊緣型人格這種極為危險的特質在陸言的身上得到了近乎完美的展現。陸家當年出事的時候，陸言十三歲，已經到了人格養成的年齡，所以，即使後來更換了收養家庭，但對於陸言的改變卻是微乎其微的。鑑於以往同樣的案例為數不少，我在此大膽推測，陸言後來的離家出走與他自身的人格障礙有著不可分割的關聯。在這個案件中，我趨向於男性，也就是陸言有了主導作用。至於說陸曼，相對於陸言來講，女性的人格養成期要晚一些，而女性天性缺少主觀能動性的特點，決定了她更偏向於依賴家庭成員中較為強勢的男性。所以，陸家出事後，陸曼便是處於陸言的附屬物位置，不排除遭受陸言的虐待和精神控制，所以才會表現在長大後毫無原則性地幫助陸言犯罪。」

　　頓了頓，李曉偉又說道：「補充一下，這個案例對於後期研究同卵雙胞胎的人格特徵演變有著很大的參考價值。最後說下疑點：陸言為何始終

不出現？結合那塊晶片分析的結果，我大膽推測不排除陸言是個生理上有缺陷的男人。當然了，這一切還需要後面的證據進行佐證。」

　　高架橋上車流移動的速度開始慢慢加快，李曉偉關掉了錄音機，探身塞回儲物櫃後，便打算打個電話給章桐，可是很快就打消了這個念頭，因為此刻自己所處的位置離警局已經不遠了。

　　車輛順橋而下，前面的車已經明顯和自己拉開了距離。李曉偉順手關上窗，準備專心開車，這時候，他無意中看到前方路邊右側有一輛停在陰影裡的車，車頭衝著馬路，車內燈開著，司機低著頭。在自己快要經過它的時候，對方車裡的人所做的一個動作讓李曉偉感到非常困惑──那個司機對他做了個很特別的手勢。

　　隔著車玻璃，雖然只是一瞬間，他感受到對方濃濃的敵意。

　　難道是自己看花眼了？畢竟一天一夜都沒有闔眼了。

　　與此同時，李曉偉發現自己所開的車發出了一聲輕微的響動，他非常熟悉這個聲音，因為這是以往自己停車時鎖死車門的聲音，而車門一旦被徹底鎖死的話，車輛的主控制權便轉移了，車窗也將無法打開。他緊張地注視著自己方向盤下的車速儀表板，果然，速度在緩緩下降，這也就意味著自己已經被困在這輛車中。而此刻車輛已經透過了十字路口的停車線，正緩緩在路中央停下。

　　李曉偉不由得嚇出了一身冷汗，他拚命踩著油門，想盡快離開這個尷尬而又危險的位置，車速卻已經降到了5，自己的任何努力都是徒勞的。眼看著交警正滿臉詫異地向自己走來，就在距離李曉偉的車不到兩公尺的時候，詭異的事情發生了。導航儀螢幕亮起，自動開始工作，同時，導航儀一句簡單的指令讓李曉偉頓時毛骨悚然──規劃路線接收完畢，開始

第八章　解開密碼

「自動駕駛，速度 50 公里每小時。」

李曉偉現在唯一能確信的就是自己的車根本就沒有自動駕駛的裝置，同時，自己也從未啟動過導航儀。

車外的交警趕緊躲到一邊，目瞪口呆地看著李曉偉的車突然瘋了一般向前開去，車輪摩擦地面發出了陣陣白煙，車輛直接穿過十字路口，然後順著裡湖大道很快就開沒影子了。

清醒過來的交警立刻向自己的摩托車跑去，同時用步話機向大數據處理中心彙報剛才所發生的詭異場景，請求攔截支援。車牌號報上去沒多久就知道了車主的姓名──李曉偉。刑警隊的液晶螢幕上也同時出現了李曉偉的相片和無人機追蹤的畫面，看著在街頭橫衝直撞的車輛，張一凡臉色一變，趕緊對鄭文龍說道：「不好，陸言對李醫生的車下手了。」

左海突然伸手一指螢幕，焦急地說道：「這條路的盡頭是直接通向入海口的，中間根本就沒有岔路，也不像上次李海警官殉職時的那條幾乎都是居民區的路，我擔心，凶手這次就是想置李醫生於死地。」

「這是他在駕駛嗎？我記得李醫生那破車是沒有自動駕駛裝置的，他都開了好幾年了。」張一凡緊鎖雙眉，「除非，他的車被人動了手腳。」

「那我們該怎麼救他？他現在要是跳車的話，應該還來得及。」左海緊張地說道。

「不，他跳不了車。海子殉職時車門就是被徹底鎖死的，窗玻璃也不是那麼容易就能被砸開的。時間太短了，車裡一時之間找不到那麼堅硬鋒利的工具來砸窗。」張一凡神情憂鬱，眼看著前面不到兩公里的地方就是防海大堤。此時已經是夜間漲潮時分，海水不斷拍打著防波堤，海面上一片漆黑。

房間內眾人的心頓時懸到了嗓子眼。

3

死，到底是什麼滋味？

李曉偉還從來都沒有想過這個問題。留給自己的時間不多了，他已經徹底放棄了拯救自己的努力。此刻的車內一片寂靜，他癱坐在駕駛椅上，耳畔是自己急促的呼吸聲，車窗密封，車內的氧氣在逐漸消失，想著最終自己必將窒息而死，嘴角不禁露出了苦笑。

突然，李曉偉的腦海裡出現了章桐的影子。不，自己不能就這麼死了，還有話沒告訴她，要是現在不說的話，等下死了，就真的遺憾了。

想到這裡，李曉偉伸手抓過丟在副駕駛座椅上的手機，撥通了章桐的號碼。

他知道章桐不會關心這些突發新聞，所以，他盡量讓自己的聲音保持平靜，對著手機艱難地說出了三個字：「妳好嗎？」

章桐剛結束屍檢，正靠在工作臺邊休息，感覺到李曉偉的話有些怪異，便笑著問道：「出什麼事了，怎麼突然變得這麼客氣？」

李曉偉笑了，眼淚卻流了下來，透過前面的車窗，他已經看到了波濤洶湧的海浪，不由得深吸一口氣，柔聲說道：「妳沒事我就放心啦。對不起，我恐怕不能再陪在妳身邊了，以後妳要好好照顧自己，注意安全，如果可以的話，有時間請替我去養老院看看我的奶奶。最後，還有一句話，我一直，一直都憋在心裡，現在終於有勇氣跟妳說了，請妳一定要容許我自私一回，耐心聽我說完再生氣，好嗎？」

章桐呆住了，一種不祥的預感瞬間爬滿全身，她囁嚅道：「你說，你說吧。」

第八章　解開密碼

「我，我想我已經愛上妳了。謝謝妳留下了美好的回憶。」

電話那頭突然陷入死一般的寂靜，章桐急了，她衝著電話喊道：「到底出什麼事了，你在做什麼？你別嚇唬我啊。」

終於，耳畔又傳來了李曉偉沙啞的嗓音，輕柔而又充滿了依依不捨：「再見，祝妳幸福。」

電話戛然而止。

與此同時，車內的李曉偉平靜地閉上了雙眼，高速行駛的車輛撞破防波堤護欄，一頭衝進了黑漆漆的大海中。

章桐呆呆地看著不再有任何回應的手機，抬頭看著同樣震驚不已的顧瑜：「李醫生出事了，他剛才，竟然是在向我告別。」

正在這時，歐陽工程師氣喘吁吁地衝了進來，一屁股坐在了椅子上：「快，快，李醫生的車，掉進海裡去了，就在裡湖大道的盡頭。交警他們，他們已經開始實施救援了，這車，我看太像李海殉職時的一幕了，難怪他沒有辦法跳車……」

章桐身子微微一晃，眼淚頓時流了下來，顧瑜剛要上前勸慰，卻被她伸手攔住了。章桐的目光緊緊地盯著自己面前的手機，記憶深處的一幕突然再次出現，她立刻拿起手機，撥打李曉偉的號碼，一遍又一遍，終於，電話接通了，章桐衝著李曉偉吼道：「你的車沒有那麼快下沉，你現在馬上想辦法透過後排座椅爬到後車箱中去，右手邊上的角落裡有一個開關，那是逃生通道，可以從裡面打開。」

電話突然中斷，再次撥打，卻再也打不通了。

顧瑜緊張地看著章桐：「主任……」

章桐伸手抹了把眼淚，定了定神，咧嘴一笑，果斷地說道：「我已經

盡力提醒他了，後面就全靠李醫生自己了。」

歐陽工程師不解地問道：「那他為什麼不乾脆砸碎車窗玻璃爬出來？難道他不會游泳嗎？」

章桐搖搖頭：「我知道他的車窗玻璃是不久前剛換過的，現在用的是最新的防爆玻璃，密封效能很好，也保溫，所以哪怕是掉進海裡，水的壓力也不一定能把玻璃壓碎，即使真能壓碎，那時候如果能跑出來，也已經來不及自救了。」

歐陽工程師感到有些意外，問道：「章主任，我記得妳不會開車，又怎麼會知道後車箱裡的逃生通道？」

章桐笑了笑，若無其事地說道：「我從裡面爬出來過，不過，那是很久以前發生的事了。我剛才只是恰好想起來罷了。」

說歸說，自己緊握的手心卻已經冒出了層層的汗珠。

她走出解剖室，從底層的捲簾門通道鑽了出去，站在寒冷的夜風中，章桐渾身發抖，心亂如麻。

「傻瓜，快回來，無論如何，你都一定要給我平安回來！」

＊　＊　＊

四週一片漆黑，整個世界都在不斷地搖晃。

當李曉偉終於爬進後車箱的時候，已經精疲力竭，手指指尖接觸到後車箱底部，溼漉漉的，顯然，海水已經從車子的縫隙逐漸灌了進來，氧氣變得越來越少，他不得不減緩自己的呼吸次數。真想就此放棄，隨波逐流結束自己的生命或許是一種最好的選擇，就像做了一場可怕的噩夢，夢醒了，這一切也就消失了……

第八章　解開密碼

突然，整個車身猛地震動了一下，頭重重地撞在了後車箱的車壁上，痛得他瞬間清醒了過來，應該是撞到了淺海的礁石上，海水灌進後車箱的速度又加快了許多。

不，自己不能死在這裡。

李曉偉深吸一口氣，盡量讓自己採取平躺的姿勢，然後用右手按照章桐最後電話中所說的在後車箱的車壁上一寸一寸地摸著，水越來越多，快要沒過自己的脖子了。終於他的指尖觸碰到一個圓圓的拉環，眼淚差點流了下來，他克制住內心的激動，用力一拉，「砰」的一聲，後車箱蓋子應聲彈起，瞬間，海水鋪天蓋地地向自己撲了過來。

本在海面上漂浮的車因為這樣的舉動而立刻沉入了海水中，而李曉偉藉助衝力，也順利從打開的後車箱脫離了車身。探出海面的剎那，絕望便如期而至，因為他發現，自己此刻已經遠離了最近的海灘，他看不見邊際，四周黑漆漆的，伸手不見五指，耳畔除了冰冷的海水的聲音，安靜得幾乎一無所有。

海面上的風浪漸漸平息了，一股莫名的窒息感卻瞬間而生。

不停地踩著水，李曉偉心有餘悸地低頭看了一眼腳下那深不見底的黑暗，遲疑片刻後，他突然發了瘋一般拚命地向前游了過去。

◆ 4

市警局二樓刑警隊辦公室裡，鄭文龍小心翼翼地戴上白手套，逐一拿起乳膠指模，通上固定電源後，從左手開始，輪流輕輕按在解鎖鍵上，一

直試到右手的食指，電腦螢幕才終於出現了變動。

而密碼提示是一本書中女主角的名字，鄭文龍的目光本能地落在了案頭的那本泰語版的法醫偵探小說上，便毫不猶豫地在鍵盤上輸入了主角的泰語名字。

賭一把也好，鄭文龍在心中暗暗默唸。

至此，阿妮塔的內心世界終於在鄭文龍的面前徹底打開了。

首頁是阿妮塔用英文寫下的一封信。

親愛的朋友：

我之所以會稱呼你──「朋友」，那是因為你如果不夠了解我的話，是絕對看不到這封信的。

當你開始讀這封信的時候，你就已經擁有了我的祕密，也同時擁有了我的電腦。而我卻不幸離開了這個世界。

但是，我相信我會在虛擬的網路世界中再次醒來，因為我本就是「潛行者」，我只是回到那屬於我的二次元去了。我毫不後悔我維持網路正義的最初抉擇，哪怕如今的我已經為之付出了生命的代價。

在這個電腦裡，藏著很多我知道的祕密，過去我忠實地把它們記錄了下來，今後它們就屬於你了，我最親愛的朋友。按照規矩，我希望你能接替我成為「潛行者」，因為網路世界同樣需要法律與正義。當然，如果你害怕，Del鍵就在你的右手，按下它的同時，就啟動了這臺電腦的自毀程式，那麼，我在這個世界上曾經存在過的痕跡就會永遠消失。所以，你有後悔的權利與選擇。

最後，我想有個小小的要求，如果你願意成為「我」的話，那麼，我們之間的靈魂契約就算正式簽訂了，請把我的骨灰和那本我最喜歡的書一

第八章　解開密碼

起埋葬吧。同時，請務必替我謝謝給過我夢想的章醫生，如果有來生的話，我，真的很想成為法醫。

再見了，我親愛的朋友，請盡情瀏覽我的祕密吧，你一定會發現，我在其中留下了一個驚喜給你！

美少女戰士
來自二次元的問候！

看完信後，鄭文龍久久無法在腦海中揮去阿妮塔的背影，他靠在椅背上，輕聲說道：「善良的女孩，希望妳在二次元過得開心，好好休息吧。我一定不會讓妳失望的。」

阿妮塔確實留下了驚喜給鄭文龍──她所編寫的進入「暗網」的程式碼，相當於給了鄭文龍一把永久性的鑰匙，而另一個驚喜則是那首被改編過的鋼琴曲的特殊指令碼程式碼，這是阿妮塔用自己重新寫過的網路爬蟲程式捕捉到的，她在後面記錄下了對方編寫這個指令碼程式碼時的 IP 地址。

看著這個地址，鄭文龍心中一陣驚喜，他知道這是真實的並且沒有經過任何偽裝的 IP 地址，就在本市的市中心，離警局不到十分鐘的路程。之所以會有這個 IP 地址，應該是當時上傳這個指令碼程式碼程式的時候，對方一時大意，也不排除是因為過於自信，萬萬沒有想到自己的所作所為竟然被網路世界中一個年輕的女孩所留下的爬蟲病毒給及時捕獲了。

多麼聰明的女生啊！

鄭文龍的臉上終於露出了難得的笑容，可是，笑著笑著，眼淚卻又無聲地滾落了下來。他默默地看著電腦中阿妮塔的相片，輕聲嘆息：「真可惜，我太晚認識妳了。」

他扯過一張案頭的便條紙，草草在上面寫下名字和地址，然後疊起來，往口袋裡一塞，這才站起身，對一旁的左海交代了幾句後，便抱起電腦匆匆離開了刑警隊辦公室。

＊　＊　＊

　　副局長陳豪正在自己的辦公室裡抽菸，除了平時的提神，心情煩躁的時候，也只有這樣，才能讓自己冷靜地思考問題。

　　「陳局，我有重要的事要和你談談。」

　　陳豪一怔，菸頭頓時燙到了手，他趕緊哆嗦著倒吸一口冷氣，同時迅速在菸灰缸裡掐滅了最後一絲火星，這才轉身，熱情地招呼道：「阿龍啊，來，坐吧。」

　　鄭文龍點點頭，走進辦公室的時候，他順手把門帶上了。

　　「阿龍，你是不是有什麼心事？」陳豪問。

　　「陳局，我解鎖了那個泰國女孩的電腦，並且發現了很多東西，尤其是這個。」說著，他把電腦螢幕轉向陳局，「你應該還記得那首會催眠別人的曲子吧？」

　　陳局點點頭：「那當然記得了。」

　　「這串數字、字母以及符號結合的程式碼就是那首曲子的指令碼，上傳到網路的日期，就是大劇院調音師柯志恩被害的那天。當天前後相隔一個多小時，總共上傳了兩首差不多的曲子，程式編寫針對的目標分別是吳嵐和我們警方。這種上傳曲子到受害者影音設備的行為，是必須當天完成的，因為提前上傳的話，容易被影音設備或者網站防毒系統刪除。並且如果同時上傳多首給不同的人，卻又因為上傳渠道只有一個，就難免會出現

第八章　解開密碼

延遲的現象，容易露出馬腳，不好控制後續的事態發展。故此，留給這個傢伙的時間其實並不多。我當時也去了大劇院的現場，並且提取了調音臺耳機中的這段音訊資料，回局裡後和前面的資料做了對比，我確實發現了一些異樣，只是還沒有意識到到底是哪裡出現了問題。直到現在，我才明白，這首曲子就是柯志恩被害那晚出現在耳機中的曲子，其實是無害的，但是在這之前出現在吳嵐耳機中的曲子，卻是致命的，吳嵐被催眠後，直接導致了後來對童隊的傷害。」鄭文龍沉聲說道，「我想，激發器估計就是童隊的電話和電話中童隊的名字，只要是童隊給她打了，慘劇就會發生。因為我們每個人打電話時，大多都會出於本能而提醒接電話的那一方自己是誰。」

「他每一次使用這首曲子時，都必須做這樣的改動嗎？」陳局不解地問道。

鄭文龍點點頭：「打個比方吧，我們在現實中所看到的東西，比方說是一本書，或者一個茶杯，它們都是實質性的，有明顯的外形區別，我們可以透過視覺和觸覺來知道它，但是電腦不能，電腦必須透過它們特定的語言和人交流來達到了解的最終目的。這種語言就是程式設計高手所熟知的程式語言。在虛擬網路世界中，程式設計高手可以把這些東西用電腦所熟知的程式語言編寫出來，甚至包括我們所說的一句話、一個名字、一個地址，都可以這麼做。但是，這些詳細的條件只能針對一個人，所以，當它需要被拿來針對另外一個人的時候，這個語言指令碼就只能重寫。這裡的重寫，不是指全部，是指其中關鍵的替換詞部分。寫下這首曲子指令碼程式碼的人，在大劇院慘案發生當晚，必須營造出一個可怕的現場，但是卻又不會傷害到現場中特定的人，我所指的就是陸曼，所以，他在上傳了吳嵐所聽到的指令碼後，就必須盡快再編寫出新的曲子指令碼，以達到擾

亂我們警方視線的目的。因為時間倉促，他來不及去掉指令碼中自動帶上的 IP 地址，或許他也意識到了，但是又覺得我們不可能發現，就傳了上去。事情的結果就是這樣。」

沉吟片刻後，陳豪接著問道：「那這個 IP 地址，你應該已經找到具體的使用人了吧？」

鄭文龍抬頭看著他，輕輕點頭，然後從口袋裡摸出一張疊得皺巴巴的紙條，放在辦公桌上，用食指抵著，輕輕推到陳豪面前。

陳豪從鄭文龍臉上凝重的神情看出了事態的嚴重性，他緊鎖雙眉，把紙條抓在手裡，然後輕輕打開，上面寫著的名字讓他不禁目瞪口呆：「怎麼可能是他？他可是李醫生最好的朋友和老同學啊。我們很多案子的順利偵破，可都是他出面幫的忙。」頓了頓，他又說道，「會不會是被陸言利用了……」

「絕對不會，」鄭文龍果斷地說道，「根據程式設計風格來判斷，我現在非常懷疑前幾次的曲子也是出自這個人之手，只是我手頭還沒有直接證據。而且我也不想看到這樣的結果，但是，這個 IP 地址不會撒謊。我查過，這個 IP 地址所屬的伺服器就是他們公司的，並且是直接從他的辦公室裡發出來的。」

「你如何界定他不是陸言？」陳局皺眉問道，「會不會是一個人的兩種身分？」

「這個，從我的角度來看，還不能確定，因為他是個程式設計高手，很多網路上的東西，他都能進行竄改，並且不留痕跡。」鄭文龍的目光中流露出了沉沉的失落感，「而且，這次如果不是他急著要盡快上傳那首放煙幕彈的曲子的話，我們或許永遠都不會想到那個地方。陳局，這個人太

第八章　解開密碼

擅長隱藏自己的真面目了，如果，我的意思是說如果他就是那個做下這一切的幕後黑手的話，那麼，在李醫生身邊隱藏這麼多年的處心積慮，想想都覺得太可怕了。」

陳豪沉吟半晌，說道：「阿龍，為了避免打草驚蛇，先不要對任何人說起你的這個懷疑，這件事的知道範圍，目前就僅限於你和我。」

「明白。不過，希望李醫生沒事。」鄭文龍喃喃地說道。

陳豪長嘆一聲：「小張他們已經派人去碼頭了，會盡全力救下李醫生。」

鄭文龍啞聲說道：「陳局，我真的不明白，如果最終證實這些確實都是他做的話，那作案動機呢？他到底為了什麼？他可什麼都不缺了啊。」

陳豪聽了，若有所思地看著鄭文龍，半晌點點頭：「我想，答案應該就是『他什麼都不缺了』。」

鄭文龍的臉上露出了深深的迷惑。

※　※　※

市警局解剖室外的底層走廊裡靜悄悄的，章桐推門走了出來，坐在綠色長椅上的米婭便趕緊站起身，雙手緊張地放在身後，咬著嘴唇囁嚅著說道：「您好，我，我是米婭，我想來見見阿妮塔。」

「妳是來辨認屍體的？」章桐感到很意外，不解地看向她身邊站著的年輕偵查員戴廣峰，此刻他的身分是陪同，也是翻譯。

小戴無奈地點點頭：「主任，我早就跟她解釋過了，按照規定，應該是死者家屬前來辨認和認領屍體的，但是據泰方的人說，阿妮塔的家人遠在泰國鄉下，家裡經濟條件不好，得知噩耗後，母親已經病了，也就無法前來把女兒的骨灰帶回去了。所以，就全權委託了女兒的好友和同窗米婭

小姐，至於費用，也全是大學裡的師生一起捐助的。」

章桐明白了，輕聲嘆了口氣，對米婭說道：「那，妳做好準備了嗎？」

米婭點點頭：「阿妮塔無論變成什麼模樣，都是我的好姐姐。」

「那好吧，請跟我進來。」說著，章桐便轉身又一次走進了解剖室，順手在牆上按下了燈的開關，瞬間，雪白的燈光灑滿了房間裡的每個角落，而陰冷冰涼的空氣則讓人微微打了個寒顫。鋪滿牆壁的瓷磚在燈光下顯得格外慘白，滴答的漏水聲不斷刺激著人脆弱的神經，面對屋子正中央的不鏽鋼解剖臺，米婭的目光中閃過了一絲不安與恐懼。

「請稍等一下。」章桐直接走向解剖室後面的過道，穿過活動門，來到位於後部的冷庫，伸手打開04號冷櫃，徹骨的寒意撲面而來，霧氣散去時，裹著裹屍袋的阿妮塔瘦小的遺體便出現在她面前。章桐略微遲疑後，伸手用力拉出了滑板，然後把靠在牆邊的活動輪床推了過來，把滑板上的屍體連同裹屍袋一起放上了活動輪床。以前認屍的時候，是允許受害者家屬來後面的冷庫的，但是自從出了沈秋月的案子，也為了避免冷庫裡特殊的場景對受害者家屬產生巨大的壓力，所以，現在的每次認屍過程，都在前面的解剖室裡完成，同時全程錄影以防萬一。

把輪床推到解剖室後，章桐並沒打開裹屍袋，只是把小戴叫到一邊，低聲說道：「就屍體辨認方面，其實我還是不建議的，因為屍體毀容程度很嚴重，肉眼的辨識度不好，相反只會帶來一些直觀上的刺激。這些，你都跟她說過了嗎？」

小戴點點頭：「是的，主任。」

「那就請你全程陪著她，我去外面走廊待一會兒。」章桐輕輕嘆了口氣，「我不太習慣這種場面，見諒！」

第八章　解開密碼

　　說著，她便推門走了出去。沒走幾步，身後隔著解剖室的門，便傳來了一聲撕心裂肺的尖叫，緊接著，米婭跌跌撞撞地奪門而出，向樓梯口衝去。小戴隨即對章桐做了個抱歉的手勢就緊跟了上去。

　　走廊裡又恢復了章桐所習慣的安靜，她雙手插在口袋裡，若有所思地看著灰暗的走廊，遠處隱隱約約傳來一個年輕女孩的痛哭聲。寒風順著半開的捲簾門從走廊裡呼嘯而過，一絲徹骨的涼意襲來，章桐摟緊了雙肩。

＊　＊　＊

　　市中心世貿大廈，顧大偉站在辦公室的玻璃窗旁，若有所思地注視著窗外的夜景。

　　身後傳來一陣有節奏的敲門聲。

　　「進來。」

　　本以為是自己的下屬來送卷宗，所以顧大偉並沒有在意，只是頭也不回地說了句：「放桌上吧，我等下簽字。」

　　身後卻傳來了有人坐下的聲音。

　　他猛地轉頭，同時，心懸到了嗓子眼：「怎麼是你⋯⋯」

　　話出口的時候，顧大偉後悔了，因為陸曼的目光中所流露出來的，是一種熟悉的嘲弄和諷刺。

　　和自己隔著一張桌子坐著的，是陸言，不是陸曼。

　　顧大偉的心猛地一沉，因為這樣的目光意味著陸言已經完全占據了陸曼的身體，而什麼時候走，那就要看他的心情了，但是他停留的時間過長，那陸曼或許永遠都回不來了。

　　雖然這是自己最想看到的結局之一，可是真的要面對的時候，顧大偉

的心裡卻突然有些不忍。

「陸言，你想做什麼？」他冷冷地說道。

「你不是一直都想和我好好談談嗎？」陸言傲慢地看著他。

「陸曼去哪裡了？」顧大偉有些心虛。

「你放心吧，她很好。」說著，陸言突然向前探出身體，認真地打量起顧大偉，「顧醫生，你對我妹妹那麼殷勤，不就是想和她上床嗎？你以為我不知道你的那些小心思？」

顧大偉簡直不敢相信：嚴格意義上來說，此刻自己正在和一個死了將近二十年的男人說話。

「你一直都在看著？這不可能，患有 DID 的人，不可能兩種人格並存。」顧大偉吃驚地看著他，「你到底是誰？」

陸言的臉上露出了不滿的神情：「怎麼，不相信？那我要不要跟你說說每天你都和我妹妹談了些什麼？你自己說的話難道都忘了？」說到這裡，他突然陰陰地笑了，目光中閃爍著狡點，「不錯，我是已經死了，但是我又活過來了，因為當年殺我的人就是我妹妹，所以她遲早有一天要為她所做的一切付出代價！」

一聽這話，顧大偉頓時臉色煞白，他雙眼死死地盯著陸言，囁嚅了半天，才壓低嗓門說道：「為什麼？我是聽說你死了，但這已經是很多年之前發生的事，都過去這麼久了，你告訴我，你為什麼過了這麼多年還那麼恨你的妹妹，要知道她那時還只是個孩子。」

「我也只是個孩子！明白嗎？我也只是個孩子！」陸言的臉上突然露出了猙獰的表情，咬牙切齒地說道，「都怪她，所以，應該得到嚴懲的是她，你懂不懂？而不是我！蠢貨！」

第八章　解開密碼

顧大偉頓時恍然大悟，難怪陸言會充滿戾氣，脾氣古怪且喜怒無常，因為陸言的心態始終都停留在十多歲未成年的年紀，而他的恨也被永遠禁錮在了那個年紀，面對一個心智尚未成熟的偏執型人格，自己根本就沒有辦法和他溝通。顧大偉的心中不禁感到一陣沮喪。

這時，陸言站起身，慢悠悠地對顧大偉說道：「我今天來，有兩件事。第一，通知你，你那所謂的好兄弟，能從大海裡撿回一條命就已經是奇蹟了；第二，我和我妹妹的事，不准你插手，我只不過在要回屬於我自己的東西。如果你再插手的話，就別怪我對你不客氣了。」

說完這些話後，陸言便轉身緩緩走出了辦公室。顧大偉頹然跌坐在椅子上，痛苦地閉上了雙眼，嘴裡喃喃地說道：「這不可能，這不可能……」

沒多久，走廊裡傳來了小呂驚叫的聲音。

顧大偉突然睜開雙眼，內心狂跳不止，他衝出辦公室，衝著走廊上慌作一團的小呂大叫道：「快，把她扶我辦公室來。」

等小呂把陸曼攙扶進辦公室，放在沙發上的時候，顧大偉語速飛快地說道：「我要幫她治病，現在開始你守在門口，不要讓任何人打擾我們，明白嗎？」

小呂趕緊點頭，走出辦公室的同時，順手帶上了房門。

顧大偉環顧了一下整個房間，然後站起身，快步來到洗手間，用冷水洗了把臉，擦乾淨後，人頓時精神了許多。他走出來，看到沙發上的陸曼已經緩緩醒來，便滿臉微笑地迎了上去，在她身邊的椅子上坐下後，順手掏出了口袋裡從不離身的掛錶，然後柔聲說道：「聽話，來，深呼吸，眼睛看我這裡，我手裡有塊掛錶……」

很快，陸曼的目光便都集中在顧大偉的手上，在他的輕聲細語中，緩

緩地閉上了雙眼。

等她的呼吸變得均勻而有節奏的時候，顧大偉這才停下了手中晃動的掛錶，頹然靠在身後的椅背上，認真地看著面容平靜的陸曼，目光中充滿了依依不捨，就彷彿要牢牢地記住陸曼的臉一樣。

他從不輕易把這塊錶拿出來，希望這是最後一次。

窗外，夜空已是繁星滿天，顧大偉的眼眶中盈滿了淚水。終於，他站起身，緩緩走出了辦公室。

第九章　自我了斷

第九章　自我了斷

電話那頭只是傳來了凌亂的腳步聲和男人的說話聲，過了幾分鐘後，終於又有人說話了，是左海的聲音，充滿了遺憾：「章主任，陸曼，她自殺了。」

◆ 1

早晨剛上班，章桐就接到了在案情分析室開會的通知，她交代了顧瑜一些要點後，便抱著凌晨才趕著做完的屍檢報告，匆匆來到五樓會議室。

偌大的房間裡就章桐、歐陽工程師和陳豪、黃海四個人，等了一會兒，張一凡才小跑著衝了進來，一進門便興奮地對大家說道：「好消息，李醫生沒死，命大，昨天我們和分局的兄弟們沿著防波堤地毯式搜尋了個遍，早上四點多的時候一頭和他撞上了，他除了重感冒以外，竟然毫髮無傷，真是神了。」

一旁的章桐這才暗暗地鬆了口氣。歐陽偷眼瞧了章桐一眼，笑瞇瞇地說道：「我早就說過，我們的李大醫生有貴人相助，不會有事的。」

黃海緊張地問道：「那他人現在在哪？」

「我送他回家換衣服去了，海裡游了一圈，這傢伙就好像沒事人一樣，跟我說今天上午有課，他要去上課。還要趕著給手機補卡，忙著

呢。」張一凡嘿嘿笑道。

「補卡？」章桐不解。

張一凡點點頭：「李醫生的手機在海裡的時候泡了水，不能用了，得補卡。這年頭，沒個手機可不行。我們發現他的時候，這傢伙凍得渾身發抖，可就是手裡攥著手機死不撒手。」

章桐似乎突然明白了李曉偉緊緊攥著手機的真正用意，略微一怔，不禁目光變得溫柔了起來。

陳豪清清嗓子，大聲說道：「好，下面有關泰國公民阿妮塔的死亡事件，我們開個會，彙總一下情況，網路部門本來也要參加的，但是實在走不開，事後我會傳達。」說著，他便衝著章桐點頭示意。

章桐拿出檔案袋中影印出來的兩份屍檢報告交給大家傳閱，隨後取出幾張放大的屍檢相片夾在白板上，這才轉身平靜地說道：「死者的死因是槍傷，這個我稍後再解釋。至於說具體死亡時間，我在死者的胃內容物中找到了尚未全部消化的雞肉沫和蔬菜、蝦肉以及一些穀物，這與她失蹤當晚最後出現的那家肯德基餐廳所提供的點單食物完全吻合，所以，我得出結論，她在失蹤後不到半小時的時間內便遇害，而遇害地點，不排除是在那輛凶手轉移屍體時所使用的交通工具上。因為她的致命槍傷是在顱骨的頂骨部位，屬於火器傷，根據射入口的肌肉撕裂狀判斷，槍口距離死者的頭部在 0 到 6 公分之間，屬於接觸性射擊創，槍彈貫通腦部，最後從前額射出，造成的開放性顱腦損傷是致命的。」

陳豪皺眉問道：「有槍彈的口徑嗎？」

章桐點頭：「從槍彈的射入口和射出口大致判斷為 7.62 公釐左右的老式手槍，死者的顱骨受到了嚴重損壞。」

第九章　自我了斷

張一凡不解地問道：「章主任，妳為何會確定是把老式手槍？」

「確切點說是一把根本就沒有被保養過的老式手槍，或者，至少是已經很長一段時間沒有射擊過了，因為我在死者的頂骨射入口附近發現了兩次射擊的撞擊痕跡。第一次子彈沒有射出來，我想是卡在槍管裡了，但是這種老式手槍會產生很強的衝撞力，也可以解釋為開槍者極度緊張，所以握槍的手是用力抵在死者的頂骨部位的，在那裡留下了特殊的痕跡，」說著，章桐伸出右手，用大拇指和食指做了個開槍的動作，「大致就是這麼個位置。而第二槍，死者就沒有那麼幸運了，可以說是一槍斃命。至於後面的焚屍滅跡，可以解釋為行凶者一方面想掩蓋死者的真實身分，另一方面則是不想讓別人知道自己所使用的殺人方式。」

「7.62公釐口徑的手槍，」陳豪看了一眼身邊坐著的黃海，長嘆一聲，「我想我們兩個應該是最熟悉的了。我去聯繫一下當地武裝部問問，看看最近有沒有相關槍支被盜的報告。」說著，他便走出了會議室。

黃海點點頭，轉而看向大家：「我和陳局都是部隊轉業的，所以對這種口徑的手槍非常熟悉。它是仿製蘇聯TT1930/1933式手槍的產品，自動方式採用槍管短後座式，閉鎖方式是槍管擺動式，而保險裝置是擊錘保險，沒有空倉連線結構。剛才章主任所說的，與這種54式手槍在近距離所造成的較大威力傷害程度相吻合。這種槍如果經常保養的話，是絕對不會出現卡槍管這種事的。章主任，妳能確定這槍的大致使用年分嗎？」

章桐點點頭：「當然可以，這就是我下面要提到的。我在死者大腦腦橋附近提取了一塊直徑為1.2公釐、寬為0.4公釐的槍彈碎片，經過檢驗確定，這枚槍彈來自1975年至1978年。因為時間太久了，又沒有好好保養，或者說是個不懂得槍支的人，所以才會造成子彈穩定性變差，也不排

除是先前卡住所致，以至於最後在人腦內部就裂開了，所以，雖然死者頭部是貫通槍彈創，但是，即使能找到案發現場，我們也不能抱太大希望找到完整的彈頭。」

陳豪匆匆走了進來，在椅子上坐下後，沉聲說道：「我剛才電話聯繫了市武裝部的丁部長，得知最近部隊並沒有遺失7.62公釐口徑的54式手槍，不只是最近，已經二十年了，都沒有這方面的情況通報。而我和黃海當初在部隊的時候，就知道部隊對於槍支的管理是非常嚴格的，遺失或者被盜的可能性幾乎為零。而即使是熟悉部隊內情的人偷盜了槍支，也絕對不可能不進行保養。因為這不只是延長槍支彈藥的使用壽命，同時也是出於安全的考慮。所以，基於章主任的發現，我大膽推測，這把手槍不排除是來自國界交界處，因為當年打仗的時候，有一部分槍支落到了當地人的手中，進入了黑市。這個情況以前也發生過，就在邊境某市，不過所使用的是一把美製老式手槍，也是當時戰場上遺落到百姓手中的。」說到這裡，他長嘆一聲，「這個隱患不除，可不是什麼好事。」

張一凡問道：「陳局，這麼說來，我們的凶手曾經去過邊境地區，或者說經常有來往，但是這個範圍這麼大，搜尋起來會有一定的困難，能不能再縮小一點範圍？」話音未落，他臉上露出了吃驚的神情，「等等，我想有人或許能幫我們。」

「誰？」歐陽工程師不解地問道，「這麼保密？你小子出息了，什麼時候都有這麼大的消息來源圈子了？」

張一凡被誇得有些不好意思了，便漲紅了臉說道：「其實也沒什麼要保密的，我就是突然想起童隊曾經讓我和海子一起去了一家天旺汽配店，店主裴天旺是童隊在禁毒大隊時的老線人，對我們市的地下情況瞭如指

第九章　自我了斷

掌。我想，槍支必定和禁毒有點關係，或許在他那裡我能問出點什麼。」

散會後，陳豪叫住了張一凡：「你去的時候，不要穿警服，還有，叫上個女警和你一起去吧。你們刑警大隊沒有女警，這可麻煩了，難不成要戶籍科給你們……」

「不用不用，」張一凡趕緊擺手，「陳局你放心吧，我知道上哪裡去找人。」

「要夠機敏才行，而且遇事要冷靜。」

「她足夠冷靜的，相信我，陳局，我想或許我們局裡除了章主任以外，就只有她了。」說到這裡，張一凡竟然有些臉紅。

離開會議室後，他便遠遠地尾隨著章桐來到底樓的法醫辦公室門口。章桐突然停下腳步，轉身看著他：「你跟著我做什麼？」

張一凡尷尬地笑了笑：「想問主任借個人，出個短差……陳局有任務。」

章桐頓時明白了，伸手推開辦公室的門，抱著手臂朝裡努了努嘴：「喏，你自己去跟她說吧。」

✦ 2

終於講完課了。

李曉偉呆呆地坐在講臺上，看著空無一人的大階梯教室，耳畔似乎還能隱約聽到海浪拍打的聲音。

在這之前，他從不知道自己會這麼害怕大海，那深不見底的黑色海水

就像是一隻張開血盆大口的怪物，如果稍加猶豫，自己就會被它徹底吞沒。他拚命地朝前游著，也不知道自己所選擇的方向究竟對不對。游到最後，手臂和大腿都已經失去了知覺，身體漸漸向下沉，但他還是咬牙堅持著。那時候，連他自己都不明白，究竟是什麼力量一直在支撐著自己向前，直到雙腳站在淺海灘上，然後一步一步地從冰冷徹骨的海水中走上沙灘的時候，看著已經完全僵硬的手仍然緊緊地握著手機，他這才恍然大悟，原來支撐自己活著爬上沙灘的，正是章桐。

　　「李老師？」階梯教室的門口傳來下一堂任課老師略帶疑惑的聲音。此時，教室裡也已經陸續來了一些別的班的學生。

　　李曉偉頓時回過神來，趕緊跳下講臺，抱起備課文案，尷尬地衝著對方點點頭：「不好意思，田老師，我這就走。」

　　田老師是個年過五旬的中年女人，教授偵查學，一身警服顯得格外幹練，她同警官學院裡別的教師一樣，都很尊重這位編外的心理學老師。

　　來到李曉偉面前，她關切地問道：「李老師，聽說你病了，身體怎麼樣？」

　　「謝謝關心，我很好。」李曉偉微微有些臉紅，目光無意中落在了田老師抱在懷中的那本教學資料封面上，不禁皺眉，腦海中又一次出現了前天晚上車子墜海前，那個人在車中對自己所做的特殊手勢。

　　面對田老師疑惑的目光，李曉偉趕緊找了個藉口匆匆走出了階梯教室。來到大樓外的花園走廊裡，他找了個石凳坐下來，上午的陽光是帶著些許暖意的，李曉偉的腦海中不斷再現著經過那輛車子時自己所見到的一幕。

　　看不清楚他的臉，自然也就不知道對方到底是誰，在開過的霎那，自己的車門就發出了詭異的聲響，同時車也被莫名地進行了自動駕駛設定，

211

第九章　自我了斷

而自己的車是根本就沒有這個設定的。

上課鈴響過後，周圍靜悄悄的。李曉偉乾脆閉上雙眼，盤膝而坐，強迫自己在腦海中回憶駕駛室裡到底發生了什麼。人的記憶過程不只是主觀意識這一種單一方式，同時客觀上也進行了相應的記憶，由視覺和聽覺記錄下相關內容後便用潛意識的方式儲存進大腦。而李曉偉現在所要做的，就是在自己腦海中把這一種客觀記憶給徹底分離出來。他很清楚現在是最恰當的時機。

那天晚上，路面昏暗，光線不足，那輛車是用一種怪異的方式停靠在路邊的一個豁口處的，位置應該是刻意挑選的吧，因為在那輛車周圍最近的路燈也遠在 20 公尺外。

本來，李曉偉是不會去注意它的，如果它的駕駛室燈沒有被打開的話，而李曉偉自己的車內是一片漆黑，所以他的視野很容易就會被另外一個黑暗中的燈光所吸引。

這只不過是其中一個因素。而另一個因素，就是車的致命改變。而在這之前，他離開顧大偉公司後，根本就沒有意識到車已經被人動過手腳。現在，車墜入了大海，一時半會兒是打撈不上來了，車上的證據也就隨之沉入海底。

想到這裡，李曉偉不得不長長地出了口氣。

在開過那個特殊路段的時候，因為是側面經過，他便本能地向右邊看去。他記得很清楚，對方的左手做了一個放下的動作，右手卻始終都沒有抬起，直到自己的車子發生詭異故障後，右手這才抬了上來，然後做了一個開槍瞄準的動作。自己當時因為車子意外的變化而沒有仔細回想這個動作的含義，如今卻意識到這是對自己的挑釁。

李曉偉猛地睜開雙眼，大口地喘著粗氣，後背冒出了一身冷汗。那傢伙果然是衝著自己來的。殉職的李海警官也遭遇了同樣的狀況，只不過自己的結局被設定為淹死在大海裡罷了。聯想起那充滿敵意的目光，李曉偉心中一動，他看了看手機上的時間顯示，還來得及中午趕去警局找章桐談談，畢竟出事後自己還沒有去見過她。想到這裡，便大步向辦公室走去。

＊　＊　＊

　　城北汽配城，店裡沒生意，天旺汽配店的老闆裴天旺正慵懶地坐在店門前晒太陽，但很快就被在自己店門前停下的一輛怪異的車給吸引住了目光。

　　這是一輛已經嚴重超齡、鏽跡斑斑並且被報廢的車，車牌卻是嶄新的。看清楚車上下來的兩個人以後，裴天旺黝黑的臉上露出了一絲不以為然的笑容。他有一種本事，就是看過一次的臉，總能在第二次見面時，很快把對方認出來。

　　當張一凡刻意摟著顧瑜在他面前站定的時候，裴天旺慢悠悠地說道：「哪陣大風把您給吹來了，張警官？」

　　張一凡嚇了一跳，趕緊摘下墨鏡，左右看了看後，小聲問道：「裴老闆，你是怎麼認出我來的？」

　　裴天旺瞪了他一眼，嘀咕了聲：「你就差在腦門上貼個『我是警察』的標籤了。」

　　「唉。」一旁的顧瑜長嘆一聲，「就是嘛，我早就跟他說了不用這麼神經質，放鬆自然就好。」

　　裴天旺看了看顧瑜，笑了：「你們倆，男女朋友？怎麼這麼彆扭。」

第九章　自我了斷

「沒，我是陪他來的。」顧瑜臉紅了。她順手拉過旁邊一張小馬紮，坐了下來，同時又丟了一張給張一凡。

裴天旺的視線從未離開過顧瑜，他臉上的笑容漸漸凝固了，換了一副若有所思的神情：「妳以前是部隊的吧？」

顧瑜微微一愣：「你怎麼看出來的？」

「妳的果斷，還有就是，」裴天旺指了指顧瑜的右手，輕輕一笑，「這手，玩過槍的時間可不短。」

「是嗎，這我倒是沒注意。」顧瑜笑了，仔細端詳了下自己的手掌，「在特種兵部隊待過兩年。都差點忘了自己還有這檔子經歷了。」

「說笑了。」裴天旺的雙眉輕輕舒展開，若有所思地看著顧瑜和張一凡，「你們今天來找我有什麼事嗎？童小川那傢伙怎麼沒來？還有，上次跟你一起來的那個小跟班呢？他姓李，對吧，張警官？」

張一凡臉上的笑容不由得僵住了，輕輕嘆了口氣：「童隊出事了，被人捅傷，現在在住院，沒有生命危險，但是也夠嗆，要休息一段時間了。至於說李海警官，他出事了……」

裴天旺不由得臉色一變，喃喃道：「那天幼稚園門口的爆炸事故，據說死了一個警察，是不是……唉，真是太可惜了。查出來是誰做的沒有？」

「不知道。」張一凡沉聲說道。

「好吧，你們也不會隨隨便便來看我這個小市民的，有什麼需要我幫忙的，儘管說吧。我一定盡力而為。」裴天旺站起身，「跟我來吧。」

三人走進店內，裴天旺招呼了一下正趴在櫃檯上打遊戲的十八九歲模樣的男孩，示意他照顧一下店裡的生意，然後就直接來到後面的房間。

這是小型會客室，沙發茶几齊全，拉上玻璃門後，便與外面的店堂完全隔了音。裴天旺示意兩人坐在雙人沙發上，而自己則坐在對面，面對店內，目光時不時地朝外看一眼。

　　「這是我姪子，老家過來的，人很老實，平時幫我看看店。」裴天旺嘿嘿一笑，卻又忍不住長嘆一聲，「人老咯，漸漸地，就不如以前了。好了，說吧，有什麼需要我幫忙的。」

　　張一凡和顧瑜對視了一眼，隨即壓低嗓門說道：「我們需要找一把1975年至1978年左右的老的仿蘇聯TT1933/1935型54式手槍，配有子彈，懷疑來源地是南部邊境城市。」

　　裴天旺聽了，微微皺眉，想了會兒，說道：「我是聽說過有一些老的越戰時的槍支被當地老百姓撿到後，透過私底下的黑市渠道賣進我們國家的傳聞，有意思的是有些買家是軍迷，為了收藏用的，但是另一些，就不得而知了。」

　　「會不會牽涉到販毒？」顧瑜問。

　　裴天旺果斷地搖搖頭，小聲說道：「這不可能，販毒組織的槍支比這個先進多了。這種老式手槍我知道，如果保養不好的話，很容易卡住出事故，彈藥在槍管內爆炸也是有可能的，那些販毒的可沒那麼蠢。再說了，子彈也不好找。所以是收藏居多。但也不排除有人當初從越南戰場上下來退役後私下帶回來，本來是作為私人收藏的，不方便公開展示，所以根本就談不上什麼保養。」

　　「等等，槍支保養是需要專門的槍油的，而槍油在一般商家處是根本就無法購買的。」顧瑜說道。

　　「你說的沒錯，」裴天旺的目光落在了張一凡的身上，「所以我建議你

第九章　自我了斷

們先去查一下有誰是從對越自衛戰戰場退役下來的，我這邊呢也會幫你們打聽一下別的來源渠道，不過我覺得我這邊的可能性不會很大。」

「明白了。」張一凡和顧瑜站起身，道謝後告辭，走到門口，張一凡突然停下了腳步，轉頭問道，「裴老闆，有件事我想私底下向你請教一下。」

「當然可以，你說吧。」

「總感覺你和我們童隊關係不錯。」

裴天旺伸手摸了摸光禿禿的腦袋，笑了：「那傢伙曾經救過我的命，所以從那一天開始，我的命就是他的了。」

✦ 3

法醫辦公室裡，章桐正在伏案查看小九剛送來的剩下的幾張人像資料報告，正在這時，手機響了起來，因為顧瑜還沒回來，所以章桐對手機鈴聲特別敏感。

她習慣性地在拿手機的同時按下了通話鍵，電話卻並不是排程室打來的。對方的聲音帶著些許沙啞：「章法醫，是我，方梅，哦，不，陸曼，我想，妳們都已經知道了我的事了。能和妳談談嗎？我真的有很重要的事，我現在就在妳們警局後面的小巷子裡，這邊人不多，比較安全。」

章桐靠在椅背上，不滿地說道：「妳既然都已經到了警局門口了，我想，就不必這麼遮遮掩掩的了，對不對？而且，妳也知道我不可能什麼都不彙報就來見妳。因為妳的手中，已經有一條人命了。所以，我奉勸妳還是及早投案自首，明白嗎？」

話音剛落，電話那頭便傳來了一聲驚叫。

「怎麼了？出什麼事了？」章桐問道。

「沒事，沒事，我不小心摔了一下，這裡屋簷下的冰面好滑。」

章桐按下手機的錄音鍵，把它夾在肩頭，同時雙手飛快敲擊鍵盤，在電腦上向鄭文龍和刑警隊值班的左海傳訊息──陸曼出現，正在和我的手機通話，她聲稱此刻正在警局後面的巷子裡。

陸曼的聲音似乎有些遲疑，她頓了頓，又接著說道：「我承認，柯志恩是我殺死的，但是那並不是我的個人意願，我也是被人脅迫的。」

「妳為什麼要殺柯志恩？」為了幫鄭文龍和左海爭取更多的時間，章桐不得不刻意延長通話時間。

「因為，因為他知道了真相。」陸曼似乎下了很大的決心，喃喃地說道，「我對不起他，真的，那不是我願意去做的事，根本就不是。」

「那是妳哥哥做的？」鄭文龍他們大概也快到巷子裡了，章桐進一步追問道。

電話那頭傳來了一陣莫名的衣服摩擦聲。突然，陸曼開始變得語無倫次了起來，說話的口氣也充滿了哀求：「不，不，我錯了，我錯了，我真的錯了，請給我一次機會吧……」

「你說什麼？我不明白。」章桐不解地問道。

「我以後再也不敢了，真的再也不敢了，求求你，放過我吧，我還想好好活著……」陸曼的哀求突然變成了哭泣。章桐更是感到不可思議，因為自己剛才所說的話中，根本沒有對陸曼有過任何威脅的口吻和言辭。

正在這時，耳畔突然傳來一聲槍響，聲音幾乎震破了章桐的耳膜。而

第九章　自我了斷

陸曼的哭聲也隨之戛然而止。這一刻，章桐驚得目瞪口呆，半晌，她衝著手機連連叫道：「喂喂，陸曼，妳還在聽嗎？到底出什麼事了？陸曼，妳倒是說話啊……」

電話那頭只是傳來了凌亂的腳步聲和男人的說話聲，過了幾分鐘後，終於又有人說話了，是左海的聲音，充滿了遺憾：「章主任，陸曼，她自殺了。」

「你說什麼？」章桐簡直不敢相信自己的耳朵，「誰死了？」

「陸曼，她剛剛自殺了，就在妳電話中所提到的這個位置。主任，妳還是過來一下吧，我們要走命案程序了。」左海輕輕嘆了口氣，結束通話了電話。

＊　＊　＊

李曉偉剛擠下公車，走進警局的大院，迎面便遇到了門衛老王頭。老王頭吃驚地上下打量了李曉偉一番，隨即點點頭，笑著說道：「平安就好，李醫生福大命大，有後福啊。」

「託您的吉言。」李曉偉一邊說著，一邊在來客登記本上記下了自己的姓名、身分證號和聯繫電話，拿了一個出入牌後，便抬腿往裡面大廳走去，老王頭卻從身後叫住了他：「李醫生，你找章主任，對吧？稍等等吧，她出警去了。」

「哦？」李曉偉心中一緊，「又有命案了？」

老王頭伸手朝警局後院的位置一指：「就在後面的巷子裡，據說是一個女的開槍自殺了。」

李曉偉聽了，頓時心亂如麻：「沒事沒事，我去章醫生的辦公室門口等她。」說著，便匆匆走進了大廳，穿過大廳下了樓梯，繞過走廊，最終

在那張靠牆的長椅上坐了下來。此時，顧瑜正在準備打開捲簾門，她看到了李曉偉，先是驚訝，隨即笑著說道：「李醫生，你總算來了，沒事就好，前兩天都把我們主任擔心死了。」

李曉偉頓時鬧了個大紅臉，他擺了擺手，岔開話題道：「章，章主任什麼時候回來？」

顧瑜伸手指了指門外：「已經在倒車了，我在等屍體。」

李曉偉心中一緊：「誰死了？」

「陸曼，」顧瑜輕聲說道，「也就是方梅。據說是開槍自殺的。」

正說著，章桐的聲音便從捲簾門外傳了進來：「快把門打開！」

顧瑜趕緊按下捲簾門開關，門緩緩上升，露出了外面坡道上的景象。法醫現場勘察車的後門正對著捲簾門所在的位置，身穿警服的章桐站在車上，正在把黃色的裹屍袋往下挪。李曉偉看得很清楚——裹屍袋上那滲透的血跡異常刺眼。

屍體最終被放上了推車，章桐跳了下來，幫著顧瑜把推車推上坡道，推進了走廊。就在這個時候，她一抬頭，便看見了李曉偉。瞬間，空氣似乎凝固住了。

顧瑜識趣地把推車推進了解剖室，同時朝章桐招呼了句：「主任，我先做準備工作，妳休息下囉。」

此時，走廊裡只剩下章桐和李曉偉兩個人，她默默地看著李曉偉，目光複雜。李曉偉雖然站著，卻如坐針氈般難受，他不知道自己該如何開口，醞釀了半天，只是清了清嗓子，漲紅了臉，又立刻變啞巴了。

章桐上前幾步，來到李曉偉的面前，認真地看著他。突然，她迅速抬起右手，狠狠地衝著李曉偉的臉上摑了一記響亮而又清脆的耳光，弄得門

第九章　自我了斷

背後躲著偷聽的顧瑜嚇得渾身一哆嗦，趕緊縮了回去。

李曉偉被打愣了，左手下意識地捂著臉，結結巴巴地說道：「妳，妳為什麼，為什麼打人？」

章桐平靜地活動了一下右手，顯然是打痛了，她淡淡地說道：「我打你，有兩個原因：第一，那天晚上的話，以後不准在電話裡跟我說，所以，電話裡的不算數；第二，你拖到現在才來見我。」說完，她便頭也不回地轉身走進了解剖室，丟下李曉偉獨自一個人站在走廊裡時而發呆時而傻笑。

◆ 4

張一凡匆匆走進了解剖室，正準備換衣服的時候，顧瑜抬頭問道：「你在走廊上看見李醫生了沒？」

「哦，碰到了，他接了個電話出去了，說是臨時有點急事，以後有空再來。」張一凡答道，「對了，他走的時候特地給了我一個微型錄音機，說他把一些事情都回憶起來了，就用自己的備用錄音機都錄了下來，希望對我們有用。」說著，他笑嘻嘻地伸手拍了拍自己的口袋，「這傢伙腦子好使，顯然恢復得還算不錯呢。」

顧瑜感到有些失落，便轉頭對章桐說道：「主任，這就是妳的不對了，妳幹嘛一巴掌把人家給打跑了。」

「別胡扯，他可沒那麼嬌氣，」說著，章桐把手一伸，沾滿血汙的手套頓時在燈光的照耀下顯得格外刺眼，「腸剪。」

顧瑜趕緊從身邊的工具盤裡拿了把腸剪遞給她。

張一凡感到有些奇怪，便問顧瑜：「剛才出什麼事了？」

「沒事，一點私事而已，與工作無關。」章桐嘀咕道，她剪斷兩側子宮闊韌帶和寬韌帶的下緣，分離宮頸周圍疏鬆和結締組織，左手握住子宮和宮頸上提，右手換了把臟器刀在宮頸下切斷，將子宮、輸卵管和卵巢一併用力取出，放在一旁的器官盛放托盤上，逐一過磅，同時檢查直腸與膀胱，最後分離子宮。

房間裡誰都沒有再說話。張一凡勉強嚥了口唾沫後，便不得不把目光移向了門口，他實在不忍心看到這樣的場面。

章桐瞥了張一凡一眼，搖搖頭，接著便用尖頭手術剪從宮頸插入宮腔，至子宮底剪開子宮前壁，再向兩側剪至子宮角，形成「Y」字形切口。放下手術剪後，她停下了手中的動作，低頭皺眉看著托盤上的子宮內部，半天沒有說話。

「主任，」顧瑜小聲問道，「出什麼事了？」

「還記得我剛才吩咐妳在屍檢結束後要去做的化驗嗎，查人絨毛膜促性腺激素？那時候只是常規性質的化驗，但是現在，或許已經不那麼重要了，因為已經有結果出來了。」她伸手指了指外露的子宮內部，「從胎兒的身長、大致體重以及坐高來推斷，這個胎兒已經滿12週了。」

張一凡吃驚地看著章桐：「她懷孕了？」

章桐點點頭：「是的。」

「她會不會知道？」張一凡緊張地追問道。

「一般來說3個月對於孕婦來講，雖然體型還不一定能夠馬上顯現出來，但是卻已經可以明顯感覺到身體的變化了，只是，」顧瑜轉頭看著解剖臺上躺著的陸曼，不可思議地搖搖頭，「明明知道自己有可能懷孕了，

第九章　自我了斷

她又怎麼會選擇自殺？」

章桐指了指托盤：「固定證據，送去化驗，查出 DNA 後，看孩子的父親是誰，是不是柯志恩。」

接著，她便轉向張一凡說道：「現場所發現的 54 式手槍正在痕檢那邊做彈道測試，彈頭和彈殼都找到了，相信最終也能匹配上。我也檢查過死者的右手，上面有明顯的槍支扳機印痕，而手上、衣著上的射擊殘留物檢驗也呈現出了陽性。死者的死因是近距離槍彈創，子彈貫穿死者的心臟左心室，是典型的貫通性槍彈創，有完整的射入口、射創管和射出口。射入口圓形中心組織缺損，不能合攏，射入口附近皮膚伴有明顯的火藥斑紋，缺損邊緣則分布著一圈汙穢黑褐色環形帶，這是因彈頭旋轉擦蹭導致的皮膚挫擦傷。射創管呈直線貫穿身體。射出口位於後背左側 12.3 公分處，創源皮膚外翻，有明顯的皮膚挫碎、出血。除此之外，皮膚表面無其餘改變。」頓了頓，她又說道，「而死者的體內器官，經過檢驗，並無其他病症，除了懷孕 3 個月。」

張一凡突然問道：「死者的隨身物品現在在哪？」

「送去歐陽那裡了，他們需要提取證據。」章桐話音未落，張一凡便匆匆告辭向門外走去。

顧瑜想了想，便衝著章桐小聲嘀咕道：「那個李醫生，他沒事吧？」

章桐嘴角劃過一絲笑容，輕聲說道：「放心吧，李醫生好著呢。」她伸手指了指解剖臺，「下面就交給你了，我還有一些身分鑑識圖，需要加班核對一下以前的卷宗。」

「放心吧，主任，有事去檔案室找妳，我記著呢。」顧瑜頭也不抬地說道。章桐便脫下一次性手術服、口罩、皮裙和手套，隨即離開了解剖室。

＊　＊　＊

　　李曉偉是接到顧大偉的電話才臨時打定主意離開警局的。如今，他的車丟了，薪水微薄也不可能馬上買新車，而老同學顧大偉這幾天比較空閒，便時不時地順道接送他一程。

　　顧大偉看見李曉偉的時候，不由得驚呆了，那張嘴直到李曉偉鑽進駕駛室，都沒有來得及合上。

　　「好了，別瞪著我了，不就是捱了人家一記耳光嗎，沒什麼大不了的。」李曉偉心有不甘地說道。

　　「誰打你的？不會是章醫生吧？」顧大偉一邊開車一邊笑瞇瞇地說道，「你可是剛死裡逃生啊，老同學。難不成你對人家非禮了？」

　　「我絕對不會那麼做。」李曉偉的臉色頓時沉了下來，「我想，她只是太擔心我了吧，而我回來後又沒有及時和她聯繫。」

　　「哎，老同學，說到那天晚上，你還真是命大。」趁著等紅燈的間隙，顧大偉忍不住長嘆一聲，扶住方向盤，若有所思地說道，「我還真的以為你沒命了呢。」

　　李曉偉看了他一眼：「我的命很硬的，一時半會兒死不了。」

　　顧大偉不由得啞然失笑：「是嗎，老同學，命數這個東西，可是不能亂說的。」

　　「對了，大偉，今天你怎麼正好在警局附近？」李曉偉問。

　　紅燈熄滅，綠燈亮起，顧大偉鬆下手剎，踩油門通過十字路口，把車開上了交流道，「哦，是這樣的，我正好去見個大客戶，經過警局，尋思著你大中午的，八成又去找那年輕漂亮的女醫生談心了，便打個電話給

第九章　自我了斷

你，問問需不需要用車，順便送你一趟。老同學，夠意思了吧？」

李曉偉點點頭：「謝啦，大偉。」

「接下來我們去哪？」顧大偉問。

「養老院。」李曉偉羨慕地看了眼車內精緻的配置，「你這車啊，不到二十分鐘就可以到了，一個來回外加談話的時間兩小時絕對沒問題。」

「養老院？」顧大偉不解，「誰在那個養老院？」

「陸言、陸曼兄妹倆唯一在世的伯父，我才知道這事。」李曉偉看著車前方不斷移動的路面，小聲說道，「我想，他或許會對陸言的身世有一定的了解吧。」

原來，剛才在走廊裡的時候，小九正好來找章桐，因為心裡忌憚解剖室內略帶血腥的一幕，小九便把剛查到的有關陸言、陸曼兄妹倆目前的家裡親戚情況報告交給了李曉偉，並一再囑咐李曉偉要面交章桐，然後就逃也似的離開了。

李曉偉只是翻看了兩頁，便再也按捺不住了。正在發愁該怎麼去的時候，突然接到了顧大偉打來的電話，他自然是不會願意放棄這個機會的。

車窗外，午後的陽光充滿了陣陣的暖意。李曉偉順手打開了車裡的收音機，電臺裡正在播放最近的天氣預報，女播音員的聲音略帶沙啞：……傍晚起，短時陣風4到5級，有少量降雪，夜間直至凌晨，市區三縣降雪範圍擴大，雪量中到大，並同時伴有7到8級大風……

真是看不出來啊，明明是陽光明媚的日子，一場暴風雪卻不遠了。想到這裡，李曉偉不由得一聲長嘆。

車快開出城市的時候，顧大偉突然問道：「老同學，今天警局後面的前宋巷裡是不是出了什麼命案？」

「是啊，聽說是陸曼，她開槍自殺了。」李曉偉惋惜地說道。

「陸曼？」顧大偉臉色微微一變，他腳下本能地一個急煞車，後面一輛本田差點就撞了上來，後面紛紛開過的司機不停地猛按喇叭表示不滿。而顧大偉卻全然不在乎，他只是轉身看著李曉偉，吃驚地問道：「真的？陸曼死了？」

李曉偉點點頭，同時也有些詫異地反問：「大偉，你怎麼這麼緊張？」

顧大偉繼續開車，看著車前擋風玻璃外的目光中充滿了落寞，「不是緊張，是感到意外和震驚，太年輕了。對了，她是怎麼死的？」

「聽說，是開槍自殺。」李曉偉若有所思地看著他。

顧大偉卻面無表情，只是嘴裡隨意地應付了句：「哦，是這樣啊，唉，太可惜了。」便不再說什麼了。

漸漸地，李曉偉注意到車窗外景色移動的速度越來越快，自己所乘坐的這輛車的馬達發出了低沉的轟鳴聲，儀表板上的數字達到了120，而顧大偉的臉上依舊看不出任何表情。

他剛欲開口，車速卻又漸漸慢了下來。

「這新車，手感還挺不錯的。」顧大偉自言自語地說道。

「有菸嗎？」李曉偉問，這次差點在海裡丟了性命，爬上岸的他竟然重新撿起了大學裡的這個壞習慣，「我需要提提神。」

顧大偉撲哧一笑，騰出右手在口袋裡摸了一會兒，再次伸出口袋的時候，手裡已經多了一包空了大半的香菸盒，他隨手丟給李曉偉，大方地說道：「留著慢慢抽吧。」

第九章　自我了斷

✦ 5

　　市警局檔案室裡，章桐已經翻開了第三個紙箱，這是八個死者中的最後一位，死的時候才過門沒多久，是個新娘，叫王美月。相片中是一個年輕的女人，長得很漂亮，死因是在家中上吊自殺，發現時，屍體已經完全僵硬。

　　看著手中一張張不同角度的屍檢照片，章桐的心情是異樣的。雖然相片中的死者已經去世多年，但是透過屍檢報告中一個個冰冷的文字，案發現場依舊可以歷歷在目。

　　不出所料，報告仍然是父親寫的，最後結尾時那個小小的問號也格外明顯，似乎，這是除了案發時間接近和地點相同外的八個人之間唯一的關聯。看來父親也是心中有了懷疑，那就好好看看吧。章桐一邊在心中自語，一邊揉了揉發酸的脖子，打起精神，集中注意力開始在筆記本上記錄自己所看到這個案件中的每一個要點。

　　第一，屍體發現的位置和時間不合常理。案發時間是在陸家血案後的第三個月，死者住在巷子的東頭，離陸家血案案發點還有一定的距離，但是卻和陸言、陸曼的母親胡豔的情人呂晨之間有著叔姪女的血緣關係。發現屍體的那天，下著很大的雨，死者的屍體是在臨街的小吃鋪樓上被人發現的，而樓下，始終都在正常營業，來往的客人很多，店裡那時候還沒有監控，所以小吃鋪的老闆也並不清楚死者為什麼會突然選擇在自家店鋪樓上存放食品原料的雜物間裡上吊。如果不是因為麵粉用完了，他不得不親自上樓去取的話，還真不知道什麼時候才會發現死者的屍體。而死者與案發地點的小吃鋪老闆之間並沒有任何瓜葛。所以，「吃著小吃突然想死也就就近找個地方上吊死了」的傳聞根本就不可信。

第二，屍體上一些無法解釋來源的痕跡。結合現場相片來看，死者屬於典型的完全性縊死，軀體徹底懸空，而繩套是掛在房梁上的，墊腳顯然是那幾袋被踢歪了的麵粉，繩套的主要著力部位在頸前部。從屍檢相片看屍體的顏面部位，青紫腫脹，眼瞼伴有明顯出血點，索溝位於甲狀軟骨下方。而頸部骨折則表現在甲狀軟骨，環狀軟骨呈現縱向骨折。再看顱內解剖方面，腦組織腦膜淤血明顯，並且伴有大量出血。

也就是說，屍檢方面不排除死者是被勒死後懸掛的。父親在下方備注：到現場時，屍體已經在地上呈現仰臥狀，據說是被發現屍體的人取下，所以，很多直接證據已經遺失。結尾處同樣打了一個重重的問號。

第三，死者社會關係。據調查，死者教育程度不高，在街道小廠工作，平時收入一般，丈夫得了一場重病，家境比較窘迫。而死者雖然剛過門沒多久，但複雜的社會關係卻盡人皆知，尤其是男女關係，順理成章便成了街頭巷尾的談資。死者在出事前沒多久，突然開始大方起來，重病的丈夫也被送往了最好的醫院治療。街坊鄰居都說一個作風不正派的人突然有錢的話，那必定是出賣自己換來的。所以很快，當死者自殺的消息傳出來的時候，大家也都自然而然地理解為死者是受不了社會輿論，從而選擇自殺了事。

或許在社會輿論方面，這似乎是再正常不過的事，但是如果把她放在八個人之內，那就明顯有問題了。

聯想起前面幾個人屍檢相片中所表現出的異樣，章桐把這次的相片鋪滿桌子，然後用隨身帶的放大鏡仔細查看起來。果然，無論是胸口的痕跡，還是喉頭幾乎被忽視的由淺至深的肘部壓痕，與前面的幾個案子相比，幾乎是出現在差不多的位置上，由此可以大膽推斷，在凶手的絞殺式襲擊後，死者陷入昏迷，而頸部的水平索痕就是行凶者把她勒死的直接證

第九章　自我了斷

據，隨後再以懸掛的方式來偽裝自殺現場。死者的後頸部索痕之所以沒有出現交錯，可以理解為懸掛時間不夠充裕，因為凶案現場畢竟是在小吃鋪子的樓上，如果動靜太大，有可能就會引起鋪子老闆的警惕，從而上樓查看，到時候如果死者留下一口氣的話，自己就必定會被抓。故此，只有把對方直接勒死，由自己完全掌控案發的時間，才能順利掩蓋下去，最終成功脫身。

想到這裡，章桐在筆記本上寫下了一行字──最先發現屍體的人，然後在旁邊像她父親那樣重重地畫了個大問號。

「還差最後一個。」章桐長長地出了口氣。

正在這時，歐陽工程師出現在章桐的面前，他隨手拖了把椅子坐了下去，然後把手中的 DNA 報告放在桌子上，神情沮喪地嘀咕道：「庫裡沒有比對成功。」

「這是情理之中的事，不必過於生氣。」章桐一邊打開 DNA 報告，一邊平靜地說道，「說明這個人還沒有被我們警方打擊處理過，範圍自然就縮小了一部分。」

「也不是那死了的調音師的。」歐陽愈發有些不滿。

章桐頓時明白了歐陽工程師異樣的神情，笑了：「我說歐陽大叔，現在的年輕人，你是無法用那個年代的道德標準來衡量的。」

「總之，這種還沒有結婚就鐵定要人家稀裡糊塗當爹的女人，我可接受不了。」

誰都知道歐陽工程師家有個已經到了結婚年齡的兒子，所以言語之間自然對這種事就特別敏感。對此，章桐只能一笑了之，也不好多說什麼。

「從報告中只能看出是個年齡在三十五歲到四十歲之間的成年男

性……等等，歐陽，還有一個資料庫，你們查了沒有？」章桐問。

「什麼資料庫？」

「警局系統的。」

歐陽聽了，點點頭：「我怎麼可能忘了這個。」

章桐不禁皺眉道：「這就怪了，她說要找我談事，被我拒絕後，又不願意自首，然後大庭廣眾之下選擇開槍自殺，而且知道自己已經懷孕的可能性又非常大，這，該怎麼解釋？」

歐陽看著她：「那把槍，妳知道嗎？彈道測試出來了，還有火藥成分的鑑定，和殺害阿妮塔的是同一把槍。並且，」說到這裡，他從口袋裡摸出筆記本，翻到那一頁後，轉到章桐面前，「這是小張那傢伙要我查詢的本市範圍內曾經參加過對越自衛反擊戰的退伍老兵名單，妳看看，排第一的，是誰？」

「陸天麟？」章桐不解。

「目前在榮軍養老院。小張已經帶人去了，這邊的事暫時由阿龍負責。」歐陽長嘆一聲，「如果這個陸天麟承認了這把槍是自己當年從戰場上私自帶回來的話，那他就必須對這三條人命負責了。」

「三條？」章桐突然明白了，這第三條當然指的是陸曼腹中的才滿3個月的胎兒。

第十章　同學

第十章　同學

「我想，他完全敢這麼做，因為他準備多年的計畫已經被我們徹底打亂了，確切點說，是被陸曼的自殺給打亂了。兔子急了都會咬人，此刻的他，什麼都做得出來。」

◆ 1

榮軍養老院位於市區以東的裡湖邊上，有別於市內的另外一些養老院，這裡專門設有榮軍分院，專門收治傷殘軍人和對孤寡烈屬進行康復治療和臨終關懷。

因為沒有子女，陸天麟退休後就一直在榮軍分院養老。他只有一條左腿和一條右手臂，但是年近七旬卻依舊保持著每天在院裡鍛鍊身體的習慣，除此之外，在一天中剩下來的時間裡，他就獨自一人坐在窗邊，默默地看著窗外發呆。似乎這一刻的他，儼然已經成了一副沒有靈魂的軀殼。

顧大偉因為公司有事，所以把李曉偉在門口放下後就開車離開了。隨即，李曉偉便走進養老院，在辦理了一系列訪客的必要手續後，護理師帶著他穿過長長的走廊，走進病人休息區。

這是一間100平方公尺左右的大房間，乾淨的地板，整潔的房間，空氣中充斥著一股暖意，這讓剛剛從寒冷的北風中鑽進屋裡的李曉偉心中倍

感溫暖。

　　只是每扇窗戶都無一例外被裝上了不鏽鋼防護窗。

　　護理師知道李曉偉的著名心理醫生身分，估計他是上級部門派來暗訪醫院工作效率的，便對他格外用心，此刻注意到了他目光中的疑惑，尷尬地清了清嗓子，解釋道：「是這樣的，李醫生，你別誤會，我們這裡其實並不是一個精神病院，至於說為什麼裝上這些鐵條，也是無奈之舉，因為發生過好幾次病人外逃的事故，讓院方很是頭痛。」

　　「外逃？」李曉偉沒弄明白。

　　「我們這裡的病人中有很大一部分人深受精神疾病的困擾，但是因為他們已經沒有直系親人在世了，所以按照規定由國家管理，醫療條件是可以得到保障的，但是這精神方面，卻真的是不好說了，更別提有些人是從戰場上下來的，PTSD 不同於感冒發熱，伴隨一輩子也是有極大可能的。」年輕的小護理師認真地看著李曉偉，「就說你今天要見的陸老先生吧，雖說平時看上去很正常，但是關鍵時候，……唉，真的不好說。」

　　「他得這個病有多長時間了？」李曉偉問。

　　「有好幾十年了，一直斷斷續續地沒有好過，尤其是前幾次的探訪過後，腦子糊塗的次數就越來越多了。上週的時候還翻牆跑到後面的假山上，說什麼要『占領有利地形』，就剩下一條腿一個手臂了，還這麼折騰。」小護理師沮喪地伸手指了指，「喏，就在靠窗的那張安樂椅上坐著呢，這是每天他除了定時鍛鍊身體以外，唯一會幹的事了。」

　　李曉偉心中一動，問道：「探訪？」

　　小護理師點點頭，湊上前小聲說道：「以前每隔一兩週就有人過來探望他，說是他的遠房姪女，半年前的時候，有個男的來過，來了沒幾次，

第十章　同學

可是停留的時間卻比較長，有一次談了整整一個上午。最近一次對方回去後，陸老先生當天晚上就發了病，在院裡大吵大鬧，吵著要離開榮軍院，後來院長實在沒辦法，就只能幫他注射了鎮靜劑。這件事才算平息下去。」

姪女想必就是陸曼，男的又是誰？會不會是陸言？想到這裡，他便問道：「那個男的，你有印象嗎？」

「我是下午班，他基本都是早上來，所以根本就沒機會碰面，不過等下我可以幫你翻一下紀錄，你結束探訪出來的時候，可以來找我。」小護理師微微一笑，雙手插在護理師服口袋裡，轉身離開了。

李曉偉穿過房間，直接來到窗邊，隨手在邊上拉了一張凳子，放在陸天麟的安樂椅邊坐了下來。

「陸老，您好啊！」李曉偉一邊說著，一邊順著他的目光朝窗外看去。此刻，天空陰沉沉的，已經布滿了烏雲，眼見到便要下雪了。

陸天麟沒有吭聲，依舊一動不動，神情專注地看著窗外。

李曉偉轉頭看著他，柔聲說道：「陸老，您的姪女陸曼委託我順道來探望您。」

果然，聽到「陸曼」的名字，老人渾濁的目光終於有了一絲轉動，他緩緩轉頭，看著李曉偉，聲音沙啞：「小曼，她怎麼沒來？」

「她有事，所以委託我來看您，我是陸曼的朋友。」李曉偉語氣愈發柔和。

「是這樣啊，那她什麼時候來？」老人依舊緩慢地說道。

「下週，她一定來。」

過了一會兒，老人又轉頭問，聲音依舊是那麼沙啞低沉：「小曼呢？她怎麼沒來？」

　　「她有事，下週一定來看您。」李曉偉突然感到一陣悲哀。

　　老人想了想，似乎有些記不起來了，努力了一會兒後只能放棄，抬頭問道：「你是……？」

　　「我是陸曼的朋友，陸曼沒空，特地委託我前來探望您。」

　　李曉偉又一次重複了剛才的回答，此刻，他的心中突然有些發顫，因為結合剛才複讀機一般的談話，從老人的臉上已經可以很清楚地分辨出阿茲海默症的跡象。

　　阿茲海默症是一種起病隱匿的進行性發展神經系統退行疾病，患者不僅認知能力和生活自理能力下降，出現行動障礙，更主要的是，將會引起憂鬱症或者焦慮症一類的併發症。從剛才那一刻可以看出，老人的記憶時間已經超不過五分鐘了。

　　「陸老，跟我說說陸曼的哥哥陸言，好嗎？」李曉偉問道。

　　「小言？你說的是小言？」老人伸手抹了抹眼眶，搖搖頭，「小言已經死了，早就已經死了，都好多年了。」

　　李曉偉從懷裡摸出一塊乾淨的手帕，伸手幫老人擦去突然奪眶而出的淚水，然後輕聲說道：「陸言已經死了，對嗎？」

　　老人緩緩看向李曉偉，目光茫然而又空洞：「陸言在我妹妹去世的第二年就死了，埋在老屋的後頭。」說完這些後，便又慢慢轉過頭去，繼續看著窗外灰濛濛的天空，陷入了沉思。

　　李曉偉心中一驚，老人什麼都不記得，包括自己五分鐘之前所說的話，但是唯獨陸言的死，卻記得那麼清楚。也就是說這是一遍又一遍在他

第十章　同學

　　腦海中被固定的映像記憶，只要有人問起「陸言」這個名字，映像記憶就會被啟用，就像條件反射一般，儘管老人本身或許已經完全不知道這個記憶對他來說到底意味著什麼了。

　　可是李曉偉並不甘心，惴惴不安地輕聲問道：「陸老，您還記得我是誰嗎？」

　　老人沒有任何回應。

　　又等了好一會兒，還是沒有回應。李曉偉死心了，他沮喪地站起身，走出了房間。走廊裡，一位中年男醫生正在等他，剛才的小護理師站在他身邊，見李曉偉走出來了，她對中年男醫生低語了幾句便離開了。

　　男醫生迎了上來：「你好，我姓史，你是第一醫院的李醫生對吧？」

　　李曉偉點點頭：「你好，史醫生。」

　　兩人一起緩步走出走廊。

　　「史醫生，陸老就沒有在世的親人了嗎？」李曉偉問。

　　史醫生長嘆了一聲：「據說他有個兒子，可惜的是很年輕的時候就離家出走了。這些年來，陸老一直都在尋找，卻怎麼也找不到。」

　　「是不是出什麼意外了？」

　　史醫生搖搖頭：「不知道，我聽送他來的人說，好像是鬧了什麼矛盾，被父親打了吧，年輕人，脾氣暴躁一點也是很正常的，只是沒想到父親老了，也不管了，真是的，唉！」

　　「那你們跟派出所聯繫過了嗎？」

　　「當然了，可惜的是一直都沒有下落。」史醫生不無遺憾地說道。

　　「對了，史醫生，請問下陸天麟老人這樣的症狀是從什麼時候開始

的？」李曉偉問。

「以前還不嚴重，只是自從半年前那個男的來了以後，就變了，他每來一次，老人的情緒就波動一次，而且情況越來越不樂觀。」史醫生長嘆了一聲，「在這之前，他還只是初步的症狀，我們用簡單的藥物控制，效果還是很不錯的，可是那男的來了以後，一切就都改變了。我們什麼工作都白做了。而最後那次，就更讓人無法理解了。」

「那他們談了些什麼，你知道嗎？」

史醫生搖搖頭：「他們是在老先生的房間裡談的，老先生在這裡有一個單獨的房間，放了很多從家裡帶來的東西。」

見李曉偉一臉的不解，便苦笑道：「你想想，從我們這裡出去後就是直接去火葬場了，老人都不會回家了，那些家裡的東西，陪了老人一輩子，當然是要帶到我們這裡來了。」

李曉偉心中一動，問道：「他帶的什麼東西，你們院方了解過嗎？」

「我們這裡不是監獄，老人可以帶任何他們自己想帶的東西，我們是不會過問的。」史醫生平靜地說道。

兩人來到大廳接待處，這時候，那個小護理師已經找出了登記簿，翻到要找的那一頁，然後遞給李曉偉，伸手指了指：「最近的一次登記紀錄就是這頁第三個，那人的簽名和手機號碼。」

李曉偉一邊看，一邊順口問道：「有監控影片嗎？」

「沒有，我們這邊最多保留3天，剩下的就被覆蓋了。」

雖然沒有影片，但是光看這個字跡，李曉偉就已經震驚不已了，名字是假的，電話號碼也是假的，但這特殊的帶有顏體轉角的字跡，李曉偉是清清楚楚記得的。他掏出手機，拍下了牆上陳列欄裡陸天麟老人的相片。

第十章　同學

　　旁邊的簡介上寫著他是整個榮軍院裡最優秀的鍛鍊標兵，並且號召大家向他學習。

　　身旁走廊裡走出一位推著清潔車的工人，李曉偉轉頭問先前的小護理師：「這是你們院裡的清潔工嗎？」

　　小護理師點點頭：「張阿姨，人不錯，對病人態度也很好。」

　　「我能和她談談嗎？」李曉偉笑瞇瞇地說道，「我的報告裡或許會用得到。」

　　「當然可以了。」小護理師伸手把那位清潔阿姨叫了過來。在簡單介紹過後，張阿姨有些拘謹，但是李曉偉和顏悅色地幾句話就徹底打消了她的顧慮。

　　「和我談談那位陸天麟老先生，可以嗎？」

　　「你說的是那個愛偷偷摸摸玩玩具槍的怪老頭吧？」張阿姨笑了起來，爽朗的笑聲灌滿了整個大廳，引得眾人紛紛側目，李曉偉趕緊把她拉到一邊的休息室去了。

　　再次回到大廳的時候，靠門的地方傳來了幾個護理師驚喜的聲音：「下雪了……下雪了……是啊，越下越大了呢……」

　　李曉偉突然想起在來的路上，無意中在車內聽到的天氣預報，那時候車外還是豔陽高照，照在人的臉上感覺暖暖的，可是誰又能想到今夜就將會有一場暴風雪呢？

　　他信步來到窗邊，朝屋外看去，飄揚的雪花中，一輛警車由遠至近穿過林子，最終在養老院的門口停了下來。李曉偉認出了正要下車的張一凡，便趕緊推門迎了出去，攔住了張一凡。

　　「我都問清楚了，今天必須趕在暴風雪來臨之前回去。」

張一凡點頭：「快上車吧，李醫生。」

警車順著來時的路飛速駛離了榮軍養老院。

此時，到了服藥的時間了，小護理師手捧著裝滿小藥瓶的托盤走進病員休息室，卻無意中發覺靠窗那張特殊的椅子上空空蕩蕩，陸天麟老人不知何時已經不在他的位置上了。

✦ 2

市警局三樓的辦公室裡，鄭文龍正在逐項記錄網路上用嗅探甲蟲程式所捕捉到的所有疑似陸言的行動軌跡，只要對方登入過一次自己的幾個相關帳號，嗅探甲蟲就會一概把IP帳號收入囊中，並記下登入的時間。

在電腦旁，鄭文龍小心翼翼地夾著一張阿妮塔的相片，這是他從她的電腦中列印出來的，相片的背景是海邊，天空很藍，她光著腳站在海水裡，海風吹起她的頭髮，這個漂亮的異國女孩笑得很開心。有時候突然看到相片中她明亮的眼神，鄭文龍就會有種錯覺，好像她正坐在自己對面一樣，和那晚一樣穿著同樣的紅色羽絨服，目光中閃爍著亮晶晶的東西。以前和阿妮塔交流，他怎麼都不會想到自己有機會和她見面，雖然只是匆匆一面，鄭文龍卻很清楚，自己這輩子都無法忘記這個年輕而又正直的女孩了。

突然，嗅探甲蟲發出了警報訊息，鄭文龍頓時緊張了起來，這表明對方正在上傳東西，點對點傳輸，送達地址是「暗網」。他飛快地敲擊著鍵盤，試圖看清楚對方到底想做什麼，終於，透過後門，鄭文龍看到了對方正在上傳的東西，心頓時提到了嗓子眼──「暗網」平臺上的人口販賣網

第十章　同學

　　訊息裡竟然跳出了一個新的拍賣公告，對方標註著──年輕性感而又睿智的東方職業女性，競拍底價 1 萬 BT 起。下面的詳細分類裡寫著──女，未婚，身高 5 英呎 8 英寸，皮膚白皙，典型的東方女性，性格溫順⋯⋯接著出現的，便是兩張相片，一張是半身照，而另一張則是偷拍的全身照。相片中的女人，正是章桐。

　　才上傳不到十分鐘的時間，就已經有人開始競拍，數字在不斷變化，而截止時間是上傳後的 120 小時，鄭文龍頓時如坐針氈。他聽說過這種拍賣人口的方式，也就是說只要對方在規定的時間內出價合適，那麼後面的發展就是可想而知的了。

　　但是他根本就沒有辦法阻止這場可怕的拍賣。

　　鄭文龍猛地拉開身後的椅子，一手抓起自己的平板，轉身就跑下樓，直接衝去法醫辦公室。撞開門的剎那，看見屋裡空蕩蕩的，一個人也沒有，他的心頓時懸到了嗓子眼，轉身跑了出去，在走廊裡大聲地喊著：「章主任，妳在哪？章主任，我找妳有急事！」

　　顧瑜聞聲從解剖室探出了頭，伸手指了指後面：「主任去了歐陽工程師那裡，你可以打她手機的⋯⋯」話音未落，鄭文龍便跌跌撞撞地趕緊跑出了走廊。邊跑邊從口袋裡摸出手機，撥通了章桐的電話，剛接通，他便已經跑到了痕檢實驗室門口，透過玻璃一眼就看到了坐在實驗桌旁的章桐和歐陽工程師，便掛了電話，氣喘吁吁地說道：「主任，主任，從現在開始，妳不能離開警局，我們不解決這個問題，妳一步都不能離開，需要什麼東西，我馬上通知刑警隊的兄弟去妳家拿。記住，妳一步都不能離開，不然就危險了！」

　　章桐愣住了，不禁和歐陽工程師面面相覷，摘下護目鏡，笑著問道：

「鄭工，你不要這麼慌張，有事慢慢說，我們總能解決的。」歐陽在一旁猛點頭附和道：「是的是的，沒有過不去的坎，年輕人，不要這麼……」

「別給我灌雞湯，都什麼時候了。章主任，妳知道嗎，就在幾分鐘前，」鄭文龍瞄了一眼手中的平板，趴在玻璃上大聲說道，「確切點說是 8 分 21 秒前，有人把妳的詳細個人資料包括最近的相片，通通上傳到了『暗網』人口販賣平臺，現在已經進入拍賣競價時間，我們只有不到 119 個小時的時間了，必須馬上找到那傢伙，並且上報，同時用他的電腦終止和撤銷拍賣，妳明白嗎？除此之外，我們什麼辦法都沒有。」

「拍賣？為什麼要拍賣我？」章桐不解地問道。

歐陽工程師臉上的神情突然嚴肅了起來：「等等，我聽說過這個，不過目前在國內應該還沒有發生過類似的案子，但是在國外，卻已經發生過好幾次。我聽外事部門的人說起過他們那邊至少有 3 個年輕女學生至今下落不明，當地警察懷疑就是在『暗網』上被拍賣了。誰這麼大膽，敢在『暗網』上直接拍賣警察？」

鄭文龍焦急地說道：「不管怎麼樣，章主任，妳千萬不能離開局裡，一步都不能離開，我就不信了，他敢到警局來行凶！」

章桐和歐陽工程師走出實驗室，來到走廊上，這時候，李曉偉在一旁已經待了有段時間了。

「我想，他完全敢這麼做，因為他準備多年的計畫已經被我們徹底打亂了，確切點說，是被陸曼的自殺給打亂了。兔子急了都會咬人，此刻的他，什麼都做得出來。」

聽了這話，章桐的嘴角不禁微微上揚，她看了李曉偉一眼：「你怎麼就這麼確定陸曼是自殺的？你又沒見過她的屍體。」

第十章　同學

　　李曉偉伸手從口袋裡摸出了一塊手帕和一包香菸：「我想，這就是你們要的證據，手帕上是陸天麟老人的DNA證據，而這包菸的外包裝上，除了我的指紋，就是顧大偉的，我的指紋你們系統裡有。我目前沒有辦法得到顧大偉的DNA，但是他的指紋應該對你們有所幫助。」

　　歐陽工程師點頭：「這確實是個機會，因為給那把老式54式手槍上子彈的時候，需要將子彈從彈夾處的缺口向後推入，同時向下壓，再塞入彈夾，向後拉套筒，完成上膛。而這些動作，戴著手套是沒有辦法完成的。」

　　「歐陽工程師，那會不會子彈本來就在裡面？」一旁跟出來的小九忍不住插嘴問道。

　　歐陽狠狠瞪了他一眼：「看來我得找時間和你的槍械老師好好談談了，你這傢伙當初到底是怎麼畢的業，子彈能一直在槍裡待著嗎？」說著，他從口袋裡摸出了一副手套戴上，這才小心翼翼地接過手帕和菸盒，衝著李曉偉點點頭，「謝了，李醫生。結果出來後我隨時通知你們，你們就可以抓人了。」

　　張一凡靠牆站著：「沒事，顧大偉跑不了，我安排了兩個人一直在他公司樓底下盯著呢。」

＊　＊　＊

　　大家散去後，章桐和李曉偉一起站在走廊上，此刻，窗外已經颳起了猛烈的北風，大雪漫天飛舞，李曉偉苦笑道：「還算幸運啊，我趕得回來。」

　　章桐轉頭看著他：「為什麼說幸運？你在養老院那兒也不急著回來啊。」

「我不放心妳。」李曉偉看著窗外的大雪，喃喃說道，「尤其是當我發現到底是誰拿了那槍以後。」

「你是說，你已經找到槍原來的主人了？」章桐問。

「是的，他就是陸曼和陸言的伯伯陸天麟，也就是陸成鋼的哥哥。他是當年參加過對越自衛反擊戰的退役老兵，我想，那時候的槍支管理制度由於戰爭的緣故而不是那麼嚴格，所以在退役的時候，陸老便私下藏了這樣一把槍和一些子彈。但是因為內心的不安和嚴重的戰爭創傷後遺症，或許還有別的什麼原因吧，比如說他因為弟弟的事而深感自卑和煎熬，所以，這把槍便一直都只是被老人藏著，並沒有拿出來。直到半年前的某一天，有人出現在了他的面前。」李曉偉的目光若有所思。

「你是如何確定老人把這槍給了別人？」

李曉偉輕輕一笑：「陸老住在榮軍養老院裡，這些人沒有直系子女後代，簡單來說就是活著進去，或許就是死了才會出來了，所以，養老院的房間就相當於是他們自己的家。院裡有個清潔工，姓張，五十歲不到的年紀，專門負責幫陸老所住的樓層打掃房間，我問起過她那天那個男的最後一次來了以後，除了陸老的情緒徹底被改變以外，陸老房間裡是不是少了什麼東西。結果她告訴我說確實是少了，少了一個盒子，鐵質的，裡面裝的是一把槍的模型，她曾經因為好奇而在打掃房間時偷偷打開確認過。因為誰都知道陸老當過兵上過戰場，所以她就理所當然地認為這是陸老買的玩具，也不止一次私底下看見陸老一個人的時候會偷偷拿出來看，但是隻要她一進去，老人就會立刻把它藏起來。她再三向我提到了『玩具』兩個字，卻又一再表示，實在是太像了，我估計她是沒有見過真槍，如果見過真槍和子彈的話，我想，她就可能再也笑不出來了。」

第十章　同學

「而那次探訪結束後，陸老的情緒就出現了非常大的波動，煩躁不安，在養老院裡大吵大鬧，逼得院方不得不給他使用了鎮靜劑，但是誰都沒有想到，從此以後，陸老的記憶徹底出現了斷層，他本來的戰爭創傷後遺症轉化為嚴重的腦部病變，我見到他的時候，他已經誰都不認識了，唯獨記得陸曼和陸言。一天中除了沿著大院進行固定的長跑外，陸老就是坐在那兒看著窗外，直到天黑去睡覺才結束。長跑是他一生中唯一留下的固定記憶。」李曉偉感慨地說道，「老人對現在身邊所發生的事，最長的記憶卻已經不超過五分鐘了。那個清潔阿姨在我的要求下又去了陸老的房間，在原來的位置找那個鐵盒，不出所料，鐵盒不見了。」李曉偉轉頭，目光輕柔地落在章桐的身上，「所以，我可以斷定，是他的出現，直接導致了後面的事情發生。」

「他？」

李曉偉搖搖頭：「除了能證實他去過養老院不止一次以外，別的，我到現在還沒有辦法求證。對了，能確定陸曼是自殺嗎？」

「可以，沒有證據能證明她是被殺。只是可惜了她肚子裡的孩子。」章桐說道。

「那找到孩子父親了嗎？」

「DNA出來了，但是沒有和庫裡任何對象匹配上。」章桐遺憾地說道。

李曉偉恍然驚醒：「哎呀，我怎麼忘了這事。有個辦法，我才想起來，應該能從那個菸盒上找到有用的DNA。顧大偉有個很特別的習慣，每次他要抽菸的時候，不像我們普通人那樣用手從菸盒裡抽出一根，而是用嘴直接叼出來。或許，這菸盒頂上過濾紙的地方就有他的DNA殘留。」

章桐想了想，有些猶豫不決地說道：「我試試吧，這從菸盒頂上提取

的話，有些難度，我盡量試試。」她轉身走回了痕檢實驗室。

這是目前來說唯一一個能抓住對方把柄的機會，李曉偉抬頭看著窗外漫天的雪花，心情格外沉重。

回來的路上，他一直都在想，陸天麟老人為什麼最終要答應幫顧大偉？而且還不惜把自己珍藏多年的槍和子彈放心地交到對方的手裡？這絕對不會是簡單的收藏目的。槍和子彈結合在一起的時候，只有一個目的，那就是開槍殺人。如果不是老人主動拿出來的話，顧大偉是絕對不會知道那把槍的存在的，那麼，他為什麼要幫他？

李曉偉不否認直至此刻，他的心中依舊無法接受顧大偉就是凶手的事實。從讀研究生開始，自己和他就是同學，還是室友，兩人的關係情同手足。而如今，這一切簡直就像在做夢一樣。

窗外的雪依舊下著，風吹過漆黑的夜空，漫天的飛雪包裹住了整個城市。

＊　＊　＊

半個多小時後，章桐興沖沖地推開痕跡實驗室的門，手裡拿著一摞檢驗報告，抬頭說道：「結果出來了，你絕對不會想到……」

可是，話還沒說完，她驚愕地發現走廊裡竟然是空空蕩蕩的，李曉偉已經不見了蹤影。章桐趕緊左右看了看，她跑到樓梯口，邊走邊打電話，卻沒有人接，又樓上樓下跑了一圈，還是沒有找到李曉偉的身影。窗外的雪越來越大，寒冷的北風呼嘯而過，李曉偉沒有車，他一個人是不可能回家的，他到底去了哪裡？

章桐的心頓時懸到了嗓子眼。

第十章　同學

✦ 3

（十多分鐘前）

李曉偉接到顧大偉電話的時候，感到有些吃驚。

「老同學，你在警局，對吧？出來一下吧，我就在後面的巷子裡，我想跟你談談。」電話中，顧大偉的聲音有些沙啞。

見李曉偉有些猶豫，顧大偉便笑了笑：「怎麼，怕我了？你不是很想知道我為什麼會攪進這個案子裡嗎？來，我什麼都跟你說就是了。」

「好的。」李曉偉打定主意剛要掛電話，顧大偉卻說道：「只許你一個人來，如果我發現有警察在你身後，我就走了，你們就再也找不到我了。」

「你放心吧，就我一個人。」李曉偉果斷地說道，「都這麼多年了，我什麼時候欺騙過你？」

結束通話後，他回頭看了一眼依舊緊閉著的痕檢實驗室門，遲疑片刻便打消了念頭，隨即轉身一個人快步走出了警局大樓。

暴風雪之夜，寒風刺骨，雪花猶如針扎一般撲向李曉偉，讓他幾乎睜不開眼，只能勉強透過方向來辨別腳下的路。他走出大院，順著牆根向後面走去。小巷子裡靜悄悄的，李曉偉深一腳淺一腳艱難地向前走著，時不時抬頭看向前方，試圖找到顧大偉所在的位置。

終於，在轉角處背風的地方，他看到了一個靠牆站著的人影，漆黑的夜色中，一個紅點在他嘴邊不斷地燃燒。那是點燃的菸頭。

「你來了，果真守信用。」顧大偉咧嘴一笑，順手把菸頭丟在腳邊，然後用心地踩滅了。

他伸手指了指自己右手邊靠牆的位置，沙啞著嗓音說道：「這就是小曼自殺的地方。」

　　李曉偉心中一顫，小聲說道：「我想，下午的時候，你應該不會是恰好從這裡經過的，對嗎？」

　　又是一聲輕笑，卻帶著幾分苦澀，顧大偉說道：「老同學，你的反射弧也真是太長了點，到現在才終於明白過來。」他仰天長嘆一聲，「我是親眼看著她衝著自己的心臟開槍的，我想，她臨死時應該是看到我了。」

　　李曉偉若有所思地看著他：「你果真愛上了自己的病人。」

　　顧大偉聽了，卻是一愣，不過只是很短暫的時間，很快，他便哈哈大笑了起來，笑到最後，竟然變成了低聲的啜泣：「怎麼了，作為心理醫生，難道我就不能愛上自己的病人嗎？」

　　「她到底是什麼時候成為你的病人的？」李曉偉冷冷地問道。

　　「大半年前，她走進我的辦公室，說想請我幫她結束她的噩夢。」顧大偉沉聲說道，「我雖然不是一個技術高超的心理醫生，但是我一直在努力。這一切都是因為你！」

　　「因為我？」李曉偉有點意外，「為什麼這麼說？」

　　「你知道嗎，你就像一塊沉重的石頭一樣，重重地壓在我身上多年了，你的成功，我是做不到的，就像當年校長所說的那樣，沒有人能夠複製你李曉偉所創造的神話。」顧大偉苦笑道，「你看我，無論多麼努力，永遠都是差你一點，就差你那麼一點，我只不過是個跟班小弟，除了能幫你忙的時候，你有聽過我的一句建議嗎？在你眼中，我始終都是那個在班裡考試墊底的人，有好幾次，我都差點被趕出醫科大學，因為我實在是太笨了，而你，那麼聰明，卻偏偏和我住一個寢室，是不是莫大的諷刺？標題

第十章　同學

我都想好了——醫科大學的學霸和學渣⋯⋯」

「大偉，我從來都沒有瞧不起你。」李曉偉一臉的驚愕，「你一直都是我的好兄弟，真的。」

顧大偉擺了擺手：「別演戲了，我累了。我現在才明白，我真的什麼都不如你，就連一個自己喜歡的女人，我也保不住。」

「心理醫生怎麼可以愛上自己的病人！你犯了一個致命的錯誤。」李曉偉不無痛心地說道，「你好好想想，他們作為病人本就需要你的幫助，你所要做的就是走近他們、引導他們，讓他們信任你、需要你，然後讓他們學會去接受他們身邊的人，怎麼可以是你？你這叫乘虛而入，完全違背了職業道德！」

顧大偉順著牆根蹲了下去，像個孩子一樣抱著頭嗚咽了起來。

「你現在哭又有什麼用？」李曉偉無奈地抬頭看著昏黃的路燈，雪花漫天飛舞，不禁長嘆一聲，「人都已經死了⋯⋯」突然，他蹲了下去，面對顧大偉問道，「陸曼患的是什麼病？」

「DID（分離性身分辨識障礙），同時有嚴重的憂鬱症。」

李曉偉又問：「那她的副人格是不是陸言？」

顧大偉略微遲疑了一會兒後，無奈地點頭。

「陸言早就已經死了，怎麼會轉移到陸曼身上？我知道他們是同卵雙胞，但是這也有些太不可思議了。」李曉偉心中的震驚程度是從未有過的，「等等，陸曼為何要自殺？她雖然同時患有嚴重的憂鬱症，但是她必定也已經知道了自己懷孕的事，又怎麼可能會自殺？而且，即使她的主人格選擇自殺的話，那她的副人格陸言也會及時阻止她的⋯⋯不對，不對，不對，」說到這裡，李曉偉突然伸手一把抓住顧大偉胸前的衣服，把他硬

生生從地上拽了起來，沉聲質問道，「你給我說老實話，你到底對陸曼做了什麼？你說啊？你是不是把她給催眠了，讓她用那把槍來警局門口自殺？」

顧大偉渾身一震，猛地抬頭，目光中閃過一絲絕望。

李曉偉立刻明白了，他揪住顧大偉的衣領，轉身就走，嘴裡怒吼道：「走，跟我去投案！」

「等等，你聽我說，等等……」顧大偉拚命掙扎著，突然狠狠一拳朝李曉偉打了過去，大叫道，「你給我鬆手！」

李曉偉怎麼可能再讓他藉機離開，他還從沒有這麼憤怒過：「我現在不知道你到底是出於什麼原因對陸曼下了手，我也不能確定你是不是陸曼腹中胎兒的父親，但是有一點是可以肯定的，那就是你讓我同樣作為一名心理醫生而感到羞恥！」

李曉偉痛苦地看著他：「這麼多年來，我一直都把你當兄弟，我知道你幫了我很多，但是你卻利用了我對你的信任。陸曼是你的病人，你怎麼不告訴我？陸言早就死了，對不對？這些你都知道，陸言的死，和陸曼是有關聯的，對不對？你身為一個心理醫生，卻利用和縱容了你的病人，還口口聲聲說愛她，你配嗎？在你的眼中，她到底是你的什麼人？是病人還是一個完美的研究對象？我看你簡直就是一個典型的精神變態，冷酷至極！現在就跟我去見警察，說個清楚！」李曉偉把他死死地頂在牆上，口氣冰冷地說道，「反正我已經是死過一次的人了，我什麼都不怕，你現在就跟我去見警察，把那個『暗網』拍賣撤下來，章桐跟你無冤無仇，你不要把她拖進來。」

顧大偉臉上的神情有些詭異，突然，右手從背後伸了出來，然後狠狠地

第十章　同學

朝李曉偉頭部拍了下去，李曉偉頓時感覺天旋地轉，猛地一頭栽倒在地。

巷子裡頓時安靜了下來，意識漸漸喪失的霎那，李曉偉突然聽到了對方喃喃的低語聲：「你不會明白的，對不起，老同學……」話還沒說完，他便徹底失去了知覺。

這時候，巷子口傳來了雜亂的腳步聲，還伴隨著說話的聲音。知道警察追來了，顧大偉心中一緊，便趕緊轉頭向巷子另一個出口跑去了。他的車就停在那裡，上車後，用力關上車門，顧大偉顫抖著手摸出鑰匙插進鑰匙孔，然後迅速發動車，向右猛打方向盤，把車開出了岔道。漫天的暴風雪中，他一腳把油門踩到了底，黑色的汽車在午夜的街頭一路狂奔。

＊　＊　＊

章桐跟著張一凡和兩位偵查員趕到後門巷子裡的時候，終於發現了昏迷不醒的李曉偉。這時候是暴風雪天氣，路上交通嚴重阻塞，救護車也不一定馬上能趕過來。章桐跪在雪地裡，仔細查看了李曉偉頭上的傷口和眼睛狀態，隨即抬頭大聲地對張一凡喊道：「快，幫我把他抬到解剖室去。」

「主任，你說什麼？他還沒死？」張一凡目瞪口呆地看著她。

章桐一瞪眼，喊道：「還不快點幫忙，再這樣下去的話他就要真的死了。現在這種鬼天氣，救護車來不了。」

「好的好的。」回過神來的張一凡便趕緊吩咐幾個同事幫忙打開警局的後門，順著牆根硬是把李曉偉給抬進了大樓。

章桐最後一個走進去，她反身用力關上了大門。瞬間，耳邊安靜了下來。

「快快，給我抬到解剖室，就放在解剖臺上，我要幫他處理傷口。」章桐幾步跨過樓梯，向解剖室的方向跑去。

她打開燈，關掉空調，穿好手術服，戴上手套和口罩，與此同時，身後的門被撞開了，張一凡和幾個偵查員七手八腳地把李曉偉平放在解剖臺上。

　　這時候，李曉偉醒了，他一睜開眼就看見了章桐，難掩心中的欣喜，虛弱地說道：「頭好痛……我在哪？」

　　「解剖室，別動，」章桐果斷地說道，「我在處理你頭上的傷口，你被人用磚頭拍暈了。」

　　一旁的張一凡湊上前：「我說李大神醫，你沒事跑後門被人拍一板磚做什麼？」

　　李曉偉這時才突然意識到自己正躺在章桐的解剖臺上，臉色瞬間變白了，掙扎著想要起來：「我，放開我，我要下去，我不想在這躺著。痛，痛，痛……」

　　章桐朝張一凡努了努嘴：「按住他。我快清理完了。」幾個人一擁而上，按住手腳，李曉偉欲哭無淚，只能四腳朝天地躺在解剖臺上一動不動地任人擺布。

　　剪完線頭，章桐冰冷的臉上這才露出了笑容，她放下剪子，滿意地點點頭：「不錯，看來手藝沒丟，都這麼多年了，好了，你可以下來了。」

　　李曉偉趕緊起身，從解剖臺上滑了下來，雙腳落地後，第一句話便問：「什麼手藝？」

　　「好久沒幫活人做過外科手術了，差點連怎麼打結都忘了，平時這工作可都是小顧做的，不過我還是挺有信心的。」言辭間，她似乎對自己剛才的「傑作」非常滿意。

　　旁邊站著的幾個小夥子差點笑出了聲。張一凡清了清嗓子：「好了好

249

第十章　同學

了，都別笑了，對了，李醫生，你跑那後面去幹嘛？」

李曉偉想了想，嘆了口氣：「我剛才接到顧大偉的電話，說想跟我談談，我猶豫了會兒，就答應了，畢竟我和他多年同學，他也確實幫過我很多……」

「顧大偉？」張一凡聽到這個名字的時候，不禁吃了一驚，「他怎麼來這裡了？我都派人在他公司下面盯著他的，他是怎麼冒出來的？……等等，李醫生，顧大偉到底想跟你說什麼？」

李曉偉茫然地搖搖頭：「很抱歉，我沒控制住自己的情緒，就想拉他來警局說清楚，卻被他給一板磚砸暈了。」

章桐認真地看著李曉偉，半晌，喃喃說道：「原來如此，你一直都認為這一切不是他做的。」

李曉偉沒有回答。

「這怎麼可能？我們找到的幾乎所有證據都證明幕後指使就是他。而且圖偵組那邊對今天下午警局附近的監控探頭進行梳理的時候，也在影像中發現了他的車，他就在陸曼自殺的巷子附近啊。」張一凡焦急地說道。

「不，至少有一點能證明不是他。」章桐一邊說著，一邊把手套摘下來，習慣性地丟進腳邊的垃圾桶，「陸曼體內胎兒的父親，並不是顧大偉。還有就是，我們在槍內剩下的 4 枚子彈上，發現的指紋也不是顧大偉的，是另一個成年男性的指紋。」

「難道說是陸老的指紋？」李曉偉問。

章桐還是搖頭：「我們在槍柄上也發現了陸天麟的指紋，但是子彈上的，卻是最近留下來的，並不屬於他，也不屬於顧大偉，而是另外一個男人。我想，這個男人或許和陸曼體內的胎兒有著一定的關係。」

「可是，菸盒上應該只有一半的指紋，另一隻手上的指紋是完全不一樣的，你不能就此排除顧大偉的嫌疑。」張一凡皺眉說道。

章桐點頭：「這個方面，我們也想到了，因為總共只找到了4枚指紋，還差6枚，那時候歐陽突然想起車管所，他們新車上牌照後，也要進行指紋錄入，為交警快速確認車主的身分提供便利。這是今年7月才開始做的工作，他們的指紋錄入系統還沒有和我們的資料庫進行合併，是單一的，所以，我們就賭了一把。事實證明，顧大偉確實在7月23日的那天為他的一輛新車上了牌照，他的10個指紋都找到了，所以他的嫌疑被徹底排除了。」

「那子彈上的指紋……」李曉偉憂心忡忡地看著章桐。

章桐搖搖頭：「查不到。」

「難道說，這個案子裡真的有第三個人存在？」想到這裡，李曉偉不禁倒吸了一口冷氣，腦海中又一次回到了車輛一閃而過的那一刻，那個人，那個對著自己做出開槍舉動的人，到底是誰？他掏出手機撥打顧大偉的電話，電話沒有接通，顯示機主已經關機。

此刻，屋外狂風呼嘯，肆虐的暴風雪幾乎吞沒了整個城市。

眾人散去後，底樓便只剩下李曉偉和章桐兩個人。

就在這時，「啪——」的一聲，眼前一片漆黑。顯然，暴風雪把電力線給壓斷了，這時候才凌晨兩點，離天亮還有好幾個小時。十多分鐘後，大樓裡響起了嗡嗡的柴油發動機的聲音，啟動了備用電源，畢竟整個警局裡，尤其是刑科所，很多儀器設備，包括冷庫中的屍體，都是離不開電源的。為了盡量減少電量的耗費，章桐便對李曉偉說道：「我們去走廊上坐一會兒吧。」李曉偉點點頭，反正自己今晚也回不了學院了，明天有沒有

第十章　同學

公車可以坐還是個未知數。

兩人一前一後來到走廊裡，坐在靠牆的那張綠色長椅上。黑暗中，章桐從工作服口袋裡摸出一個打火機，放在李曉偉的手心裡，小聲說道：「你要是感覺害怕的話，可以點一會兒。」

李曉偉笑了：「妳為什麼認為我會覺得害怕？」

片刻沉默後，章桐伸手又掏出了個打火機，「啪——」，一點黃色火苗在黑暗中驟然亮起，映照著她的臉龐和目光中的若有所思。火焰熄滅，又一次亮起，熄滅……

「因為我曾經有過和你同樣的經歷。」章桐沙啞的嗓音在寂靜的走廊裡迴盪著，彷彿來自另一個世界。

「幾年前，我被一個最信任的工作夥伴給鎖在了車的後車箱裡，他把車推進了大海。我就是用那個我告訴你的方法從裡面爬了出來，那一年，也是冬天，海水很冷，寂靜的海面上只有我一個人，我不敢朝下看，也不敢停下，因為在我的腳底，就是無邊無際的黑暗大海。我拚命地游著，雖然看不清楚方向，但是我知道，只有不斷地向前游，才有活下去的希望。最後，我終於爬上沙灘，噩夢才算結束。」火焰應聲熄滅，黑暗中，章桐的一聲輕笑，彷彿是在對命運的嘲弄，抑或是在釋懷自己過去所經歷過的噩夢。

「原來如此，所以妳救了我。」李曉偉淡淡地說道，「謝謝妳。」

章桐轉頭看著他，「啪——」打火機微弱的火苗映出了她的臉龐：「我跟你說啊，我可不是白救你的，記住，以後你的命就是我的，所以，你一定要好好活著，明白嗎？替我好好活著。」

李曉偉聽了，不由得一愣，隨即笑了起來，邊笑邊點頭：「我答應妳，

一定好好活著，為了妳。」

話音未落，眼前突然一片光明，來電了。李曉偉臉紅了，心中卻有些許淡淡的失落。章桐站起身，衝他笑了笑，正要往辦公室走去，李曉偉叫住了她：「等等，我……明天，我想辦法弄輛車，然後妳跟我去個地方，跟上次一樣，帶上妳的工具箱。」

「工具箱？」章桐不解。

李曉偉點點頭：「是的，我們要去找一具屍體，一具據說在二十多年前就已經死了的人的屍體。對了，我的那個袖珍錄音機中的資料，妳應該還沒聽到吧？」

「很抱歉，我一直都沒時間。難道說你想證實陸言是不是真的死了？」章桐雙手插在口袋裡，不解地問道。

「一直都沒有找到有關陸言的死亡紀錄，唯一知道他死了的，目前看來就只有陸老和已經去世的陸曼，別的人都以為他離家出走了。而在這之前，我也以為陸言是死了的，他並不存在，但是直到我這次去了榮軍養老院，見到了陸天麟，也就是陸言和陸曼的伯伯，我故意提到了陸言的名字，他直截了當告訴我陸言已經死了，而且，強調在當年就已經死了。」李曉偉喃喃地說道，「後來和顧大偉交談後，我就覺得哪裡不對勁。心理學上有種特殊的病症叫DID，也就是分離性身分辨識障礙，一般情況下，這種人格的分裂只存在於主人格的自我分裂，很少完全複製另外一個不同個體的人格，不只如此，說話腔調和做事行為包括思考方式，通通都是那個人的翻版，就好像我們民間傳說中的『移魂』，但是這種現象，在科學上是完全無法解釋得通的。」

「你不是說那位老人已經失去記憶了嗎？」章桐問。

第十章　同學

「妳是說阿茲海默症吧，」李曉偉說道，「這種病的初期，最近的記憶是會喪失，但是在腦海中比較深刻的，卻不會丟失，反而會記得更牢。因為他別的記憶都已經丟了，卻唯獨記住了一些特別的東西。」

「接著說下去。」章桐點頭。

「我除非見到屍體，才會相信他已經死了的事實。其一，在陸曼身上所發生的事情，太詭異了，我想當初他們之間必定發生過什麼可怕的事情，而陸老可能就是見證者之一；其二，就是李海警官的留言。他的原話是『方言來接方梅，我不放心，所以我要送他們回去』。那就是說他見過方言，這本是一件很正常的事，但是後來一定發生了一些可怕的變故，李海警官自己逃離時沒有想到會被困在車裡，最後他沒有辦法才儲存晶片。那個晶片裡確實記錄下一些談話錄音，但是因為毀損太嚴重，所以並不全面。剛開始的時候，光憑晶片的內容，我還可以推斷陸言、陸曼是同一個人，但是如今看來，或許李海警官是想告訴我們別的，只是我們一直都找錯了方向。」

「啪──」一根被風吹斷的樹枝狠狠地砸在窗玻璃上，發出的巨響讓章桐的心不由得一顫。

「妳知道嗎，大偉還跟我提起過陸曼曾經是他的病人，已經有大半年時間了，最初就是以 DID 就診的，但是後來，大偉竟然愛上了陸曼。」面對章桐困惑的眼神，李曉偉喃喃說道，「剛才他們在這，我沒有詳細說，大偉告訴我，他愛上了陸曼，但是我有一種感覺，這一次陸曼的自殺，大偉有不可推卸的責任。」

聽到這裡，章桐點點頭：「陸曼在這之前曾經想跟我談談，那時候聽她的聲音，是很正常的。昨天，是她第二次打電話給我，最初也是想和我

談談，約我出去，但是被我拒絕了，我要她進警局來自首。誰想到突然之間她的情緒發生了變化，前一分鐘很穩定，後一分鐘表現得簡直就是另外一個極端。那時候我還不太明白，因為在我看來，陸曼就是一個壞女人，她的話，我是不相信的，可是後來，就發生了她自殺的一幕。」說著，她專注地看著李曉偉，「心理學不是我的專業，我不好多做評價，但是從你剛才所說的病症來看，她的死，我也懷疑不是出於本意。」

「妳說的沒錯，極有可能是大偉對她做了催眠，因為他只能催眠一個，不能催眠另一個，所以才會跟著陸曼來到警局這邊，以防萬一，看著她自殺。」李曉偉艱難地長長出了口氣，「我一直想不通他為什麼要這麼做，因為他跟我說過，自己喜歡陸曼，但是也為陸曼身上的DID著迷，因為這種DID不同於一般的病症，它是完全移植了一個死去的人的所有思維方式。如此徹底的程度，不排除陸曼和陸言是同卵雙胞的緣故，平日裡相處多了，DNA遺傳基因起了很大的作用。你知道嗎，我以前只是在教科書中看到過這種病症，現實生活中還從未見過。所以，其實我現在還是很矛盾的，因為我總懷疑陸言的死是否是真的。我想知道當初在石灣鄉到底發生了什麼。至少，也是為了那八個人。」

「我想，顧大偉這次找你，很有可能是想告訴你他的內心所想，告訴你他不得不讓陸曼去死的真正原因。」章桐靠在牆上，頭低下看著地板，沉吟了片刻後，說道，「多年前，我曾經處理過一個案子，凶手專門摘取他人的骨架來收藏。而顧大偉對陸曼，我個人覺得似乎收藏病例的感覺要遠遠超過對陸曼的愛，與其說顧大偉愛上了陸曼，還不如說他更著迷於陸曼身上的特殊病症，想要親自去控制陸言。所以當他無法控制住可怕的陸言的時候，就不得不做了最後一個選擇，儘管這麼做會讓他痛苦一輩子。」

李曉偉不由得倒吸了一口冷氣。

第十一章　間接殺人

　　梅園公墓，新立的墓碑旁，市警局刑警隊所有的偵查員身穿警服，手托警帽，靜靜地站著。看著相片中李海被永遠定格的笑容，童小川的淚水無聲地滾落，他輕輕摟住早已經哭得滿臉淚水的張一凡的肩膀，無聲地仰頭望向天空。

◆ 1

　　第二天一早，雪後初晴，陽光中雖然還有著濃濃的寒意，但是和昨晚比起來，已經明顯好了許多。把 4 個車輪都裝上防滑鏈後，章桐便把自己的工具箱和一個簡易探地雷達放進了車後車箱。顧瑜上前擔心地說道：「主任，局裡的事妳不用擔心，只是路上開車一定要小心，千萬注意了。」

　　李曉偉從車裡探出頭，笑嘻嘻地說道：「沒事，有我在，這車就是安全的。」

　　張一凡皺眉說道：「章主任，為什麼不讓我去？這李醫生笨手笨腳的，就怕到時候出事也幫不了你什麼。」

　　章桐搖搖頭：「沒事，關鍵時刻，我們當醫生的可比誰都有用。你跟陳局說下，局裡的工作暫時由小顧處理，你多幫著點她，遇到什麼事不明白的，問歐陽。」

張一凡無奈地點點頭：「好吧，隨時聯繫。」

沉重的越野車緩緩開出警局大院，按照地圖的指引，李曉偉把車開上了出城的裡湖大道。

在他們身後不遠處，一輛普通的廂型車不緊不慢地跟著。和昨天相比，路上的車也多了起來，路兩邊堆起了半人多高的積雪，時不時能看到加班加點的穿著橘黃色工作服的環衛工的背影。

窗外，路邊的樹不斷地向後退著，遠處的天邊一片湛藍，雪後的世界顯得如此清澈明亮。

李曉偉一邊專注地看著車前方的路面，一邊輕聲說道：「跟我說說這八個人的故事。」

「這八個人的死亡，並不是發生在同一天。」章桐沉聲說道，「最早死亡的，就是陸成鋼殺人案中的女死者胡豔，我特地調出了當年的卷宗，情人呂晨死亡的位置就在胡豔的身邊，不過胡豔是先死的，呂晨後死。從案發現場的相片來看，胡豔應該是試圖去保護呂晨的，因為她的傷都在後背，足足中了 8 刀，而呂晨的致命傷是在咽喉部位，一刀直接捅穿喉嚨，完全可以想像出當時現場的血腥程度。我看卷宗中是 3 個案發現場，也就是說這場屠殺不是一次性完成的。胡豔和呂晨是在第二個現場，也就是呂晨的家。第一個現場是胡豔的娘家，被害的是胡豔的父母和胡豔的弟弟，也是銳器所導致的刀傷，每個人的身上都是過度殺戮，現場的相片幾乎慘不忍睹。而第三個案發現場，是呂晨家門外的機耕道上，和第二個現場之間只相隔了不到 50 公尺的距離，案發現場發現了呂晨的血跡，可以看出呂晨是一路跑回家，試圖躲避，卻還是被隨後趕到的殺紅了眼的陸成鋼殺害。而第三個現場中所死的是呂晨的表弟，還有呂晨的姐姐，和他姐姐的

第十一章　間接殺人

一個朋友。這，簡直就是一場屠殺。」

「凶手為什麼唯獨留下了胡豔的畫像？」李曉偉不解地問道。

章桐搖搖頭：「但是有一點可以確定，就是呂晨身上的刀傷最多，足足有47刀，而胡豔身上的8刀，也可以說是替呂晨擋的，因為她當時是趴在呂晨身上的，那時候的呂晨，根據屍檢報告來看，已經失血過多，失去了抵抗能力，反抗是不可能的了。」

「而接下來死亡的八個人，他們的死因就是多種多樣的了，可以說八個人是7種死因，但是他們有個共同點，都是死於被精心掩飾的意外。」章桐緊鎖雙眉，平靜地說道。

「等等，你的意思是說這剩下的八個人，都是死於意外？」李曉偉簡直不敢相信自己的耳朵。

章桐點點頭：「包括自殺。」

「一起意外有可能，兩起的話，就會顯得有些怪異，而三起，那就完全是謀殺了！」李曉偉喃喃說道，「只是，如果真的有這麼一個人存在的話，他的目的到底是什麼？難道是要我們查出這個當年被忽視的凶手？」

正在這時，車後座的鄭文龍突然目光緊盯著自己手中的筆電螢幕，冷冷地說道：「兩位醫生，小心了，有人在攻擊我們的車載系統。」

李曉偉聽了，頓時精神緊張了起來：「我該怎麼辦？」

「現在後面總共3輛車，車速應該都不會超過我們，李醫生，你現在開始，車速不能低於100，明白嗎？」鄭文龍果斷地吩咐道。

「可是，前面有紅燈，怎麼辦？」李曉偉一邊看著後照鏡，一邊緊咬住自己的下嘴唇。

「你放心開，這車的輪子上裝了防滑鏈。」眼見到紅燈越來越近，章桐突然伸手從駕駛座前方的儀表板上把警燈拿了下來，這種警燈是可以直接吸附在車頂的，她右手用力拉開車窗，不顧迎面凜冽的寒風，探出半個身子，用力把手中的警燈按在了車頂上。刺耳的警笛聲驟然響起，兩旁的車輛紛紛躲避，為李曉偉所駕駛的警車讓出了一條道路，他們迅速開過了十字路口。

　　鄭文龍在車後座雙手不停地敲擊著鍵盤，頭也不抬地說道：「趕緊開，油門踩到底，注意安全就是，他現在不敢明目張膽地追上來。」

　　警笛呼嘯而過，城市的街頭又恢復了平靜。

　　李曉偉長長地出了口氣，看著車窗外不斷向前延伸的道路，感嘆道：「你放心吧，我絕對不會讓妳出事的。」

　　章桐點點頭：「我相信你。」

＊　＊　＊

　　市警局陳豪辦公室內，黃海分別給陳豪和歐陽遞了一支菸，然後自己也抽出了一支。正要掏出打火機點燃，陳豪突然回過神來，趕緊擺手制止，然後靈巧地爬上桌子，伸手拔下煙霧報警器，這才長長地出了口氣，重新又俐落地從桌子上溜了下來，坐回了椅子上：「這下可以了。」見歐陽憋著笑，不禁長長地嘆了口氣，「規矩是我定的，沒辦法。」

　　「老陳，小張帶人去顧大偉的公司了嗎？」黃海問。

　　陳豪點點頭：「除了兩個人以外，其餘所有的人都在。」

　　「哪兩個？不是應該只有顧大偉一個人嗎？」歐陽工程師不解地問。

　　陳豪意味深長地看了他一眼：「還有一個，是半年前才進公司的，人事

第十一章　間接殺人

的說是顧大偉親自錄用的，根本沒有走正常程序，這年輕人姓呂，據說是方小姐的表弟。人事科的人還強調本來還挺擔心這個年輕人的能力，誰想到他很聰明，很快就勝任了自己的工作。只是人有些沉默寡言，平時總是跟著顧老闆進出，很少和周圍人交談。」說著，他掏出手機撥拉了兩下，然後把它放在桌面上，伸手一指，「喏，就是這個人。戶籍上查過了，這人根本就不存在。」

歐陽工程師看了，不禁感到有些意外，他拿過手機，認真看了一會兒後，抬頭對陳豪說：「我怎麼覺得這人有點眼熟？」

黃海笑了：「你從哪裡看出來的？」

「眼睛和耳部輪廓，這兩樣是人臉最具有遺傳特徵的地方，我應該在哪裡見過這張臉，等等，我仔細想想。」老頭子皺眉想了一會兒，突然恍然大悟，「我昨天剛看過那張相片，我拿給你們看。」說著，他便手忙腳亂地在自己的手機中翻找了起來，很快，他把手機螢幕遞給身邊坐著的黃海，「你看，就是這個人。」

相片中是一位年輕的軍人，相片有些發黃，顯然拍攝距今已經有段時間了。

「這是⋯⋯？」

歐陽興奮地說道：「他叫陸天麟，是陸曼和陸言的伯伯，我等下就打電話給小張，叫他盡量找到這個年輕人的DNA，我想好好比對一下，因為我總覺得這人來歷不簡單，或許和當年的慘案有關。要知道章主任已經追查那八個人的案子好幾天了。」

聽了這個，黃海和陳豪兩人不禁面面相覷。

「歐陽，那把陸曼用來自殺的槍，查出的結果怎樣？」黃海問。

「已經可以確定殺害泰國公民阿妮塔的，就是這把槍，兩者的彈道痕跡一模一樣。」說到這裡，歐陽不禁感慨，「陸曼的死，看上去似乎就是來我們警局用一死百了的心態投案自首的。真是搞不懂這些人到底在想什麼。」

＊　＊　＊

警車順著鎮上的公路經過養老院門口時，李曉偉突然把車停了下來，對章桐和鄭文龍說道：「我進去再確認一下陸老的事，我總覺得他有什麼事情瞞著我。」章桐點點頭。

可是去了不到三分鐘的時間，李曉偉就神情凝重地走了出來，上車後立刻關上車門把車開走了。

透過車內後照鏡，鄭文龍發現了李曉偉臉上異樣的神情，便問道：「李醫生，出什麼事了？」

「我昨天來了以後，陸老就失蹤了，和我前後腳的工夫。」李曉偉一邊開車一邊說道，「後來我聽那個清潔女工張阿姨說，有人看見陸老在門口攔了一輛來看病人的病員家屬開的電動三輪小飛龍，回鎮去了。我還特地問了張阿姨，陸老有沒有什麼看上去不太對勁的地方，那老阿姨說，只有一種感覺，陸老走起路來飛快，一點都不像一個只有一條腿的人。」

章桐在一旁小聲嘀咕：「看來，這老人家的阿茲海默症分明就是被你三兩句話給嚇唬正常了。」

車後座的鄭文龍憋住不敢笑，李曉偉沮喪地說道：「我這當心理醫生的被病號給耍了，這老爺子根本就沒病啊。」

鄭文龍問：「那他為什麼要突然離開？」

261

第十一章　間接殺人

　　章桐撲哧一笑：「這還不簡單，狗急了跳牆，兔子急了還咬人呢。」

　　車裡有一句沒一句地聊著，終於，在前面不到 300 公尺的地方出現了醒目的指示牌 —— 距離還有 10 公里。

　　聽到耳機中傳來平板的提示音，鄭文龍低頭，看見平板上顯示那輛本來一直跟在身後的廂型車居然在不到 200 公尺遠的地方停下，然後轉頭開走了。他不禁微微皺眉，不明白對方究竟打的什麼主意。

＊　＊　＊

　　因為在來這裡之前，市警局就已經聯繫過村裡，所以在預定的時間裡，李曉偉開車剛進村，村祕書就已經在路旁等著了。

　　下車後，村祕書先是自我介紹，然後便是一臉愁容地說道：「李醫生，不是我們不幫你，實在是時間過去太久了，很多房屋都已經重新修繕，而那些往生的也都是按照政策做了火化處理，真的是愛莫能助啊。」簡而言之，就是你來旅遊的話，沒問題，別的，就沒辦法了，恐怕要白跑一趟。

　　「我們知道屍體已經火化，」李曉偉微笑道，「我們來，只是帶有考察性質的探訪，據我所知，當年陸家的老房子還在，對不對？」

　　村祕書點點頭：「沒錯，因為那地方死過人，老一輩的都覺得不太吉利，所以那塊地就一直沒有人去動。我可以帶你們過去，只是有點遠，在鎮子的最東頭，而且，不能開車，是山路。」

　　李曉偉趕緊點頭：「這沒問題。對了，我還有個問題，當初收養陸氏兄妹的老夫婦，也是住在這裡，對不對？是不是在另一個村？」

　　讓他感到意外的是，聽了這句話後村祕書居然表現出了驚訝的神情：「你們難道不知道這個消息嗎？陸氏兄妹是被陸成鋼的哥哥陸天麟收養

的,那老頭從戰場上回來後,因為成了殘疾,老婆沒多久就丟下他和唯一的兒子跑了,出事後,是陸天麟主動提出收養這對兄妹的。剛開始的時候,村裡還是不太同意的,因為陸家條件不是很好,但是考慮到實在是沒有人收養了,那時候村裡的條件還很差,不能夠獨立負擔兩個孩子的生活,就這麼勉強同意了陸天麟的請求。」

「那他是不是做過美術教師,還特別喜歡攝影?」李曉偉問。

「這個我不是很清楚。只是記得聽村裡的老人們說過,陸天麟在部隊的時候好像就是做文書的,人長得白白淨淨的,很有書生氣,經常跟在長官身邊,還很會寫文章,當年出去當兵的時候,是村裡唯一的一個高中生呢。」村祕書一邊說著,一邊領著大家穿過溝渠,最後爬上了一個小土坡,他伸手指了指自己面前的一個破敗院落,「村裡一直都想把這塊地拿來做一個村民活動中心,但是因為得不到陸家後人的許可,所以就一直沒有動土,都好多年了,成了村裡的一塊心病了。」

章桐問:「那陸家出事後,陸天麟帶著孩子們住這裡?」

村祕書點點頭:「是的,雖然陸家出事了,但是凶案現場並不在這裡。陸天麟因為離婚,就賣了鎮上的老屋,因為暫時沒有找到新的住處,所以就在這裡住過兩年,後來實在是沒有辦法應對輿論的壓力,就不得不搬走了。」

「那陸言是不是就是在這裡的時候出走的?」李曉偉追問道。

村祕書一愣:「這我倒沒聽說。」

鄭文龍笑了:「村祕書,陸家的情況,你怎麼知道得這麼詳細?」

村祕書聳聳肩,無奈地嘆了口氣:「一方面,是因為在你們來之前,這在村裡就已經是件流傳多年的大事情,畢竟死了那麼多人,當年警察來

第十一章　間接殺人

把陸成鋼抓走的時候，可是轟動了許久的。而另一方面，是上頭的意思，市裡警局來調查，我們這些跑腿的，總是要資料準備充足才行，你說對不對？」

正說著，他突然吃驚地伸手一指：「哎，你們看，那房子裡怎麼有人？」

順著村祕書的手指方向看去，李曉偉一眼就認出了在房子裡出現的正是陸天麟老人，而此刻，他手裡正拿著一個桶，在四處潑灑著。

「不好，他要燒房子。」李曉偉驚叫了起來，一行人跑下了山坡。

◆ 2

火沒有來得及點燃。

陸天麟畢竟已經年過六旬，再加上是個殘疾人，所以很快便被鄭文龍壓在了地上動彈不得，只能抬頭狠狠地瞪了李曉偉一眼。

村祕書急了，憤怒地對陸天麟吼道：「你瘋了！你一把年紀的人在養老院待著不好嗎？出來惹是生非！」

陸天麟把頭扭向一邊，不吭聲，目光中卻充滿了不甘。

章桐想了想，上前攔住村祕書，示意他打電話找村裡人來幫忙，繼而蹲下，對躺在地上的陸天麟說道：「陸先生，我想你現在應該可以告訴我了，陸言的屍體到底埋在哪裡？」

陸天麟不客氣地看了她一眼，依舊不說話。

章桐輕輕嘆了口氣，接著說道：「當初在陸家發生血案後，還發生了 8 起案件，那 8 起案件在旁人眼中似乎是沒有什麼關聯的，甚至還以為是意

外或者自殺，對不對？」

陸天麟微微一怔。

章桐頓時明白了，她站起身道：「果然如此。只是很可惜，那8具屍體都已經和陸言、陸曼的母親胡豔一樣被火化了，我沒有足夠的證據證實他們死亡的真正原因，只能是推測，我想這也是當初我父親沒有能夠查明真相的原因所在。」

她回頭看李曉偉：「自從那天知道這件事以後，我一直都想不明白陸言為什麼要費盡心機告訴我這個線索，因為照你所說，陸言死的時候才十多歲，考慮事情不會這麼完美，而且電話中，陸言公開向我們表示過只要案子真相解開，他就會投案自首。當初我父親所參加的那場展覽，我想，也應該和這件事有關。陸成鋼殺了八個人，這個案子是不容置疑的。但是另外幾個人的死，明顯就不是陸成鋼所為，他們的死分明是陸家血案的衍生品，或者我換種說法可能更好理解，那就是為了掩飾另外一起尚未被人發現的凶案！」

李曉偉聽了，心中一震，不禁皺眉說道：「一個人撒一次謊，往往就要用更多的謊言來掩蓋，所付出的代價也是無法想像的。」

這話一出，陸天麟突然號叫著想爬起來向章桐撲過去，卻被隨後趕到的幾個村民和鄭文龍一起給攔腰抱住了。

李曉偉輕輕嘆了口氣，對章桐說道：「需要我做妳的幫手嗎？」

章桐搖搖頭。

章桐打開工具箱，仔細地穿上一次性手術服和鞋套，戴上眼鏡，背上簡易探地雷達，走進已經荒僻的陸家院落。陸天麟就像大白天見了鬼一般拚命搖頭，喃喃說道：「這不可能，她是法醫？她怎麼可能是法醫？」

第十一章　間接殺人

　　站在他身邊的鄭文龍看了他一眼：「她是章鵬的女兒，市警局刑科所的主檢法醫師章桐。當初她父親沒有能夠親手抓住你，現在在他女兒手裡，我看你或許是沒那麼好運了。」

　　陸天麟的臉色本就蒼白，這麼一來更是白得嚇人了。

　　這時，李曉偉的手機響了起來，電話是歐陽工程師打過來的。結束通話後，他若有所思地看著陸天麟，半晌，無奈地搖搖頭：「陸老，您知道嗎？您一直苦苦尋找的兒子，陸志賢，這麼多年來其實一直都陪在陸曼身邊。如果我沒判斷錯的話，那幾十張畫，應該就是你兒子畫的。唉！」

　　話音未落，章桐激動的聲音便在院子裡響了起來：「我找到了！找到屍骨了！沒錯，應該沒錯，年輕男性的屍骨！」

　　李曉偉注意到陸天麟的目光中瞬間死灰一片。

＊　＊　＊

　　午後，整個鎮幾乎都被轟動了，就像當年陸家血案一樣，很多警察又一次出現在荒廢的陸家院落裡，架設起警戒線、照明燈，還開來了當地鎮上醫院的殯儀車。

　　因為距離市區太遠，而屍體早已經腐爛成了骨頭，章桐在固定證據後，便在現場進行初步屍檢。

　　這確實是一具年輕男孩的屍骨，年齡在十三歲到十八歲之間，從尚未完全腐爛的衣服上可以看出，死亡的時間是夏季。

　　李曉偉彎腰問道：「死因能知道嗎？」

　　「他殺！」章桐頭也不抬地說道，「致命傷應該是來自近距離的兩次捅傷，凶器疑似一把雙刃尖刀，從胸骨上的傷痕判斷，入路途徑是胸部，

導致的死亡原因不排除急性血氣胸和心包壓塞，被捅傷後，死者大量出血。」

李曉偉臉上流露出了凝重的神情：「他的身分能確定嗎？」

「當然可以，」章桐站起身，轉了轉發酸的脖子，無奈地說道，「回去後，只要提取牙髓中的DNA，然後和陸曼的進行比對就行了，不會有什麼難度，別忘了，他們可是同卵雙胞的兄妹。」

此時，遠處天邊，夕陽如血一般鮮豔。

✦ 3

回到市警局的時候，已經是午夜了。

張一凡站在警局門口，一眼就看到了轉過街角的警車，車停下後，便迎了上去：「兩位醫生，辛苦了。」

李曉偉問：「人都抓到了嗎？」

張一凡點頭：「不過，一個是被抓的，另一個是前來投案自首的。他們都想見見你，李醫生。」

李曉偉頓時明白了。

章桐說道：「我先去解剖室，等做完手裡的工作再去。」隨即跟隨著警車和挖出的屍骨去了大院後面單獨的屍體進出通道。

李曉偉跟著張一凡走上樓，來到二樓的刑警隊辦公室門口，他停下了腳步：「我們先去見見陸志賢。」

「為什麼？」張一凡不解。

第十一章　間接殺人

　　李曉偉苦笑著說道：「因為他是當年那起凶案的唯一證人，他想見我，應該也算是想了卻一樁心事吧。」

　　「好吧，跟我來。」張一凡帶著李曉偉走向一號詢問室。

　　推門進去的時候，李曉偉注意到陸志賢正在一張紙上認真地畫著什麼，以至於連有人推門進來都沒有注意到，張一凡剛準備開口提醒他，卻被李曉偉攔住了。兩人便安安靜靜地坐了下來，終於，他畫完了，然後信心滿滿地把手中的紙遞給了李曉偉，長嘆一聲：「都過去這麼多年了，我總算又可以畫畫了。」

　　「果真是你！」李曉偉認真地看著手中的鉛筆畫，感慨地說道，「當初的畫，還真的就是你畫的。」說著，他便把手中的畫遞給了張一凡，「你看看，畫得太好了。」

　　畫裡的人正是李曉偉，是張半身素描，臉部的表情栩栩如生。

　　陸志賢往椅背上一靠，如釋重負般輕輕一笑：「這麼多年過去了，我一直糾結著這件事，現在終於有人明白我的畫了。」

　　李曉偉點頭：「告訴我，出事的時候，你多大了，應該比陸言大一點，對嗎？」

　　「沒錯，大了三歲八個月十七天。」陸志賢平靜地說道。

　　「跟我說說當年到底發生了什麼事。」李曉偉專注地看著陸志賢，「你是唯一的目擊證人，對嗎？」

　　陸志賢的目光中劃過一片黑暗：「是的，我親眼看著我父親把刀捅進了陸言的胸口，但是我不能說，為了彌補我父親犯下的過錯，後來我就一直陪在小曼的身邊。」

　　「陸曼肚子裡的孩子是不是你的？」張一凡忍不住問道。

陸志賢搖搖頭，苦笑道：「她是我同父異母的妹妹，我怎麼可能這麼做？」

　　李曉偉不禁恍然大悟，他長長地出了口氣：「原來如此，這就是你為什麼要畫下陸曼母親胡豔的原因了，那你是什麼時候知道這層關係的？」

　　「就是陸言出事的那天。」陸志賢的目光中充滿了痛苦的神情，「我父親就是因為這個而失手把他殺了，就當著小曼的面，活生生地把她給嚇傻了。從那以後，我就發覺小曼有些不太對勁，那時候還能靠吃藥來維持一下，但是後來，情況就越來越嚴重了。其實我到現在都弄不明白為什麼陸言會在小曼的身上還魂。」

　　李曉偉心情沉重地說道：「那不叫還魂，那是一種因為極度歉疚而產生的情感轉移，是人格分裂的一種，發生的機率極低，我想之所以會在陸曼的身上出現，有很大的原因是陸曼和陸言是同卵雙胞的兄妹關係。再加上你剛才所說的那件事，我覺得陸曼很有可能以為陸言的死是她親手造成的，她不願意接受哥哥已經去世的事實，所以，陸言就順理成章地在她的意識中被複活了。」

　　「可是，她又怎麼會對陸言記得那麼清楚，她的動作和思維方式，一切的一切，簡直就是活生生的陸言啊！」陸志賢身體向前傾，神情急切地說道。

　　「我們每個人都有主觀記憶和被動記憶兩種記憶方式，我想，陸曼之所以能那麼完美地在自己的意識中複製下陸言的意識，那是建立在同卵雙胞基礎上的被動記憶，而這種被動記憶往往比主觀記憶來得更為深刻。」李曉偉不無遺憾地看著陸志賢，輕聲說道。

　　陸志賢聽了，不禁有些茫然，無奈地說道：「難怪了，從小我就知道

第十一章　間接殺人

陸言是很聰明的，他是我永遠都無法超越的目標，所以有時候，小曼突然變成了陸言，我心裡就不知道是什麼滋味了。」

「跟我說說那些畫的事，我想，你父親應該不知道你的真正用意，對吧？」李曉偉看著陸志賢。

陸志賢笑了：「在他眼中，我從來都不是一個有出息的孩子，唯獨畫畫，能讓他感到高興一些。我不敢畫陸言的畫像，怕我父親認出來，我就畫那些人，那些因為我父親而死去的人。」

一旁的張一凡聽了，吃驚地看著他，問：「那些人到底是怎麼死的？你怎麼會看到？」

陸志賢平靜地說道：「那時候不像現在，每個現場我幾乎都去看過，因為都發生在我們鎮。我之所以會去看，因為每次案發之前，我父親都在現場周圍出現過，只不過他沒有注意到我罷了。」

「難道說，這些人真的都是你父親殺害的？」

「小地方，流言蜚語難免就多一點，流傳得也快一點。」陸志賢抬頭看著張一凡和李曉偉，苦笑道，「最初發現不正常的，就是那個王美月，就是她推斷出陸言已經死了，而且是被我父親殺死的。那天，我親眼看見父親和她一起上了樓，半個多小時後，父親偷偷溜下樓，接著便再次上樓，不過這一次是動靜很大的，不像第一次的時候那麼避人耳目。幾分鐘後，我父親就假裝發現了王美月上吊自殺的屍體，他衝下樓來報的警。而在這之前，沒有人知道父親已經被王美月那個女人敲詐了整整一個月。至於說別的幾個，差不多都死在一個『貪』字上。父親這輩子撒了一個最可怕的謊，他絕對不會想到要用自己的餘生來不斷地撒幾倍甚至於幾十倍的謊言來掩蓋。」

李曉偉突然問道：「半年前到底發生了什麼，讓陸曼的病情變得更嚴重了？我想，她就是那個時候開始殺人的，對嗎？」

「不是她做的，是陸言。」陸志賢默默地把頭轉向了另外一邊。

「你沒回答我的問題。」李曉偉追問道。

陸志賢遲疑了半天，終於抬頭看向他，輕聲說道：「小曼戀愛了。」

「柯志恩？」

「不，」陸志賢搖搖頭，嘴角揚起一絲笑意，「是個飛行員，我見過相片，有一次去國外出差的時候認識的。和柯志恩在一起，那是在和飛行員分手以後。你剛才所說的孩子，我想，就是那個飛行員的，因為他們是最近才分的手，那時候柯志恩就向她求婚了，他對小曼一見鍾情。只是沒想到會是這樣的結局，而從這以後，小曼的病情就越來越嚴重了。」

「你的意思是陸言出現的次數就越來越多了，是嗎？」李曉偉問。

陸志賢點點頭。

李曉偉臉上的神情愈發凝重了起來：「那陸言的電腦技術應該是你教的吧？」

陸志賢痛苦地閉上了雙眼：「是的。因為我無法拒絕，因為是我的父親親手殺死了他！所以我根本就沒有辦法拒絕！我也知道那張臉不是陸言，但是那一言一行，那臉上的該死的笑，一模一樣啊，你能叫我怎麼辦？」

面對陸志賢痛苦的質問，李曉偉冷冷地說道：「但是你知道嗎？就是因為你教了他，死了多少人？你痛苦，我能理解，但是那些為此而死去的人呢？你有想過他們嗎？」

第十一章　間接殺人

　　說著，李曉偉從早就準備好的檔案袋中分別取出了幾位死者的相片，逐一擺在陸志賢的面前，沉聲說道：「他們，都是間接死在了你的手上。要我告訴你他們的名字嗎？這樣的話，你的下半輩子，就知道該去向誰道歉了。」

　　久久的震驚過後，陸志賢終於哭出了聲，抽泣著說道：「我，我錯了，對不起，我錯了……」

　　「你現在告訴我，那個拍賣撤銷了沒有？」李曉偉追問道。

　　陸志賢連忙點頭。

　　一旁的張一凡難以掩飾自己臉上的厭惡神情，低聲說道：「李醫生，你放心吧，他來投案時，我們就叫他做了，當著我們的面。太可怕了，價碼都已經翻了十多倍了，『暗網』上怎麼這麼多怪物！」

　　臨出門的時候，李曉偉突然繞著桌子走了半圈，來到陸志賢身邊，彎下腰，在他耳畔低語道：「嫁禍於人的事，你現在不對我說，沒關係，等下刑警隊正式詢問你的時候，我希望你老老實實講出來對車輛動手腳的事，明白嗎？」

　　「我……」陸志賢驚愕地看著李曉偉，啞口無言。

　　李曉偉輕輕一笑：「李警官不是你直接動的手，但是我卻差點死在你的手裡，那天晚上在路口車裡的，應該就是你吧？你這麼做，是因為不想事情最終鬧大，你只想我閉嘴，然後嫁禍於陸言。陸言殺李警官，一半是出於他扭曲的個性，另外一半則是因為李警官知道了事情真相。可是你殺我，卻是因為你不想我把事情真相講出來，是不是？幕後授權的是顧大偉，對不對？因為顧大偉別的沒有，他有的是錢，有錢能使鬼推磨。還有這最後一次，也是你動的手。如果說前面你教陸言是因為你同情陸曼，那

後面你親自動手，就全是出自你自私自利的內心了。」

「你……你胡說，你沒證據……」陸志賢結結巴巴地說道。

「還記得那個被陸言殺害了的泰國女孩嗎？你的每一次動作，都被她抓住了，用我朋友的一句話來告訴你，你給我好好記住了，」李曉偉的目光透著冰冷，猶如錐子一般死死地盯著陸志賢，「網路是有記憶的，只要你做了，就會有人來追捕你！」

* * *

走出詢問室，站在走廊上，張一凡忍不住問道：「李醫生，我還是不太明白，為什麼陸曼一開始戀愛，陸言就會出現？」

看著走廊外黑漆漆的夜空，李曉偉輕輕嘆了口氣：「那是因為如果陸曼戀愛了，那陸曼的生活中就會有別的男人，而她意識中已經分化出來的陸言是絕對不能接受陸曼的背叛的。陸言是個病態型的偏執狂，陸曼是他的擁有物，在從小的耳濡目染中，陸言已經把這種可怕的意識傳遞給了尚不懂事的妹妹陸曼，所以，陸言死了以後，陸曼心中滿是愧疚，強行在自己的意識中復活了陸言，同時也復活了陸言的可怕人格。」

「那這樣下去的話，如果我們不阻止，陸曼會怎麼樣？」張一凡不安地問道。

聽了這話，李曉偉轉身看著張一凡，臉上的神情變得愈發嚴肅起來：「陸曼會徹底消失，她會成為陸言，而她的餘生，將會因為精神分裂而在精神病院中度過。」

「這樣說來，陸曼的自殺，對她來說，或許還是一種解脫了。」張一凡難以置信地說道。

第十一章　間接殺人

　　隔著玻璃窗，看著第二審訊室中坐著的顧大偉，李曉偉冷冷地說道：「不，陸曼是被謀殺的。」

　　張一凡順著李曉偉的目光看了過去，不禁擔心地問道：「李醫生，你確定要去見他？」

　　李曉偉點頭。

　　張一凡想了想，便從公文包中拿出兩張放大的相片，遞給李曉偉：「你自己看看吧，這是我們從他的別墅頂樓的一間房間裡搜出來的，總共32個面具，每個面具都是用石膏做成的，下面都有名字，這些名字，你應該很熟悉。」

　　「真的是他做的？」李曉偉難以置信地看著顧大偉的背影，以往的記憶一段段在腦海中重現，突然之間他覺得自己似乎從沒有真正看懂過他。

　　「你在外面等我，給我十分鐘時間，我要和他談談，至少，告別一下。」說著，他便推門走進了房間。

✦ 4

　　看見李曉偉，顧大偉的臉上露出了一絲笑容，默默地點頭：「你還活著就好，我真怕那一磚頭把你給敲出什麼事來。」

　　「我沒那麼容易死。」李曉偉坐下後，認真地看著他。

　　「你為什麼這麼看著我？」顧大偉的目光躲開了。

　　「我發覺我從未真正認識過你。」李曉偉喃喃說道，「我愧為心理醫生，我連你都看不透。這麼多年了，我一直都很信任你，到頭來，我卻差

點死在你的手裡，我真的不懂，為什麼？」

顧大偉笑了，說出來的話卻冰冷異常：「因為這輩子我就是為你而活著的，你讓我喘不過氣來。」

「那你對陸曼也是同樣的原因？」李曉偉雙手一攤，「你說過你喜歡陸曼，既然如此，你為什麼不願意放她一條生路？」

「我必須阻止陸言，因為我控制不了他了。」顧大偉認真地說道，「誰都無法阻止陸言殺人，我只能殺了他，不過不是我動的手，是他妹妹陸曼動的手，哈哈哈。」單調的笑聲在這空蕩蕩的詢問室陡然出現，李曉偉不禁心中一凜。他湊上前，認真地看著顧大偉，許久，搖搖頭：「不，你錯了。」

「為什麼說我錯了？」顧大偉顯得很無辜，「我是正義的，只不過用錯了手段而已。」

「你一點都不正義，你殺陸曼並不是為了阻止陸言，因為你和陸言其實是同一類人，你性格偏執病態，生活中的一切對於你來講，都只不過是一個個需要戰勝的目標而已，比如說我，比如說章桐，再比如說陸曼。你為了得到陸曼，不惜去接近她、控制她，而當你發覺最終還是陸言控制了她的身體的時候，你才意識到你這輩子唯一無法戰勝的，竟然是一個死人的意識，於是，你得不到的，就只能毀了。大偉，你太殘忍了，陸曼是無辜的，她只不過病了而已，剛開始的時候，你或許真的只是為了治療陸曼特殊的病，讓她從噩夢中走出來，而不惜違背一個心理醫生不能愛上自己病人的原則，但是後來，你像陸言一樣開始不自覺地控制她，直至最後殺了她。」李曉偉痛苦地搖搖頭，「你為什麼要這麼做？」

見顧大偉的目光中依舊閃爍著狡黠，李曉偉無奈地嘆了口氣，然後拿

第十一章　間接殺人

出了那兩張相片，輕輕放在顧大偉面前，伸手指著最後一個面具，平靜地說道：「這是陸曼，對不對？你去看著陸曼死，其實，只是因為你想得到她的臉而已。時間太緊迫了，你根本就沒有辦法進行製模脫模，所以，你只能拍一張相片，然後電腦合成了這個面具。這是所有面具中，唯一沒有提取到 DNA 樣本的，也就是說，是唯一沒有接觸到死人的臉的。這是你的戰利品，你心中最見不得人的一塊陰影。」

「好了，時間差不多了，老同學，以後我再也不會來見你了。我奉勸你還是安心接受法律的懲罰吧。病人無辜，身為你曾經的同行，我感到莫大的恥辱！」

說完這句話後，不顧顧大偉的苦苦哀求，李曉偉便頭也不回地走出了詢問室。

在走廊裡，李曉偉看到了章桐，他迎上前去剛想說什麼，章桐卻只是搖搖頭：「我都聽到了，我很抱歉。想開點，事情終於結束了。」她看了看牆上的掛鐘，說道，「走，我餓了，去吃碗黃魚麵吧，就在街對面，他們現在 24 小時營業了。」

看著章桐，李曉偉突然感到心中從未有過的輕鬆。

尾聲（大結局）

（一個月後）

雪後初晴，陽光明媚，雖然空氣中依舊充滿著冬日的寒意，但是春天已經不遠了。

吳嵐用一個紙箱子裝了自己所有的私人用品，然後抱著它獨自一人走出了日報社的大門。雖然面對辭呈，報社長官禮貌地挽留了她，但是吳嵐還是果斷地選擇了離開。

抬頭看向天空中溫暖的陽光，經過了這場風波，吳嵐明白了很多，她知道自己迫切需要一個新的開始。

突然，吳嵐看到不遠處站著一個人，身穿警服，面帶微笑，正是多日不見的童小川。

吳嵐鼻子一酸，眼淚頓時流了下來，上週在看守所的時候，她從管教的口中得知童小川醒來後，並沒有追究她的責任，再加上李曉偉作為心理醫生的有效證詞，所以，檢察院撤銷了對她的處罰決定。

「你來了。」吳嵐輕聲說道。

「是的，」童小川點點頭，「第一，我是來看看妳，知道妳一切都好，我也就放心了，希望妳以後不要有任何心理負擔，事情過去就過去了，不要再去糾結了。第二，我們倆之間的婚約已經解除了，以後，我們還是朋友，如果有需要我幫忙的，妳知道在哪能找到我。」

尾聲（大結局）

　　吳嵐輕輕嘆了口氣，感慨地說道：「謝謝你，只是對不起，我讓你受傷了。」

　　童小川笑了：「沒事的，做警察的，受傷是家常便飯。妳多保重，我還要去送個兄弟，再見！」說著，他便毅然轉身離開了。看著童小川的背影，吳嵐心中百味雜陳。

＊　＊　＊

　　梅園公墓，新立的墓碑旁，市警局刑警隊所有的偵查員身穿警服，手托警帽，靜靜地站著。看著相片中李海被永遠定格的笑容，童小川的淚水無聲地滾落，他輕輕摟住早已經哭得滿臉淚水的張一凡的肩膀，無聲地仰頭望向天空。

＊　＊　＊

　　辦公室裡，已經一天一夜沒有休息的鄭文龍心情激動地在鍵盤上按下了最後一個字母，電腦無聲無息，失望的神情慢慢地在鄭文龍臉上浮現了出來，難道說自己還是失敗了，他沮喪地雙手抱住了頭。突然，電腦開始重新啟動執行，螢幕上出現了一個對話方塊——你好，鄭警官，我是阿妮塔。

　　人工智慧終於在電腦中「復活」了阿妮塔。

　　鄭文龍渾身一震，壓抑了許久的淚水終於奪眶而出，他猛地擦了一把眼淚，又哭又笑，心情異常激動。

　　螢幕上又出現了一行文字——怎麼啦？你傷心了？

　　鄭文龍趕緊敲擊鍵盤，回覆——我沒事，我只是有些激動。嗨，妳好，阿妮塔，美少女戰士，見到妳很高興，以後請多關照！

窗外，陽光明媚，屋子裡暖洋洋的，一隻慵懶的小野貓在窗臺上趴著打盹。

　　看著電腦旁那張阿妮塔的相片，鄭文龍的臉上終於露出了久違的笑容。

＊　＊　＊

　　法醫辦公室門口，章桐剛鎖上門準備下班，一轉身，李曉偉從靠牆的長椅上站了起來，手背在身後，微笑地看著她。

　　「怎麼啦？」章桐不解地問。

　　「我答應過妳有些話要當面對妳說。」李曉偉目光溫柔地注視著她，「我從不食言。」

　　說著，他的右手便從自己身後伸了出來，手中是一束紅色玫瑰花，輕輕放到章桐的面前，目光中滿是溫柔和愛意：

　　「我喜歡妳！章醫生，請讓我守護妳以後的日子，好嗎？」

（全書完結）

法醫實錄——餘波未了：
兩個臉龐，同個人生？法醫從業者的半寫實懸疑小說

作　　　者：	戴西
責 任 編 輯：	高惠娟
發 行 人：	黃振庭
出 版 者：	崧燁文化事業有限公司
發 行 者：	崧燁文化事業有限公司
E - m a i l：	sonbookservice@gmail.com
粉 絲 頁：	https://www.facebook.com/sonbookss/
網　　　址：	https://sonbook.net/
地　　　址：	台北市中正區重慶南路一段61號8樓

8F., No.61, Sec. 1, Chongqing S. Rd., Zhongzheng Dist., Taipei City 100, Taiwan

電　　　話：	(02)2370-3310
傳　　　真：	(02)2388-1990
印　　　刷：	京峯數位服務有限公司
律師顧問：	廣華律師事務所 張珮琦律師

- 版權聲明 ─

本書版權為樂律文化所有授權崧燁文化事業有限公司獨家發行電子書及紙本書。若有其他相關權利及授權需求請與本公司聯繫。
未經書面許可，不得複製、發行。

定　　價： 375 元
發行日期： 2024 年 10 月第一版
◎本書以 POD 印製
Design Assets from Freepik.com

國家圖書館出版品預行編目資料

法醫實錄——餘波未了：兩個臉龐，同個人生？法醫從業者的半寫實懸疑小說 / 戴西 著 . -- 第一版. -- 臺北市：崧燁文化事業有限公司，2024.10
面；　公分
POD 版
ISBN 978-626-394-925-6(平裝)
857.81　113015001

電子書購買

爽讀 APP　　臉書